Das Fest der Vampire

SERIE PIPER

Zu diesem Buch

Die beliebtesten Autoren der Fantasy und Science Fiction mit neuen Erzählungen aus phantastischen Winterwelten: Nur hier feiern Vampire Weihnachten, gehen unheimliche Wesen in dunklen Städten um und treffen Helden auf dämonische Gegenspieler in eisigen Nächten. In exklusiv für diesen Band verfassten Geschichten widmen sich Michael Peinkofer, Thomas Finn, Julia Conrad, Susanne Gerdom, Jonathan Barnes, William King, David Wellington und viele andere den ungewöhnlichen, schauerlichen und humorvollen Seiten der Winterzeit. Abgerundet wird die Sammlung mit zwei klassischen Weihnachtsabenteuern von Terry Pratchett und Ian Watson. Ein Muss für alle, die die besten phantastischen Autoren unserer Zeit nicht verpassen wollen.

Carsten Polzin, geboren in Hannover, studierte Rechtswissenschaften und veröffentlichte zahlreiche Essays über Science-Fiction- und Fantasy-Literatur sowie über den phantastischen Film. Von ihm herausgegeben, erschien außerdem die Anthologie »Das Fest der Zwerge«. Carsten Polzin ist als Verlagslektor in München tätig.

Das Fest der Vampire

PHANTASTISCHE WEIHNACHTSSTORYS

Herausgegeben von
Carsten Polzin

Piper München Zürich

Mehr über unsere Autoren und Bücher:
www.piper.de

Von Carsten Polzin liegen bei Piper vor:
Das Fest der Zwerge. Phantastische Weihnachtsstorys
Das Fest der Vampire. Phantastische Weihnachtsstorys

Mix
Produktgruppe aus vorbildlich bewirtschafteten Wäldern und anderen kontrollierten Herkünften
www.fsc.org Zert.-Nr. GFA-COC-1223
FSC

Originalausgabe
November 2008

Umschlagkonzeption: Büro Hamburg
Umschlaggestaltung: HildenDesign, München – www.hildendesign.de
Umschlagabbildungen: Jan Reiser, München – www.enter-and-smile.de und Eigenarchiv HildenDesign
Satz: psb, Berlin
Papier: Munken Print von Arctic Paper Munkedals AB, Schweden
Druck und Bindung: CPI – Clausen & Bosse, Leck
Printed in Germany ISBN 978-3-492-26678-9

Inhaltsverzeichnis

Jonathan Barnes ☆ *Mr. Coldicutts Party* 7

Susanne Gerdom ☆ *Lang lebe die Königin* 21

Tobias O. Meißner ☆ *Von draußen* 31

John Moore ☆ *Schneeschuhe* 46

Julia Conrad ☆ *Blüten* 71

David Wellington ☆ *Das Experiment* 79

William King ☆ *Karpfen im Netz* 94

Terry Pratchett ☆ *Zwanzig Pence mit Umschlag und Weihnachtsgruß* 110

Daniela Knor ☆ *Mittwinternacht* 120

Michael Peinkofer ☆ *Das Geschenk* 131

Thomas Plischke ☆ *Horch, was kommt von draußen rein* 159

Thomas Finn ☆ *Meister Calamitas' erstaunliche Kuriositäten* 173

Charlotte Kerner ☆ *Vierundzwanzig Hahnenschreie* 209

Florian Straub ☆ *Das Ritual* 220

Ian Watson ☆ *Wenn Jesus durch den Kamin kommt* 228

Autoren- und Quellenverzeichnis 233

Jonathan Barnes

Mr. Coldicutts Party

Der Mann, der mir vom Bahnhof Fenchurch aus folgte, war – obwohl auf den ersten Blick schon recht kahlköpfig, gebeugt und verwittert – nicht ohne einen gewissen angegrauten Charme für diejenigen von uns, die ein Auge für ältere Herren haben. Und noch etwas an ihm fiel mir unverzüglich auf (was ich mit einem Ausmaß an Sicherheit bestätigen kann, das Sie verwundern würde): Er lag seit bald einem Jahr tot in seinem Grab.

Als ich aus dem Frühzug stieg, stand er nahe dem Ende des Bahnsteigs und ließ den Blick ungeduldig über die Gesichter der ankommenden Passagiere gleiten, als würde er darauf warten, dass jemand ganz Bestimmtes eintraf. In dem Moment, als ich den Fuß auf den Bahnsteig setzte, drehte er den Kopf in meine Richtung und vollführte eine seltsame Geste mit seiner Linken: Er durchschnitt die Luft mit einer einzigen schroffen Handbewegung – wie ein Dirigent, der sein Orchester zum Schweigen bringt, oder ein Politiker, der eine effektvolle Rede wuchtig unterstreicht. Und dann verlor ich den Mann so unvermutet, wie ich ihn entdeckt hatte, wieder aus den Augen; die Woge aus Berufspendlern, die sich von meinem Zug mit unaufhaltsamer Eile zu den Ausgängen wälzte, hatte ihn überrollt. Als ich dann das Ende des Bahnsteiges erreichte, überraschte es mich keineswegs, dass er verschwunden war.

Nicht, dass er sich von meinen Mitreisenden besonders abgehoben hätte, das möchte ich von Anfang an klarstellen. Er hatte nichts Ätherisches an sich, nichts auch nur im Entferntesten Unwirkliches oder Durchsichtiges. Er war annähernd identisch gekleidet wie alle anderen Männer, die zu dieser Tageszeit den Bahnhof frequentierten, nämlich in die trübselige Uniform des geplagten Bürohengstes – dunkler Anzug, solides Hemd, fade Krawatte, schwarze Schuhe –, mit einer Ausnahme: Er trug auf dem Kopf eine Papierkrone von der Art, wie sie Weihnachtskeksen beigepackt wird, ein grellrotes Ding, das irgendwie zerknittert aussah, feucht, eingerissen und schmutzig, so als käme es geradewegs aus dem Rinnstein.

Als ich den Bahnhof verließ, sah ich ihn wieder; er ging ein paar Meter hinter mir her, ein Mann, der alt genug war, um mein Vater zu sein. Er grinste mir unter seiner Papierkrone zu und übte erneut diese sonderbare Bewegung mit seiner linken Hand aus, diesen scharfen Hieb durch die Luft. Dann stolperte ich plötzlich über eine Unebenheit im Boden, einen Riss im Straßenbelag, in dem mein Absatz hängen blieb. Dadurch war die Frau hinter mir gezwungen, mir abrupt auszuweichen; auf diese lästige Unterbrechung ihrer Schritte reagierte sie mit einem empörten, lauten »Na-na-na-na!«, und als ich mich umdrehte und wieder nach dem Mann mit der roten Papierkrone Ausschau hielt, war er natürlich verschwunden.

Es war nicht so sehr Angst, was ich verspürte, sondern vielmehr eine empfindungslose, fast kühle Neugier. Hätte ich mich fürchten sollen? Wäre mir in jenem Moment all das bekannt gewesen, was ich jetzt weiß, würde ich diese Frage wohl bejahen, doch damals hatte ich noch keine Ahnung von den dunkleren Dingen, die die reale Welt heimsuchen, von den Schatten, die zu lange in den Ecken des Zimmers lauern – von dem, was unter der Oberfläche nicht fassbar durchs Wasser flitzt. Daher nein, ich hatte keine Angst vor dem Mann. Nicht die geringste.

Warum hätte ich ihn auch fürchten sollen? Schließlich war ich sicher, ihn wiedererkannt zu haben.

An diesem Morgen dauerte mein Weg zur Arbeit fast doppelt so lang wie sonst, weil ich oft innehielt, mich umdrehte und einen raschen Blick in die Menge der Fußgänger warf, immer in der Hoffnung (der vergeblichen Hoffnung, natürlich), ihn irgendwo im Gedränge zu entdecken. Damals war ich bei Coldicutt & White angestellt, einer kleinen, aber hochangesehenen Werbeagentur, in einem der ältesten Viertel Londons angesiedelt, in einer Straße, die schon existiert hatte, bevor die Pest über London hinweggefegt war. Die Straße hatte etwas Monolithisches an sich, so als hätte diese kurze Häuserreihe einen Pakt mit der Zeit geschlossen – dass es ihr gestattet sein sollte, Feuersbrünste, die Bomben des Blitzkriegs und Altersschwäche zu überdauern, wenn sie nur all die Geheimnisse, die sie je zu Gesicht bekommen hatte, bei sich behalten und tief in ihrem steinernen Busen begraben würde.

Nicht, dass die Büroräume von Coldicutt & White in irgendeiner Weise Gefühl für Geschichte und Geschichtsträchtiges bewiesen hätten. Sie waren alle nach modernen Gesichtspunkten ausgerichtet – zumindest nach dem, was vor fünfzehn oder zwanzig Jahren als modern gegolten hatte. Infolgedessen wirkte alles an den Rändern etwas abgenutzt, ein wenig brüchig und leise dem Verfall zusteuernd.

Ich arbeitete als persönliche Assistentin von Mister White, einem der beiden Gründer des Unternehmens und, nach dem Tod von Mister Coldicutt im vergangenen Jahr, sein einziger Inhaber. Er war ein korpulenter, asthmatischer kleiner Mann, des Öfteren mürrisch und verschlossen, obwohl ich selbst immer recht gut mit ihm umzugehen wusste. Ich arbeitete seit etwas mehr als einem Monat für ihn – die zwölfte Aufgabe dieser Art seit einer persönlichen Tragödie, die mir knapp ein Jahr zuvor widerfahren war. Damals hatte ich eine, wie mir versichert wurde, höchst vielversprechende Karriere im Fachbereich Public Relations über Bord geworfen. Meine Zeit bei Coldicutt & White war fast um, denn mein Vertrag lief aus, und Mister White liebte Abwechslung bei seinem persönlichen Stab – wobei sich sein Augenmerk, wie man firmenintern munkelte, besonders wohlgefällig auf jene hübschen jungen Mädchen richtete, die ihm das von der Arbeitsvermittlung bestückte Fließband laufend anlieferte, damit sein Telefon abgehoben, sein Terminkalender geführt und seine Briefe geschrieben werden konnten.

Bei Coldicutt & White herrschte an diesem Morgen eine ungewöhnlich fröhliche und entspannte Stimmung. Es war der letzte Arbeitstag vor den Weihnachtsfeiertagen, und alle freuten sich auf die abendliche Firmenfeier – die jährliche Sause, die fast zur Gänze auf Mister Whites Rechnung ging. Seit Wochen hingen schon Dekorationen in den Büroräumen, aber nun kursierten überhitzte Spekulationen im Hinblick auf das, was sich heute zu später Stunde noch alles ereignen könnte. Und so war das ganze Haus ungeachtet seiner Patina aus Ehrbarkeit und Ordnung erfüllt von einer solchen Dichte an saftigen Witzen und Zweideutigkeiten, dass man sich eher im Hinterzimmer irgendeiner zwielichtigen Kneipe wähnte als in einer der angesehensten Werbeagenturen der Stadt.

Doch Mister White teilte die Fröhlichkeit seiner Angestellten nicht. Er blickte kaum vom Schreibtisch auf, als ich mit dem Morgenkaffee in sein Büro kam, sondern murrte nur kurz und scheuchte mich mit einer Handbewegung hinaus. »Sie denken doch daran, dass heute Abend die Weihnachtsfeier stattfindet, Mister White?«, fragte ich noch.

Er seufzte und neigte den Kopf leicht zu einem schlaffen, flüchtigen Nicken. »Ja, ja.« Seine Stimme klang schwach und bedrückt. »Ach Gott, wie ich diese Weihnachtsfeiern liebe!«

Ich schloss taktvoll die Tür hinter mir und ging zurück an meinen eigenen Schreibtisch.

Der restliche Morgen verging mir fast zu rasch mit Telefonaten, Briefeschreiben und dem Abwehren der Avancen von Robbie und Clive, zweier junger Draufgänger in der Welt der Werbung, die jeweils kurz nach zehn und kurz nach elf randvoll mit Hormonen und festlicher Erregung herbeischlenderten und offenbar in einem Anfall weihnachtlicher Selbstüberschätzung beschlossen hatten, ihr Glück bei mir zu versuchen.

In Anbetracht des Umstands, dass mir mit etwa vierzehn

Jahren zum ersten Mal bewusst wurde, welche Wirkung mein Äußeres im Allgemeinen beim männlichen Angehörigen der Spezies Mensch hervorruft, habe ich die Kunst des Abweisens, die eisige Fertigkeit, sämtliche Luft aus der männlichen Libido zu lassen, schon lange perfektioniert. Der Trick (wenn Sie schon fragen) besteht darin, nicht zu lächeln. Das ist alles. Seien Sie so artig und wohlerzogen wie möglich, beantworten Sie Fragen mit ausgesuchter Höflichkeit und so viel Wohlwollen, wie Sie aufbringen können, aber lächeln Sie nie! Weder als Reaktion auf kleine Scherze noch auf Komplimente noch auf mühsam ausgeheckte Versuche, Gemeinsamkeiten zu entdecken. Lassen Sie Ihre Gesichtszüge – soweit es Ihnen möglich ist – zu einem Ausdruck absoluter Neutralität und Gleichgültigkeit gefrieren, und ich garantiere Ihnen, dass nach zwei bis drei Minuten selbst der aufgeblasenste Laffe, der überheblichste Lustmolch vor Ihren Augen schrumpft, den Schwanz einzieht und sich trollt.

Im Fall dieser beiden jungen Herren, die sich, wie ein Latrinengerücht mich informierte, für die herausragendsten Weiberhelden von ganz Coldicutt & White hielten, dauerte dieser Prozess gerade einmal eineinhalb Minuten. Es braucht schon jemanden von ganz besonderem Schlag, um bei mir auch nur den Schatten einer Chance zu haben.

Während sich das ganze restliche Büro auf den Weg zu einer nahen Weinbar machte, um dort ein flüssiges Mittagessen einzunehmen, ging ich allein aus dem Haus, um erst ein kleines Gläschen Salat für mich selbst zu kaufen (mein eigenes Mittagessen hatte ich von daheim ins Büro mitgebracht) und dann das übliche Sandwich für Mister White zu besorgen. Als ich im Laden darauf wartete dranzukommen, sah ich ihn wieder, den Mann mit der schmutzigen Papierkrone, als verwischten roten Strich am äußersten Rande meines Gesichtsfelds.

Natürlich verließ ich den Laden sofort und stürzte auf die Straße, aber der Mann war verschwunden, absorbiert von der Flut hungriger Bürohocker. Ich bemühte mich nach Kräften, ruhig zu bleiben, betrat erneut den Laden, erstand Mister

Whites Sandwich und ging zurück zum Büro. Doch auf dem Weg dorthin bemerkte ich jemanden dicht hinter mir – beinahe, aber nicht ganz an meiner Seite. Ich wusste sofort, wer es war, wagte jedoch nicht, mich umzudrehen, aus Angst, dadurch den Zauber zu durchbrechen und ihn zu veranlassen, sich zu verstecken oder erneut zu verschwinden. Es war mir, als würde er während des Gehens Instruktionen in mein Ohr flüstern, und ich wusste – oder glaubte zu wissen –, weshalb er mir gestattet hatte, ihn zu sehen, und was es war, das ich für ihn tun sollte.

An diesem kurzen Nachmittag waren Mister White und ich anscheinend die Einzigen in der Firma, die überhaupt irgendwelche Arbeiten erledigten. Alle anderen verbrachten ihn mit Kichern und ausgiebigem Flüstern, sahen in Minutenabständen auf die Armbanduhr und warfen verstohlene Bicke auf die Ausgangstür wie Alkoholiker, die seit Wochen auf dem Trockenen sitzen und mit einer verlockenden Schnapstheke liebäugeln.

Schließlich, kurz vor fünf Uhr nachmittags, stellten alle ihre Tätigkeiten ein, verstauten die Arbeit über die Feiertage, sperrten ihre Schreibtischladen zu und versammelten sich am Ausgang. Die Firma hatte für die Weihnachtsfeier den ersten Stock einer nahen Kneipe angemietet, und meine Kollegen waren bestrebt, so früh wie möglich mit den Aktivitäten zu beginnen.

Einer oder zwei seiner kühneren Untergebenen fassten sich ein Herz und riefen nach Mister White, um ihn aus seinem Büro zu locken. Und endlich, nach zahlreichen Ausflüchten seinerseits und dem wiederholten Drängen, doch schon mal ohne ihn vorzugehen, kam er aus seiner Tür – verstört und mit schlaffen Tränensäcken, die Aktentasche an sich gepresst, als wollte er sich daran festhalten, und ganz allgemein das Flair eines Mannes verströmend, der sich zum Begräbnis eines guten alten, viel zu früh aus dem Kreis seiner Lieben gerissenen Freundes aufmacht, statt zu einem Abend, prall gefüllt mit plumper Vertraulichkeit, Ausgelassenheit und billigem Bier.

Etliche meiner Anbeter luden mich ein, mich ihnen anzuschließen, aber ich machte viel Aufhebens um das Aufräumen meines Schreibtischs; das fand ich viel angenehmer als höfliche Konversation, oder die lasziven Blicke auch nur eine Minute länger als absolut notwendig zu ertragen.

Doch schließlich verließen alle die Büros von Coldicutt & White und gingen in Zweierreihen die Straße entlang wie Schulkinder auf dem Weg zum Zoo. Ich blieb an Mister Whites Seite hinter den anderen zurück, doch obwohl ich mich des Öfteren umwandte und ohne Unterlass beim Vorbeigehen die Spiegelungen in den Scheiben der Schaufenster beobachtete, tauchte der Mann mit der Papierkrone weder auf, noch spürte ich irgendwo seine Gegenwart.

Die Kneipe war keine zehn Minuten Fußmarsch vom Büro entfernt – ein durch nichts hervorstechendes Lokal, wo man dennoch keine Mühen gescheut hatte, den ersten Stock für diesen Anlass vorzubereiten: mit Flitter und Girlanden und einem kleinen Plastikweihnachtsbaum. Während der ersten Stunde des Abends gab es Gratisgetränke, ungenießbare Snacks, triefend von gehärteten Fetten, und ein Knallbonbon für jeden Gast. Gezwungene Fröhlichkeit bestimmte die Atmosphäre, durchzogen, wie ich bemerkte, mit einem Anflug von Melancholie.

Ich blieb dicht an Mister Whites Seite; dort hatte ich zwar auch ein paar Annäherungsversuche unter irgendwelchen Vorwänden abzuwehren, doch die Nähe zum Boss schien sämtliche Freier, mit Ausnahme der allerkecksten, wirksam abzuschrecken.

Etwa eine Stunde nach unserem Eintreffen, als sich die Zungen zu lösen und die Hemmungen abzufallen begannen, klopfte Jack Balsam, der Büroleiter, ein massiger junger Mann mit rötlichem Haar, der vor Selbstzufriedenheit nur so strotzte, laut mit einem Löffel an sein Weinglas. »Meine Damen und Herren! Darf ich um Ihre Aufmerksamkeit bitten?«

Während das Schnattern und Schwatzen verstummte, erhob sich Jack Balsam von seinem Stuhl. »Ich dachte, ich sollte ein paar Worte sagen, solange Sie alle noch nüchtern genug sind, um mir zuzuhören.« Wie vorherzusehen folgten ein paar schlagfertige Zwischenrufe, die Balsam mit einem dünkelhaften Lachen quittierte. »Nein, also ganz im Ernst. Wir hatten ein gutes Jahr. Wir sind wirklich dankbar für die harte Arbeit – die verdammt harte Arbeit –, die Sie alle geleistet haben. Und ich weiß, dass Mister White das genauso sieht.«

Neben mir nickte White ein-, zweimal und brachte – gänzlich unvereinbar mit seiner düsteren Miene – ein schwaches Lächeln zustande. Er wirkte abwesend und zerstreut, als er sich das nächste Glas eingoss – bereits das vierte an dem jungen Abend – und es hastig austrank, wie um einen quälenden Durst zu löschen, der nicht zu löschen war.

Jack Balsam fuhr fort: »Sie alle wissen, dass ich es ehrlich meine, wenn ich jedem Einzelnen von Ihnen aufrichtig und von ganzem Herzen ein schönes Weihnachtsfest wünsche.«

Spärlicher Applaus.

»Aber bevor wir uns zu sehr von der festlichen Stimmung mitreißen lassen, bevor wir uns auf die Tanzfläche stürzen und nichts mehr uns halten kann, sollten wir unsere Gedanken einen Augenblick lang bei jemand ganz Bestimmtem verweilen lassen. Jemand, ohne den keiner von uns hier wäre. Ich weiß, Ihnen allen fehlt er ebenso sehr wie mir. Doch obwohl er heute nicht bei uns sein kann, ist dies in gewissem Sinn seine Feier. Und so möchte ich der weihnachtlichen Stimmung Rechnung tragen und mein Glas erheben … auf Mister Coldicutts Party!«

Alle griffen linkisch nach ihren Gläsern.

»Auf Mister Coldicutts Party!«, riefen wir alle – nicht ohne eine gewisse Verlegenheit.

Mir fiel auf, dass Mister White nur kurz murmelte und dazu überging, unverwandt zu Boden zu starren.

Es folgte eine kleine Pause, und dann sprach Jack Balsam weiter. »Aber er würde nicht wollen, dass wir seinetwegen traurig sind. Er würde sich wünschen, dass wir uns so an ihn erinnern: mit einem Lächeln auf den Lippen und einem Glas in der Hand.«

Erleichtertes Klatschen.

»Und so nehmen Sie sich ohne weitere Umstände alle ein Knallbonbon und lassen Sie es ordentlich krachen!«

Eine der Sekretärinnen machte mit einer Packung Knallbonbons die Runde und jeder von uns griff pflichtschuldigst in die Schachtel. Bei ihrem Anblick schien Mister White noch bleicher zu werden, und er nahm nur sehr widerwillig, so als würde ihm da etwas möglicherweise Tödliches angeboten, ein Knallbonbon aus dem Karton. Rund um uns lasen die Leute laut die fürchterlichen Witze vor, die diesen Dingern beigepackt sind, und setzten, um die allgemeine Fröhlichkeit unter Beweis zu stellen, ihre Papierhütchen auf. Ich tat es ihnen gleich. Es gibt wenige Menschen, die in der Lage sind, eines aufzusetzen und dennoch eine gewisse Eleganz zu wahren, doch ich glaube, ich darf mich glücklicherweise zu dieser Minderheit zählen.

Diese Hütchen, denke ich, erwiesen sich für Mister White als jenes Tröpfchen, das das Fass zum Überlaufen brachte. Bei ihrem Anblick begannen seine Hände zu zittern, und einen Moment lang rechnete ich fast damit, dass er sich übergeben würde. Als ich ihn fragte, ob er nicht für ein Weilchen hinaus an die frische Luft gehen wolle, nickte er in dankbarer Zustimmung. Ich hakte seinen Arm unter und führte ihn durchs Partygewühl, die Treppe hinab und hinaus auf die Straße; ich tat so, als würde ich die neidischen Blicke, die uns von jedem männlichen Firmenangehörigen nachgeworfen wurden, nicht bemerken.

Draußen war es kalt und dunkel, und die Straßenlampen schienen ihrer Aufgabe nicht gewachsen. Die Dunkelheit war bedrückend, ich empfand sie als ein schweres Gewicht, das auf uns lastete, und ich hatte das Gefühl, wir wären Eindringlinge in der alten Stadt, unwillkommene Besucher in einem unfreundlichen Land.

»Vermissen Sie ihn?«, fragte ich. »Mister Coldicutt?«

White nickte unbestimmt. »Es war zu dieser Zeit letztes Jahr, wissen Sie… Eine schreckliche Sache. Ein furchtbarer Unfall.«

»Die Toten verlassen uns nie wirklich«, bemerkte ich. »Sie sind immer an unserer Seite.«

Mister White sah mich mit einem seltsamen Blick an, sagte aber nichts darauf. Ich schlug ihm einen kleinen Spaziergang vor, um einen klaren Kopf zu bekommen, und er ließ es zu, dass ich ihn von der Kneipe weg Richtung Fluss führte.

Unterwegs erzählte er mir von Mister Coldicutt, von der Zeit, als sie vor Jahren gemeinsam die Firma gegründet hatten – junge Männer damals, unmittelbar nach dem Ende der Universitätsstudien, als ich ja noch nicht mehr war als ein Aufblitzen im Auge meines Vaters (an dieser Stelle ein leichtes Drücken meines Armes und ein diskreter Blick auf meine Waden; ich entschied mich, nicht zu reagieren und ihm ein kleines Vergnügen zu gönnen, ehe es zu Ende ging). Er erzählte mir, wie die Firma größer und immer größer wurde. Wie es jedoch Coldicutt war – die treibende Kraft in den Werbekampagnen, die der Firma zu solcher Bekanntheit verholfen hatten –, der als kreatives Genie des Unternehmens gefeiert wurde, während White als eher schwerfälliger Zögerer galt. Man hielt ihn für gleichmütig, verlässlich, jedoch absolut unfähig zu diesen Magnesiumblitzen der Inspiration, die Coldicutts Namen in der Branche zu einem Synonym für schrankenlosen Einfallsreichtum gemacht hatten.

Mister White schien dankbar, eine willige Zuhörerin zu haben, und als wir so dahinspazierten, schüttete er jahrelang aufgestaute Bitternis und Verärgerung, gelöst vom Alkohol, vor mir aus. Er schien kaum zu bemerken, wohin ich ihn führte.

»Aber Sie waren doch der Hauptleidtragende, als er starb«, sagte ich. Bei meinen Worten wurden ihm – Rührseligkeit des Betrunkenen – die Augen feucht.

»Natürlich war ich das!«, sagte er. »Ich schwamm in Tränen, als wir ihn begruben!«

»Das glaube ich Ihnen aufs Wort«, sagte ich, drückte sanft seinen Arm und dirigierte ihn weiter, die lange Treppe aus uralten Steinen hinab, die zum Fluss führt.

»Das war ein schwarzer Tag«, seufzte White. »Seine arme Frau. Was für ein Schlag für sie. Wussten Sie … hat Ihnen irgendjemand erzählt … Also, es stellte sich heraus, dass der alte Coldicutt vor seinem Tod eine Affäre hatte. Mit irgendeiner Puppe aus der Branche. Auffallend hübsch, wie man hörte.«

Wir kamen am Fuß der Treppe an; unsere Schuhe landeten in dem feuchten Sand, aus dem das Ufer besteht, und schließlich wurde ihm bewusst, wo wir uns befanden. Hier, weit weg vom Schein der Straßenbeleuchtung, war es sehr dunkel und eigenartig still – der Verkehrslärm, die Polizeisirenen und alle anderen Geräusche der Stadt schienen plötzlich weit entfernt. Ganz in unserer Nähe und sehr viel lauter konnten wir das Plätschern und Wispern des Flusses hören, wo sein öliges Wasser träge ans Ufer schlug.

Jetzt wurde Mister White wieder nüchterner. »Ich kenne diese Stelle hier«, murmelte er, und als er sich umdrehte, um mich anzusehen, starrte ich zurück, ohne zu lächeln. »Es war nach der Weihnachtsfeier. Er war betrunken. Taumelte herum mit diesem dümmlichen Ding auf dem Kopf. Gott weiß, was er unten am Fluss gesucht hat. Er muss gestolpert und gestürzt sein …« Er unterbrach sich; die Erinnerung schnürte ihm wohl die Kehle zusammen. »Hier jedenfalls wurde sein Leichnam angeschwemmt. Wie ein …« Er schluckte. »Wie ein Opfer für den König des Flusses.«

Ich bedachte ihn mit einem bösen Blick. »Was reden Sie denn da, Sie lächerlicher kleiner Mann!«

Er blinzelte einige Male, schockiert (aber gewiss nicht überrascht) von der plötzlichen Änderung meines Tonfalls. »Weshalb haben Sie mich hierhergeführt?«

Schweigend beugte ich mich hinab und begann, im Sand herumzutasten.

»Was tun Sie denn da, meine Liebe?«

Ich fand, wonach ich suchte, genau an der Stelle, die er mir angegeben hatte – die zerbrochene Flasche, ein langes, gezacktes Stück Glas.

»Lächeln Sie, Mister White«, sagte ich und richtete mich wieder auf. »Klatschen Sie in die Hände und seien Sie fröhlich!

Das ist doch Mister Coldicutts Party!« Als ich hochhob, was ich in meiner linken Hand hielt, glitzerte es im Mondlicht.

»Es war kein Unfall«, erklärte er, und ich glaube, der Mann fühlte sich beinahe erleichtert, es endlich laut aussprechen zu dürfen. »Er war betrunken. Natürlich war er randvoll. Coldicutt war seit Jahren nicht mehr nüchtern gewesen!«

»Lügner«, warf ich ein, aber White war so vertieft in seine Beichte, dass er mich gar nicht hörte.

»Wir unterhielten uns, und er wurde unangenehm wie immer, wenn er geladen hatte. Er erinnerte mich an ... Fehler, die ich als junger Mann begangen hatte. Er wurde gemein und beleidigend. Und dann brauchte es nicht viel. Ein kurzer, heftiger Stoß, und er war im Wasser. Konnte natürlich nicht schwimmen. Es war rasch vorbei.«

Mister White drehte sich um und sah mir ins Gesicht, und da bewegte sich etwas hinter ihm im Fluss und platschte zum Ufer.

»Ich fürchtete die ganze Zeit über, dass Sie mich holen würden«, flüsterte White.

Hinter ihm erblickte ich undeutlich eine aufrechte Gestalt, die auf das Ufer zuwatete – ein dunkelgrauer Anzug, eine Papierkrone, die Silhouette eines Mannes, der jetzt die gleiche Handbewegung ausführte wie am Morgen auf dem Bahnhof.

White starrte mich an. »Sie sind nicht so hübsch, wie es hieß«, murmelte er. »Eigentlich kann ich mir gar nicht vorstellen, was er an Ihnen fand.«

Ich bewegte mich rasch. Das zerbrochene Glas in der Linken stürzte ich auf ihn zu, stieß mit aller Kraft zu und schlitzte Whites Kehle auf. Ein einziger gurgelnder Aufschrei, ein roter Schwall, und mein Arbeitgeber sank zu Boden; er fiel mit dem Rücken zum Fluss, wo die ansteigende Flut ihre Klauen nach ihm ausstrecken würde.

Als ich schwer atmend dort stand, schien die Nacht heller zu werden. Ich nehme an, es war nur der Mond, der sich hinter einer Wolke hervorschob, aber mir kam es so vor, als wäre plötzlich alles deutlicher sichtbar, schärfer umrissen, jetzt, da Mister

Whites Leben ausgelöscht war. Dann sah ich, was aus dem Fluss aufgetaucht war, was mir von der Fenchurch Street gefolgt und den ganzen Tag auf den Fersen geblieben war, und mein Herz zog sich vor Entsetzen zusammen. Wie konnte ich dieses Ding nur für den Mann halten, den ich angebetet hatte, der sich als der vitalste, erfahrenste und einfühlsamste Liebhaber erwiesen hatte, den ich mir vorstellen konnte und an dessen Beerdigung teilzunehmen mir so grausam verwehrt worden war?

Dieses Ding ähnelte ihm nur in der ungefähren Form, und es hatte annähernd seine Gestalt, aber es war wie eine Karikatur dieses Mannes, eine kranke Variation über der Hauptmelodie Coldicutt. Als es ins Mondlicht taumelte, sah ich es schließlich als das, was es war – sah sein Haar aus wirren Schlingpflanzen, seine Zähne aus Kieselsteinen, seine schlaffe Haut aus Schlick und Schlamm, seine Krone aus Flechten und blutroten Algen.

Der König des Flusses wandte sich mir zu und lachte. Ein Strahl schwarzes, faulig riechendes Wasser ergoss sich aus der schwammigen Öffnung, die sein Mund war. Er hob einen Arm, krümmte den Zeigefinger der linken Hand und winkte mich näher.

Ich drehte mich um und rannte los; ich wagte nicht zurückzublicken, stolperte nur die Steinstufen hoch und stürzte hinaus auf die Straße. Während ich wieder hineinwankte ins Getriebe der Stadt, hörte ich das spöttische gurgelnde Lachen, das durch die bitterkalte Winterluft hinter mir hertrieb, und wusste ohne den Schatten eines Zweifels, dass es nur eine Frage der Zeit war, bevor ich zurückkehren würde an den Fluss.

Weihnachten verging in einem Dunst aus schlechten Träumen und morgendlichen Katern, und jetzt, wo ich dies hier schreibe, sind längst die öden, freudlosen Wochen des frühen Januars auf uns herabgesunken. Ich habe meine Arbeit bei Coldicutt & White nicht wieder aufgenommen, sondern meine letzten Tage damit verbracht, ein paar geringfügige geschäftliche Dinge zu regeln, mein Testament zu schreiben und diesen kurzen Bericht zu verfassen.

Heute Abend werde ich mein letztes Mahl zu mir nehmen, ein langes, entspanntes Bad genießen, mich für eine Aufmachung entscheiden, von der ich meine, sie würde ihm am besten gefallen, und zu Fuß in den ältesten Teil der Stadt gehen – die lange steinerne Treppe hinab, die zu meiner neuen Liebe führt; dort werde ich mich ihm anerbieten, und ich hege keinerlei Zweifel, dass er mich akzeptieren wird.

Ich werde mich seiner nassen Umarmung ergeben, seine schlammig-glitschigen Finger über meinen Körper wandern lassen, meinen Mund einladend der Berührung seiner kalten Lippen nähern und in geheimer Lust erschauern, wenn seine schwarze Zunge zwischen meine Zähne schlüpft. Und dann endlich werden wir, glückselig ineinander verschlungen, zusammen in den kühlen dunklen Schlick des Flussbetts sinken und dort unser gemeinsames Leben genießen, bis ans Ende aller Tage.

Susanne Gerdom

Lang lebe die Königin

Der König saß neben dem Diwan, auf den die Diener sie gebettet hatten. Seine Hände, die er im Schoß verschränkt hielt, zitterten leicht, was er ohne Erstaunen bemerkte. Der Schmerz war zu groß und nahm nicht ab.

Das sterbende Licht des Wintertages ließ die Schatten aus den Ecken des Gemaches wachsen und langsam über die schweren Teppiche und dunklen Möbel kriechen. Goldschimmernde Einlegarbeiten versanken nach und nach im Dunkel. Es war kalt im Zimmer, graue Asche lag im Kamin und auf dem Teppich, Staub bedeckte die Möbel. Seit er die Diener aus dem Gemach gejagt hatte, war es keinem von ihnen gestattet worden, es wieder zu betreten.

Sein Blick wanderte über die liegende Gestalt. Sie war so schön, dass ihn der Anblick wie mit Messern durchfuhr. Sonnenlichtblonde Locken umspielten ihr blasses Gesicht und ringelten sich über den schlanken Hals. Zarte, bläuliche Schatten lagen unter den geschlossenen Augen. Er wünschte sich, sie würde ihn ansehen, damit er sein erstarrtes Herz an dem strahlenden Blick ihrer Augen wärmen konnte.

Ihr Mund war sanft geschlossen und schien zu schmollen. Er beugte sich vor, und einen Lidschlag lang glaubte er, das Kitzeln ihres Atems auf der Wange zu spüren, ihre Stimme zu vernehmen, die zärtlich seinen Namen hauchte.

Mit einem Ruck setzte er sich wieder auf und wischte heftig mit der Hand über sein Gesicht. »Träumer«, sagte er. Jeden Tag, wenn er an ihrem Lager saß, wartete er auf ein Zeichen, ein Zucken ihrer Hand, ein Drehen des Kopfes, ein Lächeln. Er flüsterte ihren Namen, aber sie regte sich nicht. Er berührte ihre Wange mit den Fingerspitzen.

»Heute ist der Heilige Abend«, flüsterte er in ihr Ohr. »Heute, mein Herz, mein Liebstes. Heute Nacht bist du wieder bei mir, und dann wird keine Macht uns mehr von einander trennen.«

Der Nekromant, in einen staubigschwarzen Gehrock gekleidet, erwartete ihn im Kaminzimmer. Von seinen abgetretenen Stiefeln tropfte schmelzender Schnee auf den kostbaren Seidenteppich. Der Herrscher der Westlande begrüßte den alten Mann voller Ungeduld und mit einer unausgesprochenen Frage im Blick und wurde mit einer unterwürfigen Verbeugung belohnt. »Es ist alles bereit, Majestät.«

Der König sank in ein Fauteuil und schlug die Hände vors Gesicht. Es war ihm gleich, ob der Magier seine Erregung sah. Mit welch quälender Ungeduld hatte er diesen Tag erwartet?

Er rang seine Gemütsaufwallung nieder und nickte dem alten Zauberer zu. »Sprich«, befahl er.

Der Magier zog sich einen Stuhl heran und entrollte behutsam ein brüchiges Blatt Pergament. Sein Finger deutete auf Stellen des Textes, und der König las sie stumm und mit gerunzelter Stirn. Dann sah er auf, blanken Schrecken in den aufgerissenen Augen. Der Nekromant erwiderte den Blick vordergründig voller Unbehagen, aber in den Tiefen seiner schwarzen Augen nistete der Hohn. Der alte Mann genoss es, wie der König sich in Qualen wand.

»Das ist also das einzige Mittel?«, fragte der König. Als der Alte nickte, schloss er die Augen. »Welch ein Preis«, murmelte er. »Ein Leben lang von dem abhängig zu sein, was man einem anderen zuvor gewaltsam entrissen hat.«

»Ihr müsstet den Preis nicht selbst bezahlen, Majestät.« Der Nekromant tippte auf eine weitere Passage der Schrift. »Es gibt die Möglichkeit, dass es ein anderer freiwillig für Euch auf sich nimmt. Aber auch das hat natürlich seinen Preis.« Er hielt inne und leckte sich über die trockenen Lippen, ehe er fortfuhr: »In diesem Fall müsstet Ihr damit leben, alt und grau und gebrechlich zu werden, während Eure Gemahlin noch immer in voller Jugendblüte steht.«

Der König schüttelte schwach den Kopf, ohne die Augen zu öffnen. »Das kommt nicht infrage. Auf keinen Fall.«

Der Magier rollte das Pergament vorsichtig zusammen und schob ein geflochtenes Bändchen über die Rolle. Seine Gelenke knackten, als er seine Haltung wechselte. Er sah den König abwartend an.

Der öffnete endlich die Augen und nickte. »Beginnen wir also. Was benötigen wir an Werkzeug?«

Der alte Mann zog ein kleines, scharfes Messer aus seinem Gewand und präsentierte es auf der flachen Hand. Voller Unbehagen griff der König danach. Er sah den Magier fragend an.

»Blut«, sagte der Alte kurz, »nein, nicht so!« Er hielt das Handgelenk des Königs fest, der sich in den Arm schneiden wollte. Die Finger des Nekromanten waren kalt und sein Griff unangenehm. Ein modriger Geruch stieg aus seinen Kleidern auf, und der König musste an sich halten, seinen Abscheu nicht zu zeigen. Er entwand das Handgelenk dem klammernden Griff und nahm das Messer hastig in die andere Hand, denn es schien in seinen Fingern zu zucken wie ein lebendiges Wesen, ein eisglatter Fisch oder eine Schlange.

»Safaît muss jemanden getötet haben, damit ich den Zauber wirken kann«, erklärte der Magier.

Der König schauderte und warf das Messer zu Boden.

Der Alte bückte sich ächzend und klaubte es auf. »Ich kann es nicht für Euch tun«, erklärte er bündig. »Der Bittende selbst muss einem Menschen das Kostbarste geraubt haben, was dieser besitzt.«

»Das Kostbarste, was ich besaß, ist mir bereits geraubt worden. Ich würde mit Freude mein Leben dafür geben, sie wieder lebendig …« Der König verstummte und starrte voller Widerwillen die Klinge in der Hand des Alten an. »Ich bin verflucht!«

»Gewöhnt Euch lieber daran. Wenn wir dieses Werk wie geplant vollenden, wird noch so mancher Tropfen Blut vergossen werden. Aber bitte, Ihr müsst wissen, was Ihr wollt. Nur denkt daran: Sehr viel länger kann ich den Zauberbann, den ich über Eure Gemahlin gelegt habe, nicht mehr aufrecht erhalten. Und nur jetzt, zur Zeit der Weihnacht, kann ich das Werk vollenden. Heute ist der Heilige Abend, ein Zeitpunkt, dem der allerstärkste Zauber innewohnt. Zaudert also nicht zu lange, in wenigen Stunden ist es unwiderbringlich zu spät.« Der Magier schickte sich an, das Messer wieder einzustecken.

Eiserne Finger umklammerten seine Hand und pressten sie schmerzhaft um den Messergriff. Der Nekromant blickte auf und schrak vor der Miene des anderen zurück.

Der König riss das Messer aus den kalten Fingern des Alten und zog an der Klingelschnur. Dann wartete er, finster brütend und stumm, während der Magier sich in eine Ecke zurückzog und ihn beobachtete.

Leichte Schritte erklangen, ein leises Klopfen, dann trat ein junger Diener ins Zimmer. Auf seiner Stirn war blassrot der Weihnachtsstern zu sehen, ein Zeichen dafür, dass der junge Mann am Nachmittag den Gottesdienst besucht und die heilige Kommunion empfangen hatte.

»Du, Alfred«, sagte der König erstickt. »Du, ihr treuester Diener … Komm zu mir.«

Der junge Mann trat vertrauensvoll an seine Seite und wartete, was sein Herr von ihm verlangte.

»Vergib mir, Alfred. Es ist für deine Herrin.« Mit einer schnellen Bewegung schnitt der Herr seinem Diener die Kehle durch und hielt den Zusammensinkenden in seinen Armen, bis das Blut zu strömen aufhörte und der verständnislose Blick in den schreckgeweiteten Augen erlosch.

Der Magier trat vor, so flink seine alten Glieder es erlaubten, und nahm das befleckte Messer aus den blutigen Fingern des Mörders. »Gut so«, sagte er. »Jetzt ans Werk.«

Der König stand wie erstarrt über der Leiche des jungen Dieners. Der Samt seiner Jacke war dunkel getränkt, und hellrote Spritzer verunzierten die cremige Seide seines Hemdes.

Der Magier öffnete eine zerkratzte Ledertasche, die auf dem Tisch stand, und holte eine Feile und ein Fläschchen heraus. Er schnitt sorgsam das versiegelnde Wachs rund um den Korken ab und öffnete das Fläschen, um daraus eine klare Flüssigkeit auf den hölzernen Griff des Messers zu träufeln, das er vorsichtig an seiner Schneide hielt und sodann dem König reichte.

»Nehmt es. Haltet den Griff ins Feuer.« Er deutete beiläufig auf den kalten Kamin. Der König stieg über die Leiche des Dieners hinweg. Im gleichen Augenblick schnippte der Alte mit den Fingern, und im Kamin loderte ein kaltes, blaues Feuer auf.

»Haltet Safaît hinein«, wiederholte der Magier ungeduldig. Dem König entging nicht, dass der Alte seine unterwürfige Art, ihn anzusprechen, abgeworfen hatte wie eine Schlange ihre alte Haut. Er vertrieb seine Betäubung und warf dem Magier einen warnenden Blick zu, den dieser mit blitzendem Stolz erwiderte. Der König knirschte mit den Zähnen, aber er tat, was der Alte ihm befahl.

Der Messergriff verging mit einem Zischen. Die Schneide glühte auf und verbrannte ihm die Finger. Er schrie vor Schreck und Schmerz. »Nicht loslassen«, rief der Magier. Mit einer schnellen Bewegung warf er ein Pulver über Messerschneide und Hand. Es rieselte nieder und der Schmerz verging, obwohl Brandblasen auf den Fingern des Königs wuchsen. Das Feuer im Kamin erlosch.

»Jetzt zerstört auch die Schneide«, befahl der Alte und reichte ihm die Feile.

»Wäre es nicht klüger gewesen, zuerst die Schneide ...«, begann der König matt.

Der Magier verzog das Gesicht zu einem bösen Lächeln. »Klüger vielleicht und schonender für Eure weißen Finger ganz sicher – aber wenn Ihr wollt, dass der Zauber wirkt, dann tut, was ich Euch sage.«

Der König biss die Zähne zusammen und begann, die Schneide zu zerraspeln. Bald lief Blut über seine Finger, und die zerschnittenen und aufgerissenen Hände konnten das schwindende Metall kaum noch halten. Und während der ganzen Prozedur hörte er den Alten unverständliche, raue und gutturale Worte skandieren, die in seinen Ohren dröhnten wie misstönende Glocken.

Endlich war die Arbeit beendet. Schwer atmend stand er über einem Häufchen von Spänen, auf das sein Blut herabtropfte.

»Gut«, sagte der Magier. »Nun kommt der schwierigste Teil. Gehen wir zu ihr.«

Schweigend führte der König den Alten in das Zimmer, in dem sie aufgebahrt lag. Der Magier prüfte ihre Lage, fasste ihre Hand. »Der Zauber wirkt«, erklärte er selbstzufrieden. »Kein Zeichen des Verfalls. Sie sieht aus, als schliefe sie nur. Es war ein Reitunfall, sagtet Ihr? Wie lange ist sie nun tot?« Er weidete sich an der Qual im Gesicht des Königs.

»Fahre fort, du Teufel«, stieß der König heiser hervor. »Bring es endlich zu Ende!«

Der Magier lächelte wieder, und das Lächeln verfinsterte sein Gesicht wie tiefer Schatten. »Ich höre und gehorche, Herr«, sagte er spöttisch.

Mit einer schnellen Bewegung löste er die Verschnürungen des Gewandes und entblößte die schneeweiße Brust der Toten. Den König, der ihm rasend vor Trauer und Wut über die Entweihung seiner Liebsten an den Kragen wollte, hielt er mit einer herrischen Handbewegung auf. »Ihr wisst, was Ihr zu tun habt«, sagte er scharf. »Vollendet es jetzt oder lasst sie für immer ins Reich des Dunkels gehen!«

Der König hob die zerschnittene Hand hoch in die Luft. Ein schimmerndes Messer aus grünem Licht erschien darin, und er starrte es mit hervorquellenden Augen an. Mit einem Schrei, in dem sich Entsetzen, Wahnsinn und allerhöchste Qual mischten, stieß er sich das Geistermesser zwischen die Rippen ins Herz, dass das helle Blut hervorquoll, und sank mit einem Ächzen auf die Liegende. Der schimmernde Griff des Messers, der aus der Brust des Königs ragte, sackte lautlos in das tote, weiße Fleisch der Königin.

Atemzüge stockten und erstarben.

Lange Zeit regte sich nichts, nur das rasselnde Luftholen des alten Magiers störte die Totenruhe.

Draußen begannen die Glocken zur mitternächtlichen Christmette zu läuten, und die Stimmen und Schritte der Kirchgänger hallten durch die Straße.

Im Zimmer war es still.

Dann raschelte etwas. Eine wächserne Hand bewegte sich, zuckte. Finger griffen blind nach einer Schulter, mühten sich vergebens, die schwere Last von sich zu schieben.

»Ach«, stöhnte eine Stimme. Beine zuckten und tasteten nach Halt.

Der Magier trat neugierig, aufgeregt näher. Er verschränkte die Hände hinter dem Rücken, sah nur zu, half nicht.

Sah zu, wie sich die Frau unter dem Körper des Mannes hervorwand. Sah zu, wie sie sich aufsetzte und blicklos erst, dann immer klarer umsah. Sah ihren Schrecken, als sie den Liegenden erkannte, aus dessen Brust immer noch das Messer ragte – das aber nun, während sie hinsah, verschwamm, sich verzerrte, blasser wurde und verschwand. Die Wunde schloss sich. Ein tiefer Atemzug hob die Brust des Mannes. Er hustete, tastete nach Halt, hob die Lider. Sah sie. Vergaß die Welt in ihrem Blick.

Der Magier rieb sich zufrieden die Hände und nickte mehrmals. Dann schob er sich rückwärts aus der Tür und suchte einen bequemen Sessel, auf dem er niedersank. Er faltete die Hände im Schoß und schloss die Augen.

Der König, der aus der Tür trat und mit steifen Bewegungen auf ihn zukam, weckte ihn grob. »Auf, Mann«, sagte er. »Sie schläft jetzt. Sag mir nun genau, was ich – was wir fortan beachten müssen.«

»Ein Glas Wein wäre erfreulich«, sagte der Magier nachdenklich. »Und vielleicht ein wenig Brot und Butter. Ich bin erschöpft.«

Bebend vor Ungeduld und Widerwillen gegen den Alten ließ der König Brot und Wein bringen und sah zu, wie der Magier schmatzte und schluckte und sich den Wein vom Kinn wischte.

»Also«, sagte er nach einer langen Weile drohend.

Der Alte lehnte sich zurück und seufzte. »Fortan benötigt ihr von Zeit zu Zeit Erneuerung«, sagte er. Er sah das verständnislose Gesicht des Königs und fügte sanft hinzu: »Der Tod lässt sich nicht vollständig rückgängig machen. Ihr verbraucht das euch geschenkte Leben mit jedem Atemzug.«

Der König nickte schroff, er erinnerte sich an das Gelesene – auch wenn es ihm schien, als sei es ein Menschenleben her, dass er das Pergament zu Gesicht bekommen hatte. Ein Menschenleben. Er verzog das Gesicht über die bittere Ironie dieses Gedankens. Eigentlich hätte er sich vor Schuld krümmen müssen. Oder vor Freude tanzen und singen, dass er seine Frau aus dem Totenreich zurückgeholt hatte wie Orpheus. Aber in ihm war alles grau und tot wie der heraufdämmernde Wintertag vor seinen Fenstern. Es war, als läge eine Schneedecke über seinem Fühlen, und das Herz lastete schwer und kalt in seiner Brust.

»Erkläre mir also, was ich tun muss«, forderte er.

Der Alte gehorchte, und mit blassem Gesicht lauschte der König seiner Stimme, die mit unüberhörbarer Freude schreckliche Bilder malte. Keiner von ihnen konnte jemals wieder zurück in die warme, freudvolle Welt der Lebenden. Zwischen den Welten gefangen, nicht tot und doch nicht ganz lebendig, würden sie ihr Dasein fristen, auf ewig aneinander gekettet durch die Tat. Und einmal in jedem Jahr mussten sie den schrecklichen Frevel gegen das Leben erneut begehen. Sie mussten jemanden töten, der ihnen vertraute, um mit seinem verlöschenden Leben ihre eigene gestohlene Existenz um ein weiteres Jahr zu verlängern.

Und damit nicht genug: Der alte Nekromant würde ab jetzt sein ständiger Begleiter sein, Tag um Tag bis in alle Ewigkeit würde der König das verhasste Gesicht erdulden müssen, die kratzige Stimme, die knackenden Gelenke und knotigen Finger, den Geruch nach alten Kleidern, totem Getier und muffigen Grüften, der den Alten einhüllte wie ein Leichentuch …

Indessen kroch das Licht der Morgendämmerung durch die Fenster, und es erschien dem König widerlich wie fahles, schleimiges Gewürm. Er wandte den Kopf ab und befahl dem Magier, die Vorhänge zu schließen. Der Alte gehorchte ohne zu murren und stand dann da, mit erhobener Hand, und starrte an ihm vorbei.

Der König blickte sich um und sah seine Frau im Türrahmen stehen. Ihre Augen waren groß und dunkel im bleichen Gesicht, und er konnte Angst und ungläubiges Entsetzen in ihnen lesen. Ihr Blick, der auf dem Nekromanten geruht hatte, wanderte jetzt zu ihm, und er wartete darauf, dass der Hass darauf einem liebevollen Ausdruck wich.

Er hoffte vergebens. Das geliebte Gesicht blickte fremd und kalt auf ihn.

Erschreckt bis ins Mark seiner Knochen sprach er sie an, und gleichzeitig hörte er die Stimme des Alten ihren Namen rufen.

Er fuhr auf, um den Magus für diese Anmaßung zu züchtigen, aber der wandte den Blick in seine Richtung und spuckte dabei auch seinen Namen aus wie ein Bröckchen Aas, das ihm zwischen den Zähnen gesteckt hatte.

Gebannt an allen Gliedern und zitternd vor eiskalter Wut und Hilflosigkeit stand der König da und sah zu, wie die Königin sich dem Alten näherte und vor ihm stehen blieb. Der Magier strich ihr über die weiße Wange, und die Königin ertrug es starr und reglos. Nur der lodernde Abscheu in ihren Augen deutete den Sturm an, der in ihrem Inneren tobte.

»Ihr werdet Euch an mich gewöhnen«, sagte der Magier. »Werdet Euch daran gewöhnen, dass Eure armselige Existenz nun allein von meiner Gunst abhängt. In den kommenden

Tagen, Jahren, Jahrhunderten. Aber habt keine Angst, bisher haben sich noch alle mit ihrem neuen Herrn abgefunden. Früher oder später.« Er rieb sich die Hände, und das kratzende, schabende Geräusch ließ den König an Kellerasseln und Schlangen denken, die sich unter Steinen wanden.

Der Magier lachte tonlos und malte ein verschlungenes Zeichen in die Luft. Die unsichtbaren Fesseln lösten sich, und der König stürzte sich auf den Nekromanten, um ihn zu erwürgen.

Der Magier kicherte wieder und schob den Vorhang ein Stückchen beiseite. Das blasse Licht des Weihnachtsmorgens traf den König wie ein Schmiedehammer, er keuchte und sank betäubt in die Knie, während neben ihm die Königin mit einem Jammerschrei zu Boden stürzte und ihr Gesicht schützend in den Armen barg.

Der Magier schloss den dicken Vorhang und ordnete sorgsam die Falten des Stoffes. »Bleibt lieber aus dem Licht«, riet er im Plauderton, als wäre nichts geschehen. »Ich gehe nun und suche mir angemessene Gemächer. Macht Euch keine Umstände, ich werde schon einen Diener finden, der mir dabei hilft.«

Die Tür schloss sich hinter ihm, und nach einer Weile erhob sich der König schwerfällig von den Knien. Er reichte seiner weinenden Gemahlin die Hand, um ihr aufzuhelfen, aber sie wich vor ihm zurück wie vor einem ekelhaften Gestank. Mit abgewandtem Gesicht, ohne ihm einen Blick zu schenken, raffte sie ihre Röcke und lief aus dem Zimmer.

Seine Schultern sanken herab, und er fühlte die Last der kommenden Jahrhunderte auf ihnen ruhen.

Die Königin lebte wieder. Das war doch ganz sicher jeden Preis wert. Jeden Preis …

Tobias O. Meißner

Von draußen

1

Das Blaulicht verlieh dem Schnee ein ganz besonders kaltes Aussehen. All die elektrischen Baumkerzen, Schmucksterne und sogar die von innen leuchtenden Zwerge in den Vorgärten kamen nicht an gegen das hektisch grelle Flammen der Polizei- und Notarztwagen.

Oberinspektor Zundt kämpfte sich durch die rutschige Auffahrt voran, schneuzte herrisch in ein Papiertaschentuch und näherte sich so dem Haus der Familie Steurer. Die Herumstehenden und Umhergehenden merkten auf, nickten ihm zu oder winkten grüßend. Die Sanitäter, die nichts mehr zu tun hatten. Die Spurensicherer aus der Stadt mit ihren Wichtigkeitsköfferchen. Die jungen Landbeamten mit ihren käsigen Gesichtern. Sie alle hätten am Heiligabend Besseres, Besinnlicheres zu tun gehabt, mussten Frauen und Kinder schreckäugig und traurig zu Hause warten lassen, weil es am äußeren Waldrand der Gemeinde diesen schrecklichen Mord gegeben hatte.

Dreifachmord.

Am Heiligabend, ausgerechnet.

Zundts hochaufgeschossener Assistent Gideoni kam ihm mit wehenden Mantelschößen und einem von diesen neumodischen Notiz-Handflächencomputern auf halbem Weg entgegengelaufen.

»Fröhliche Weihnachten, Gideoni«, knarzte der Oberinspektor. Seit zwei Tagen schon hatte er wegen dieser grässlichen Erkältung, die sich wie ein schauriger Geist in seinem Kopf und Körper festgekrallt hatte, zu Hause im Bett gelegen, war krankgeschrieben gewesen und hatte niemanden von der Polizeistation zu Gesicht bekommen. Er konnte nicht behaupten, die Dutzendvisagen seiner Kollegen sonderlich vermisst zu haben. »Was ist hier passiert?«

»Eine Familie. Es ist ganz furchtbar, Herr Oberinschpektor!« Gideoni sagte immer »In*sch*pektor«, egal, wie oft Zundt ihn schon gebeten hatte, gefälligst hochdeutsch zu sprechen. »Familienvater Ludwig Steurer, seine Frau« – Gideoni musste auf seinem blau leuchtenden Bildschirm nachlesen, jede Berührung des winzigen Monitors mit dem schwarzen Bedienstift verursachte ein unangenehm durchdringendes Piepgeräusch – »Rupandrat und ihre fünfjährige Tochter Anne. Aber kommen Sie und sehen Sie selbst.«

»Rupandrat? Was soll das denn für ein Frauenname sein: Rupandrat! Das klingt eher wie eine Währung oder so.«

»Ich glaube, sie stammte aus Thailand.«

Zundt hustete betont schleimlösend. »Ich kann mir wirklich Schöneres vorstellen an diesem Abend. Sogar eine André-Rieu-Show würde ich mir lieber anschauen als ein totes Kind. Mordwaffe?«

»Das ist es ja eben, Herr Oberinschpektor. Ich habe überhaupt keine Ahnung.«

»Wer hat die Toten denn gefunden?«

»Der junge Obentrauter, Herr Oberinschpektor. Nachbarn haben die Polizei gerufen, weil sie Schreie und Lärm gehört haben.«

»Welche Nachbarn, herrgottnochmal? Wo stehen sie?«

»Die da hinten. Das Ehepaar« – Gideoni las wieder piepend nach – »Scherzenauer.«

Oberinspektor Zundt stiefelte auf die beiden ältlichen Scherzenauers zu, die unwillkürlich einen halben Schritt zurückwichen. Die offensichtliche Erkältung des leitenden Ermittlers blieb den Leuten nicht verborgen. »Sie sind die Scherzenauers?« Die Nase des Oberinspektors war schon wieder voll. Sein trompetendes, reichhaltiges Schnauben trieb die Scherzenauers noch mal einen ganzen Schritt nach hinten, beinahe bis in die verschneiten Büsche. »Was waren das für Geräusche, die Sie alarmiert haben? Herrgottnochmal, ist das ein Rotz!«

»Ein ganz schrilles Schreien und dann das Klirren von Glas«, gab Frau Scherzenauer furchtsam Auskunft. Sie bekräftigte jedes ihrer Worte mit einem Nicken. »Die ganze hintere Terrassentür ist ja ganz zersprengt. Es war ein ganz furchtbarer Lärm. Wir dachten schon, es gibt ein Erdbeben oder ein ganzes Haus ist in die Luft geflogen oder so was. Zu Weihnachten kann man ja schon immer damit rechnen, dass es ganz in der Nähe brennt.«

»Ja. Und mit einem Familienmord. Und Suiziden. Zuerst das Schreien, dann das Klirren?«

»Ja, ja. Furchtbares, ganz gellendes Gebrüll. Dann ist das ganze Glas zerspellt.«

»Daraufhin haben Sie doch sicher rausgeblickt. War irgendetwas Ungewöhnliches zu sehen?«

»Nichts, ganz und gar nichts. Es war irgendwie ganz ... dunkel. Dunkler als vorher, weil bei den Steurers die ganzen Fensterschmucklichter hinten raus kaputtgegangen sind, deshalb konnten wir nur ganz wenig sehen.«

»Dankeschön.« Der Oberinspektor ließ die beiden einfach stehen, schlüpfte unter der Absperrung hindurch und ging zum Haus. Gideoni folgte ihm und machte sich piepend Notizen mit seinem wie abgebrochen wirkenden Monitorstift.

Das Haus der Familie Steurer war zweistöckig mit ausgebautem Dachboden. Schon im Garten war alles voller Leuchtschmuck. Nach hinten raus ging es zaunlos in den Wald. Eine Futterkrippe für Rehe war in der schneeversunkenen Dunkelheit auszumachen.

Zundt spürte, wie ihm die Kälte sogar durch die lange Unterhose in die Knochen kroch. Er gehörte ins Bett mit einer heißen Brühe und einem Hörbuch, nicht in den frostklirrenden Außenbereich der Gemeinde. »Ist der junge Obentrauter hier denn nirgendwo, herrgottnochmal?«

»Vorhin habe ich ihn noch gesehen.« Gideoni rief mit seinem Handy jemanden an, der wahrscheinlich nur zwanzig, dreißig Schritt entfernt war. »Hallo? Zattling? Ja, können Sie mir den Obentrauter mal bitte kurz rausschicken zum Oberinschpektor? Wir sind hier vorm Haus. Dankeschön.«

»Wir sind nicht mehr vorm Haus, wir gehen rein«, brummte Zundt.

»Wir kommen rein, Zattling, obacht, wir kommen rein. Der Obentrauter soll zu den Tatopfern hinkommen.« Mit wichtiger Miene ließ Gideoni einhändig sein Handy zuschnappen und trabte weiter neben Zundt her. »Ich habe den Obentrauter fernmündlich angefordert«, erläuterte er unnötigerweise.

Innen roch es noch nach gebackenen Keksen und Punsch. Oberinspektor Zundt wollte sich auf die Wärme konzentrieren, sich wohler fühlen, doch es gelang ihm nicht. Drei Leichen waren im Haus, und im Tatraum war es bitterkalt, weil die gläserne Rückwand zur Terrasse zerstört worden war.

Das Wohnzimmer glich einem Schlachtfeld. Ein Radio lief und plärrte süßliche Weihnachtschöre. »*... stille Nacht, heilige Nacht, alles schläft, einsam wacht...*« Die rückwärtige Glasfassade sah tatsächlich aus, als wäre sie in die Luft gesprengt worden. Der gesamte Raum war verwüstet. Überall lagen Kerzen, zerfetztes Geschenkpapier, ausgepackte und noch unausgepackte Geschenke. Alles war mit Tannennadeln und Lametta, Christbaumkugelsplittern und Wachsspritzern übersät. Sogar die Deckenlampe war heruntergekracht und lag zerborsten am Boden. Der Fernseher war eingeschlagen und nach hinten umgekippt, das große Sofa durchlöchert und zerkratzt, als hätten hier Raubkatzen getobt. Alles Essgeschirr lag auf dem Boden. Bücher waren aus Regalen gerissen. Ein Schrank umgekippt. Wandbehänge und Bilder zerfetzt. Durch die geborstene Terrassentür rieselte leise der Schnee.

Ein Erdbeben hätte nicht gründlicher sein können. Ein Erdbeben, das sich nur in diesem einen Zimmer abgespielt hatte.

Und dann die Toten. Vater, Mutter, Kind. Sie sahen aus, als wären sie zerprügelt, zerstochen und zertreten worden. Alle drei lagen an den Wänden, an unterschiedlichen Seiten des Raumes, wie nachlässig verpackte, unerwünschte Geschenke. Geduldig saugte der flauschige Teppich das Blut von vielen hundert kleinen Wunden auf.

Das Blitzlicht des Tatortfotografen schlug den Oberinspektor wie Ohrfeigen. Seine Kopf- und Gliederschmerzen wurden wieder stärker. Er wollte sich setzen, aber nicht hier zwischen die Leichen. Dieses schreckliche Radio mit dem einlullenden Gesinge. »*... durch der Engel Halleluja tönt es laut von fern und nah ...*«

»Gideoni, mach mal das Radio aus, herrgottnochmal!«

»Wir haben es angelassen, weil es lief, während das Mordgeschehen ...«

»Schreib dir auf, was für ein Sender das ist, aber die Lieder sind jetzt andere als während des Mordes, es macht uns nicht klüger, wenn wir das ganze beschissene Programm durchhören«, schnauzte der Oberinspektor. »Herrgottnochmal! Wo bleibt denn dieser saudumme Obentrauter? Und wo ist der Baum?«

»Welcher Baum?«

»Welcher Baum wohl? Der Weihnachtsbaum natürlich!«

»Der ist, soweit wir das beurteilen können in diesem Durcheinander, das Einzige, was fehlt«, mischte sich der aknegesichtige Egirsthaler von der Spurensicherung ein. Jeder, der in diesem Raum sprach, trug Atemwolken vorm Gesicht. »Der Baumständer steht noch da. Aber es gibt noch etwas, was Sie sich anschauen sollten, Oberinspektor.« Egirsthaler winkte Zundt und dessen Assistenten mit dem Zeigefinger hinter sich her, während sie zu dritt die Verwüstung durchschritten. »Hier«, sagte Egirsthaler, als sie an der zerborstenen Glaswand haltmachten, die auf den hinteren Garten und den sich daran anschließenden Wald hinausführte. »Die große Fensterrückwand ist von innen eingeschlagen worden, nicht von außen. Und da draußen – kommen Sie! Vorsichtig, hier ist alles voller Glas. Die Spuren, die hier um das Haus herumführen, stammen von dem Beamten Obentrauter, der als Erster den Tatort betreten hat, und zwar von außen durch die kaputte Glaswand. Aber hier, können Sie das sehen, im Schnee?«

»Was ist das?«, näselte Zundt. »Soll das etwa eine Spur sein?«

»Ja, aber eine unkenntlich gemachte Spur. Das sieht aus, als hätte jemand den Weihnachtsbaum hinter sich hergeschleift, um seine Spuren zu verwischen.«

»Und wo führt diese Spur hin, herrgottnochmal?«

»Ich habe keine Ahnung.« Auch Egirsthaler wirkte genervt. »Ich bin Spurensicherer, kein Spürhund. Ich kann auch keinen Männern befehlen, sich nachts dort in den Wald zu begeben. Das müssen Sie schon selber tun, Herr Oberinspektor.«

»Den Teufel werde ich tun, den Teufel werde ich tun.« Der Oberinspektor zog jetzt einfach schnoddernd die Nase hoch, anstatt erneut zu schnauben. Der Wald war im Winter nicht ungefährlich, weil man unter dem halbmeterhohen Schnee nicht erkennen konnte, wohin man trat. Im Dunkel der Weihnacht jedoch war es schlichtweg fahrlässig, sich zu Fuß dort hineinzuwagen.

»Diese Spur ist jedenfalls das Beste, was wir hier haben«, dozierte Egirsthaler. »Fingerabdrücke finde ich natürlich allenthalben, aber ich gehe jede Wette ein, dass die von der Familie stammen. In dieser Jahreszeit trägt doch ohnehin jeder Handschuhe. Stoffreste werden schwierig, weil überall zerfetzte frisch gestrickte Weihnachtspullover und -socken herumliegen. Das Blut dürfte nur von den Opfern sein. Missbrauchsspuren auf den ersten Blick Fehlanzeige, also keine DNS. Den Todeszeitpunkt würde ich nach Einbruch der Dunkelheit ansetzen. Als Mordwaffe würde ich inzwischen sagen, wenn es sich nicht so saublöd anhören würde: Die Opfer sind mit ihrem eigenen Weihnachtsbaum zu Tode geprügelt und gestochen worden. Aber da der Weihnachtsbaum mitgenommen wurde, um die Spuren zu verwischen, kann ich da nichts mit Bestimmtheit sagen. Wenn es langsam heftiger schneit, gebe ich Ihnen noch eine, höchstens zwei Stunden, Oberinspektor, um die Spur zu verfolgen – dann deckt sie das unschuldigste Weiß.«

»Das verstehe ich nicht im Geringsten.« Oberinspektor Zundt hatte sich hingehockt, um sich die in den Wald hinausführende Spur genauer anzuschauen. »Sie sagen, jemand hat mit dem Baum seine Spur verwischt. Aber wie soll das denn funktionieren? Der Schnee ist hier gut und gerne vierzig Zentimeter tief. Die tiefen Fußspuren müssten doch trotzdem zu sehen sein, selbst wenn die Oberfläche mit einem Tannenbaum überwedelt wurde.«

»Na ja.« Egirsthaler kratzte sich den pickligen Kopf. »Nicht, wenn der Täter Schneeschuhe oder so etwas getragen hat. Skier.«

»Skier also. Na, das gibt uns ja einen äußerst einleuchtenden Tathergang.« Oberinspektor Zundt nieste, so laut, dass alle zusammenfuhren. Schnee rieselte von Ästen. »Der Täter kommt also auf Skiern aus dem Wald, so weit, so gut. Er macht Langlauf bis zum Haus, im Dunkeln, wohlgemerkt. Wie kommt er rein, ohne Spuren zu hinterlassen? Egal. Vielleicht klopft er hier an die Glastür, und die Familie, die sich gerade gegenseitig beschert und von christlicher Gesinnung ganz gerührt ist, lässt ihn ein. Drinnen rastet er dann aus, reißt den Weihnachtsbaum aus dem Baumständer und drischt alle damit tot. Dann springt er mitsamt dem Baum durch die Scheibe, anstatt einfach die Glastür von innen zu öffnen. Oder falls sie noch offen war – anstatt einfach hindurchzugehen. Draußen jedoch – vielleicht bestärkt durch die Kälte und die frische Waldesluft – setzt sein Verstand schlagartig wieder ein, er schnallt sich seelenruhig – denn ich nehme an, drinnen in der guten Stube musste er sie doch wohl ausziehen – die Skier oder die Schneeschuhe wieder unter und zerrt den Baum hinter sich her, um die Spuren seiner Ankunft und Abfahrt zu verwischen und gleichzeitig die Mordwaffe mitzunehmen. Ergibt das irgendeinen Sinn für Sie, meine Herren?«

Gideoni und Egirsthaler schwiegen. Egirsthaler zuckte als Erster mit den Schultern. »Meine Arbeit ist hier jedenfalls beendet. Sinn in diese Angelegenheit zu bringen ist ja nicht meine Aufgabe, sondern Ihre, werte Herren Ober- und Unterinspektoren. Habe die Ehre!« Damit wollte er sich empfehlen.

»Sie bleiben hier!«, schnauzte Zundt ihn an. »Sie liefern mir eine schlüssige Erklärung, wie der oder die Täter in das Haus gekommen sind, und zwar schleunigst. Von mir aus überprüfen Sie auch den Kamin. Vielleicht war's ja der Weihnachtsmann höchstpersönlich, herrgottnochmal!« Egirsthaler trollte sich und brummelte dabei Verwünschungen.

Der Schnee fiel nun dichter. Zundt betrachtete das Gaukeln einzelner Flocken hinterm Haus.

»Ich weiß ein mögliches Motiv, Oberinschpektor«, sagte Gideoni eifrig.

Zundt nieste wieder, zweimal, und wischte sich anschließend umständlich die vorgehaltene Hand ab. »Ja – und?«

»Man kann vom Wald aus durch diese Glasrückwand sehr gut alles beobachten. Das ganze abendliche, strahlende, goldene Weihnachten. Der Fensterschmuck. Der Duft nach gutem, reichlichen Essen. Das Leuchten in den Augen von Mutter und Kind. Ein heruntergekommener, obdachloser Hungerleider könnte dadurch die ganz große Wut bekommen haben.«

»Sozialneid.«

»Oder Fremdenhass. Die Frau und das Kind sahen nicht allzu deutsch aus.«

»Fremdenhass.«

»Oder es war ein Auftragsmord, gegen den Vater gerichtet. Wegen der akribischen Vorgehensweise mit den Schneeschuhen.«

»Ein Auftragsmord. Hier bei uns.«

»Ja, so was in der Art. Das gibt es doch jetzt überall. Der Herr Ludwig Steurer war in der Bahnbranche tätig.«

Sie traten behutsam durch die Scherben wieder ins Haus zurück. Vor ihnen stand nun ein noch sehr junger Uniformierter mit flächigem Gesicht. »Polizist Obentrauter meldet sich zur Stelle, Oberinspektor!«

»Meldet sich zur Stelle? Wir sind hier doch nicht beim Militär, herrgottnochmal. Wo haben Sie denn die ganze Zeit gesteckt, Obentrauter?«

»Ich bitte oben die Gästetoilette der Steurers benutzt haben zu müssen, Oberinspektor. Ich habe doch noch niemals zuvor ein totes Kind gesehen.«

»So, so, er hat noch niemals zuvor ein totes Kind gesehen. Gewöhnen Sie sich dran, herrgottnochmal – besser früher als später. Eigentlich wollte ich Sie fragen, ob Ihnen beim Betreten des Hauses noch irgendetwas aufgefallen ist. Vielleicht hinter Ihnen, im Wald? Eine Bewegung?«

Obentrauter überlegte angestrengt. »Nichts, Herr Oberinspektor! Draußen im Wald war alles still. Und im Haus herinnen waren alle schon … tot.«

»Na schön. Hören Sie, ich möchte, dass Sie dieser Spur hier in den Wald folgen, aber höchstens einen Kilometer weit. Nehmen Sie den Fotografen mit, der soll die Spur wiederholt ablichten. Ich will eine ungefähre Richtung von Ihnen, verstehen Sie mich? Nicht mehr und nicht weniger als eine Richtung. Keine überstürzten Aktionen, keine Verfolgungsjagd, der Täter ist womöglich auf Skiern unterwegs und schon längst über alle Berge. Sollte Ihnen nichtsdestotrotz etwas Ungewöhnliches begegnen, schießen Sie mit Ihrer Dienstpistole in die Luft, dann kommen wir hinterher. Verstanden?«

»Ähhhh – was soll mir denn Ungewöhnliches begegnen, Herr Oberinspektor?«

»Was weiß ich? Vielleicht ein Rentierschlitten, herrgottnochmal!«

Der Junge machte sich zackig auf den Weg und nahm den

Tatortfotografen mit, der begeistert war, endlich einmal investigativ tätig werden zu dürfen.

Oberinspektor Zundt und sein Assistent Gideoni standen nun wieder im verwüsteten Wohnzimmer. Zundt erteilte die Erlaubnis, die Toten endlich abdecken und wegtransportieren zu lassen. Niemand hatte das Radio abgestellt. Traditionelle Weihnachtslieder badeten den blutgetränkten Schauplatz in wohlklingende Sentimentalität. »*… zwei Engel sind hereingetreten, kein Auge hat sie kommen sehn; sie gehn zum Weihnachtstisch und beten und wenden wieder sich und gehn …*« Oberinspektor Zundt spürte, wie sich das gesamte Innere seines Kopfes langsam mit ansteckendem Schleim füllte. Jeder einzelne freie Kubikzentimeter, der nicht mit zermartertem Hirn gefüllt war.

»Warum haben Sie diesen armen Jungen da rausgeschickt?«, haderte Egirsthaler, der mit echter Verzweiflung im Gesicht die Glasscherben nach den Abdrücken eines anklopfenden Fingerknöchels absuchte. »Die beiden verirren sich doch höchstens noch im Wald. Die sehen zusammen ohnehin schon aus wie Hänsel und Gretel.«

»Sie haben selbst gesagt, in ein, zwei Stunden sind die Spuren weg«, knurrte der Oberinspektor. »Bei drei Toten kann ich vielleicht einen Helikopter anfordern, aber bis das alles genehmigt wird, bis der hier ankommt, ist es viel zu spät. Die Spur führt zum Mörder, aber wir können ihr nicht folgen. Es ist zum Kotzen, einfach nur zum Kotzen.«

»Ich habe übrigens noch eine Theorie, Oberinschpektor«, mischte Gideoni sich ein.

»Ach, noch eine Theorie!«, schnappte der Oberinspektor. »Wir haben noch nicht mal eine anständige Tatortanalyse, und Sie haben schon die vierte fertig ausgearbeitete Theorie?«

Gideoni ließ sich nicht aus der Ruhe bringen. »Ja, die habe ich. Es war ein Tier, Oberinschpektor.«

»Ein Tier! Und wie ist dieses Tier ins Haus gekommen?«

»Durch die Vordertür. Nämlich als Geschenk. Zu Weihnachten. Viele Leute verschenken Tiere zu Weihnachten, besonders an Kinder. Nehmen wir an, es war ein ungewöhnliches Tier. Etwas Exotisches. Anfangs verhielt es sich noch ruhig. Aber dann brach es in Panik aus, vielleicht, als eine Wunderkerze angezündet wurde oder … jemand das Radio anschaltete! Es tötete die Steurers gar nicht absichtlich, sondern rein zur Selbstverteidigung, und flüchtete dann, indem es durch die Scheibe sprang. Das erklärt die drastische und dennoch sehr rasche Flucht, Oberinschpektor. Ein Skifahrer wäre nicht so schnell weggekommen, dass die Nachbarn ihn nicht gesehen hätten.«

»Und der Baum? Warum schleift das Tier einen Weihnachtsbaum mit sich?«

»Vielleicht hat es sich im Baum verhakt. Oder verbissen. Oder es zieht den Baum hinter sich her, weil es einen Greifschwanz hat. Wie ein Affe. Ein Gibbon oder so was.«

»Ein Gibbon soll das hier getan haben?« Zundt nieste dreimal, und in Ermangelung eines griffbereiten Tuches benutzte er Gideonis Mantelkragen zum Vorhalten und Abwischen. »Gibbons sind doch nur so hoch.« Er deutete mit der Hand eine Höhe knapp oberhalb seiner Knie an. »Unser Mörder jedoch hat wahrscheinlich den Tannenbaum als Schlagwaffe benutzt. Das war kein kleiner Baum, wenn ich mir das ganze Lametta so ansehe. Der Mörder muss ein ziemlicher Koloss sein. So groß wie Sie und so breit wie wir beide zusammen.«

»Bei Edgar Allan Poe war einmal ein Orang Utan der Mörder«, gab Egirsthaler zum Besten. »Die haben aber keinen Greifschwanz. Gorillas auch nicht.«

»Niemand verschenkt Gorillas zu Weihnachten«, knarzte der Oberinspektor triefäugig. »Das geht aus Artenschutzgründen schon gar nicht. Nein, es steckt ein Mensch dahinter, wie jedes Mal. Ein Verrückter. Ein wahnsinniger Weihnachtshasser. Wir müssen alle umliegenden Ortschaften verständigen. Irgendwann wird einer entweder mit blutverschmierter Kleidung oder mit für diese Kälte ungewöhnlich wenig Kleidung in irgendeiner Richtung aus dem Wald herauskommen, und irgendjemand wird ihn sehen, wie immer. Und wir müssen nur dafür sorgen, dass diese Sichtung an uns weitergeleitet wird und nicht irgendwo zwischen den Dörfern in Glühweinseligkeit verloren geht. Herrgottnochmal, dieses Gesinge gibt mir den Rest – ich bin krank, mir ist kalt, mir ist heiß, ich gehöre ins Bett und nicht in diese … diese Blutsudelei!«

»*… hell erglühn die Kerzen, öffnet mir die Herzen, will drin wohnen fröhlich, frommes Kind, wie selig. Kling, Glöckchen, klingelingeling, kling, Glöckchen, kling!*«

Mit einer herrischen Bewegung schaltete der Oberinspektor das Radio und somit den schrillen Kinderchor ab. Durch den Wegfall der Leuchtarmaturen veränderte sich auch das Licht in dem Zimmer ein wenig. In der nachrutschenden Stille war nichts mehr zu hören außer dem klirrenden Schaben von Egirsthaler im Scherbenschutt.

Ein paar Momente lang standen alle still, bibbernd und ratlos herum und schauten ihren eigenen Atemwolken hinterher.

Dann ertönte draußen, tief im Wald, ein Schuss.

Dann noch einer.

Dann sieben in rascher Folge.

Und dann überhaupt nichts mehr.

✡ *2* ✡

Jetzt, wo Zundt kein Oberinspektor mehr war, wo man ihn angeschrien, verantwortlich gemacht, als unverantwortlich bezeichnet, für unzurechnungsfähig erklärt und suspendiert hatte, konnte er sich endlich in einer heißen Badewanne samt ätherisch-orangefarbenem Melissen-Anti-Stress-Badezusatz aalen, so lange er das wollte. Niemand rief mehr an und bestellte ihn irgendwohin. Keine Leichen mehr, keine volltrunkenen Dorfjugendlichen-Verkehrsunfälle, keine Seniorenselbsterhängungen und Ehedramen. Es war endlich vorbei, und er brauchte auch Gideoni und Egirsthaler und die ganzen anderen Hi-Tech-Angeber nie mehr wiederzusehen.

Man hatte ihn für schuldig erklärt am Sterben des jungen Obentrauter und des Fotografen, dass er die beiden kaltschnäuzig in den Tod geschickt hatte. Dem Mörder hinterher, einer weiterhin unbekannten und nicht fassbaren Bestie. Ausgerechnet der jüngste aller Polizeibeamten in der Gemeinde. Begleitet von einem unbewaffneten Tatortbildnehmer. Das war den Obrigen zu viel gewesen. Zu viel Unfähigkeit. Zu viele Tote, fünf in einer einzigen Nacht. Dass Zundt schwer erkältet gewesen war, dass man ihn buchstäblich aus dem Bett gezerrt hatte, damit er zum Steurerhaus kam – all das wurde nicht mildernd in Betracht gezogen. Zundt hatte seinen Hut nehmen müssen. Schnell. Bevor die überregionale Presse und die Klugscheißer-Politmagazine wieder die alte, hochnäsige Leier von provinzieller Inkompetenz und vetternwirtschaftlichem Vertuschungsgebaren anstimmen konnten.

Zundt hatte nichts dagegen gehabt zu gehen. Die Aussage des alten Slartoi hatte ihm den Rest gegeben.

Inzwischen hatte Zundt, da ihm nun reichlich Zeit zur freien Verfügung stand, viel Material in mehreren Bibliotheken zusammenrecherchiert. Er wusste nun, dass allein in Deutschland jährlich rund 27 Millionen Weihnachtsbäume verkauft wurden, aber auch eine halbe Million geklaut, rüde gerodet oder roh herausgerissen aus nächtlichem Waldboden. Er wusste, dass Weihnachtsbäume krank machen konnten: Schimmelpilze und ihre Sporen, die sich vom Baum aus in der aufgeheizten Raumluft verteilten, konnten Allergikern zusetzen. Er hatte gelesen, dass der Weihnachtsbaum ein ursprünglich deutscher Brauch war, irgendwo im Dunkel des Mittelalters entstanden und von Deutschland aus dann ins restliche Europa und nach Amerika exportiert. Und er hatte in Erfahrung gebracht, dass man in Holland Weihnachtsbäume »adoptieren« konnte, die vor Weihnachten aus- und nach dem Fest wieder eingegraben wurden und somit nicht sterben mussten.

Inzwischen war ihm der Brauch, sich einen austrocknenden Baum in die Wohnung zu stellen und ihn beinahe höhnisch mit

Schmuck zu behängen, während er langsam verendete, reichlich unheimlich. Die Aussage des alten Slartoi hatte ihm in dieser Hinsicht die Augen geöffnet.

Slartoi war ein Gauner, der mit so ziemlich jedem windigen Geschäft des Erdenrunds schon einmal Geld verdient hatte, ohne dabei jemals reich oder auch nur wohlhabend zu werden. Gideoni hatte ihn wegen einer ganz anderen Geschichte aufs Revier geholt, und Zundt, über dessen Kopf gerade hinter verschlossenen Türen entschieden wurde, hatte sich zu dem alten Gauner auf eine Bank gesetzt und sich naseschneuzend den wahren Sinn des Weihnachtsfestes erklären lassen.

»Abbitte«, hatte Slartoi mit seinem harten osteuropäischen Akzent gesagt. »Es geht darum, wiedergutzumachen, was das ganze Jahr man hat versäumt. Deshalb die Geschenke. Und deshalb es gibt auch imar Streit und Verbrechen zu Weihnachten, weil die Menschen dann so gegenüberstehen mit ihren Fehlern und Schwächen für den andere. Alles bricht dann auf wie frische Wunde.«

»Und dann noch die Musik …«, hatte Zundt brummend genickt.

»Ja, das schöne, schöne Musik! Ist aber nicht gut für die Bäume, weil die das nicht kennen aus Wald. Werden so unruhig dann und wollen weg.«

»Die Bäume? Werden unruhig?«

»Aber ja! Sind nicht alles Bäume, weißt du? Mein Onkel Petja hat mal etwas geschlagen in Wald, das sah genau aus wie Blautanne, war aber kein Blautanne. Hat geblutet am Stamm beim Abhacken und ist dann starr geworden so wie tot, ist dann aber später vom Wagen gesprungen und abgehauen. Auf den Zweigen, wie ganz großer Käfer, und schnell!«

Zundt wusste, jetzt, in seinem orangefarbenen Melissenbad vor sich hinschrumpelnd, dass die Ermittlungen, die sein Nachfolger Gideoni inzwischen leitete und die irgendwo nach Thailand führten, um ein kompliziertes Rache-Eifersuchts-Ehrenmord-Konstrukt um Rupandrat Steurer und ihren deutschen Bahnangestellten Ludwig zu belegen, ins Nichts führen würden.

Ins Nichts wie die Spuren des flüchtenden Baumes im winterlichen Wald.

John Moore

Schneeschuhe

Die Kaugeräusche warnten Elise. Sie erstarrte, eine Hand noch auf dem Knauf der Hotelzimmertür, die andere bereits in der Nähe des Lichtschalters. Sie horchte aufmerksam. Die Kaugeräusche kamen von der anderen Seite des Betts. Geraschel sowie ein leises Knurren begleiteten sie. Elise schob sich vorsichtig ins Zimmer und hielt nach Gegenständen Ausschau, die sich als Waffe verwenden ließen. Die Sonne war noch nicht aufgegangen, aber man konnte gut sehen, denn im Fernseher flimmerte gerade *Dinner for One* in der schwarz-weißen Originalfassung, und durch die Fenster drang das Licht von Baustellenscheinwerfern, das von der Schneedecke reflektiert wurde.

Elises Finger schlossen sich um einen dicken Kleiderbügel aus Holz. Sie hob ihn leise über den Kopf. Offenbar nicht leise genug, denn die Kaugeräusche verstummten plötzlich. Elise ließ ihrem Feind keine Chance zum Nachdenken. Sie warf sich quer über das Bett und schlug blindlings zu. Aber ihr Gegner wich dem Hieb aus, und Elise stürzte über die Bettkante. Dicht vor ihrem Gesicht tauchten ein Paar boshafter Knopfaugen und zwei Reihen scharfer weißer Zähne auf.

Zwischen den Zähnen schimmerte es rot.

Elise begann zu kreischen.

Als sie James erreichte, warf sie sich in seine Arme und brach in Tränen aus. James fand das ein wenig peinlich, da er gerade an der Rezeption damit beschäftigt war, einen frühen Gast einzuchecken. Sie hielt den beiden einen Schuh entgegen. »Die sind ruiniert«, jammerte sie.

»Ja«, sagte James. Er nahm ein Anmeldeformular und schob es über den Tisch. Der Gast war ein kleiner Mann mit grauem Bart, der an einer leeren Pfeife sog. »Name?«

»Steigel«, sagte der Mann. Er hatte einen gigantischen Rollenkoffer dabei und trug einen altmodischen grauen Überzieher mit pelzgefütterter Kapuze.

»Ich habe sie erst ein einziges Mal getragen«, schluchzte Elise. »Sie passten hervorragend zu meinem grauen Seidenkleid mit den Perlmuttknöpfen.«

»Tut mir leid, Schatz«, sagte James. »Adresse?«

»Wie schade«, meinte der Gast. Er nannte eine Anschrift in Stralsund, aus der hervorging, dass er Professor war.

»Er hat die Spitze total zerfressen«, beschwerte sich Elise. »Dieser verdammte kleine Köter! James, du hast versprochen, ihn einzufangen!«

»Ich habe versprochen, dass wir seine Spur beim nächsten Neuschnee verfolgen würden.« Er reichte Steigel seinen Zimmerschlüssel.

»Wir haben Neuschnee.«

»Ja, aber der Hund war verschwunden. Wann hat er hier zuletzt sein Unwesen getrieben? Am vierten Dezember?«

»Am dritten Dezember«, murmelte Professor Steigel.

»Fast ein Monat Ruhe. Außerdem sind Henry und seine Leute schon draußen und suchen nach ihm.«

Er sagte das genau in dem Moment, als der große blonde Baustellenpolier ins Foyer kam und den Schnee von seinen Stiefeln stampfte, dicht gefolgt von Kamila, der zierlichen, dunkeläugigen Hotelsekretärin, die zur Vormittagsschicht an der Rezeption erschien. »Wir konnten ihn nirgends finden«, erklärte Henry. »Seine Spur verlor sich im Baustellenmatsch. Wir haben die ganze Nacht gearbeitet, und der Schnee ist überall zertrampelt. Anscheinend weiß dieser verdammte Köter genau, wo er sich verstecken kann.« Kamila, die nie sonderlich gesprächig war, nickte nur und ging nach hinten, um einen Blick auf den Computer zu werfen.

James löste sich aus Elises Umarmung. »Entschuldige, Liebes. Tut mir leid, Professor, bei uns geht es im Moment ein wenig hektisch zu, weil wir das Haus umbauen. Aber wir hatten Sie gewarnt, als Sie das Zimmer buchten, nicht wahr?«

»Ja, ja. Dafür habe ich volles Verständnis.«

»Wir sind fast fertig. Es könnte zwischendurch mal etwas lauter werden, aber wir sind bemüht, Ihnen den Aufenthalt so angenehm wie möglich zu gestalten.«

»Schon gut. Ich rechne nicht damit, dass ich viel zum Schlafen komme. Wenn Sie so nett wären, den Koffer in mein Zimmer bringen zu lassen, könnte ich inzwischen draußen eine Pfeife rauchen.« Er gab dem Hotelboy ein Trinkgeld und ging auf die Terrasse hinaus.

Kamila kehrte an die Rezeption zurück. »Die Frau Bürgermeister würde Sie gern sprechen.«

James warf einen Blick auf die Uhr. »Wann schläft diese Frau eigentlich? Wo ist sie? In meinem Büro?«

»Im Café.«

»Also gut.« Er drückte Elise mitfühlend an sich und begab sich in das Hotel-Café, wo Verena Weber an einem Caffè Latte nippte. »Guten Morgen, Frau Bürgermeister.«

In ihrer Jugend hatte Verena Weber eine Miss-Wahl gewonnen und anschließend den Sprung auf den Laufsteg geschafft. Obwohl sie ihr Haar inzwischen nicht mehr färbte, weil das Grau gediegener wirkte, sah sie immer noch blendend aus. Viel wichtiger aber war, dass sie nach wie vor ihre Beziehungen zur Modewelt besaß. Sie hatte die Kredite vermittelt, mit denen James das Highberg Hotel erweitern konnte. Und jetzt war sie drauf und dran, der alten Familienklitsche zu Rang und Namen zu verhelfen.

Deshalb regte sich Besorgnis in James, als sie ihm einen

strengen Blick zuwarf. »Wie ich höre, ist dieser Hund wieder aufgetaucht.«

Offenbar gab es nichts in diesem Kaff, das der Bürgermeisterin verborgen blieb. »Elise hätte ihn heute früh um ein Haar gefasst. Leider entwischte er im letzten Moment.«

Verena Weber hielt eine Hand hoch und zählte an den Fingern ab: »September – Giles Deacon. Oktober – Jonathan Kelsey. November – René Caovilla. Heute ...«

»Verzeihung«, unterbrach sie James. »Was sind das für Leute? Ortsansässige?«

»Das sind Schuhmarken, James. Seit August sucht dieser Hund unser Dorf heim und zerfetzt Schuhe. Nun ist also Ihr Hotel an der Reihe.«

»Ach so.« James hatte schon befürchtet, es ginge um etwas Wichtiges. »Der kleine Streuner. Tja, so sind Hunde nun mal. Zerbeißen und zerreißen einfach alles. Aber keine Sorge, den erwischen wir irgendwann. Ich sehe da überhaupt kein Problem.«

Dass er etwas Falsches gesagt hatte, merkte er, als ihn die Bürgermeisterin mit dieser *Wie-können-Männer-bloß-so-dämlich-sein*-Miene musterte. Er kannte diesen Blick von Elise.

»James«, fragte sie, »wie geht es mit dem Bau voran?«

»Gut.« James strahlte sie an, in der Erwartung, sie habe das Thema gewechselt. »Die Leute arbeiten die Nächte durch. Wir werden bis zur Party fertig sein. Wir *sind* bis zur Party fertig.«

»Sacha Bergden trifft heute ein.«

»Wir sind für ihn gerüstet.«

Modekritiker Sacha Bergden hatte sich einen Namen als Haute-Couture-Papst gemacht. Er war der Mann, der in der Glitzerwelt der Schickeria die Orden verteilte. Die Designer hingen ehrfürchtig an seinen Lippen. Seine Kolumnen galten als Evangelium. Er konnte mit dem Zucken einer Augenbraue ein Model berühmt machen oder vernichten. Die Boulevardpresse veröffentlichte jedes Jahr seine Liste der zehn bestgekleideten Personen auf der Welt. Seine Party zur Jahreswende war das Highlight der Modesaison. Sie fand in einem kleinen Rahmen statt, höchstens dreihundert seiner allerbesten, allerengsten Freunde, aber die waren nun mal die Trendsetter der Welt. Verena hatte ihren ganzen Einfluss geltend gemacht, damit er das Fest im Hochberg Hotel abhielt. »Wenn die Party ein Erfolg wird, James, dann kennt uns ganz Europa. Wenn die Party ein Flop wird, dann kennt uns auch ganz Europa, aber nicht auf die Weise, die wir uns wünschen.«

»Sie wird ein Erfolg, Frau Bürgermeister. Wir haben alles nach seinen Wünschen vorbereitet – einen erfahrenen Partyservice, erlesene Speisen, die besten Weine und …«

»Schuhe, James. Der Köter frisst nicht irgendwelche Treter aus dem Kaufhaus. Er bevorzugt teure Designer-Schuhe.«

»Also, ich glaube kaum, dass ein Hund unterscheiden kann, ob ein Schuh von …«

»James, ich kenne diese Frauen besser als Sie. Schuhe stehen im Mittelpunkt ihres Daseins. Schuhe haben für sie den gleichen Stellenwert wie Schmuck. Schuhe sind für eine Frau so wichtig wie … wie …«, Verena kramte in den Tiefen ihres Gehirns, »so wichtig wie ihre Frisur!«

»Ich verstehe. Sehr wichtig also.«

»Und auf Sacha Bergdens Party werden alle ihre besten Sachen tragen. Sie werden versuchen, sich gegenseitig die Schau zu stehlen. James, Sie müssen die Garderobe der Gäste unbedingt überwachen lassen.«

»Gewiss, Frau Bürgermeister. Ich werde persönlich dafür sorgen.«

»Denn wenn auch nur eine der Damen ein Paar Schuhe verliert, wird sich das herumsprechen. Überall, wo sich die Reichen und die Schönen treffen – in den heißesten Klubs, den schicksten Lokalen, den angesagtesten Rehakliniken –, wird man davon erfahren.«

»Wir finden den Hund, Frau Bürgermeister. Machen Sie sich keine Sorgen!«

Und dann fing er an, sich Sorgen zu machen.

✡

Elise war lange genug im Hotelfach, um zu wissen, dass man in Anwesenheit eines Gastes Haltung zu bewahren hatte. Sie riss sich zusammen und folgte Professor Steigel, um sicherzugehen, dass ihr Benehmen ihn nicht verstört hatte. Er stand bis zu den Knöcheln im Schnee und betrachtete mit ernster Miene eine Reihe winziger Pfotenabdrücke, die auf die Terrasse zuführten. Die Spuren endeten auf den Steinfliesen. Steigel betrachtete sie nachdenklich. Er schob die Kapuze seines Überziehers zurück, als Elise näher kam.

Ehe sie sich für ihren Ausrutscher entschuldigen konnte, deutete er nach unten. »Ist diese Veranda beheizt, meine Liebe?«

»Ja. Unter den Fliesen befindet sich ein Heizgitter.«

»Mmmh.« Eine Rauchwolke entschwebte Steigels Pfeife und löste sich in der Brise auf. »Und deshalb schmolz der Schnee und mit ihm die Spur unseres kleinen Pomerians, sodass wir nicht mehr erkennen können, wohin er lief.«

Elise zeigte sich überrascht. »Ein Blick auf die Pfotenabdrücke verrät Ihnen, um was für eine Art von Hund es sich handelt?«

»Um ehrlich zu sein, hegte ich bereits einen Vorverdacht, meine Liebe. Aber gewiss bekamen Sie oder sonst jemand ihn zu Gesicht?«

»Nur ganz flüchtig. Er tauchte bisher nur nachts auf und verschwand blitzschnell wieder im Dunkel. Schwer zu sagen, wie er aussah. Es gibt so viele verschiedene Hunde.«

Steigels Mundwinkel verzogen sich zu einem Lächeln. »So scheint es.« Er nahm die Pfeife aus dem Mund und machte eine kleine Bewegung mit dem Stiel, als wolle er einen Punkt hinter seinen Satz setzen. »Aber tatsächlich ist das Äußere ohne Belang. Im Grunde gibt es nur einen Hund.« Er tippte auf das Pelzfutter seiner Kapuze. »Was ist das, meine Liebe?«

»Nun ja, ein Fellbesatz.«

»Wolfsfell. Früher, als es noch keine synthetischen Fasern gab, waren die Kapuzen aller besseren Wintermäntel mit Wolfsfell gefüttert. Das hält die Kälte ab. Damals …« Er unterbrach sich und sog an seiner Pfeife. »Damals dachten wir auch, es gäbe verschiedene Unterarten des Wolfs. Rotwolf. Grauwolf. Amerikanischer Timberwolf. Seit wir jedoch die Möglichkeit haben, die DNS zu bestimmen, wissen wir, dass es in Wahrheit nur eine Wolfspezies gibt. Und wie Sie sehen können …« Er wies erneut auf seine Kapuze. »… waren Mensch und Wolf noch nie besonders gute Freunde.«

Elise verstand nicht, worauf der Professor hinauswollte. »Aber Hunderassen gibt es jede Menge.«

»Nein, meine Liebe. Es gibt jede Menge Hunde*kreuzungen*. Sie könnten sich theoretisch alle paaren, auch wenn das praktisch wegen der Unterschiede in Größe und Temperament des Öfteren auf Probleme stößt. Aber sie gehören alle der gleichen Spezies an, und sie sind alle domestizierte Abkömmlinge des Wolfs. Selbst unser kleiner Freund hier.«

Während Steigel sprach, glitten seine Blicke unentwegt über die kalten Steine rund um die Terrasse. Als er seinen Vortrag beendet hatte, bückte er sich, hob ein langes Haar auf und hielt es dicht an die Augen. »Ein Zwergspitz, auch Pomerian genannt, in der Farbe Zobelrot«, murmelte er.

»Komisch«, meinte Elise. »Dieses Heizgitter wurde erst letzte Nacht angeschlossen. Das ist ja fast so, als habe der Hund gewusst, dass wir ihn verfolgen würden.«

»Daran ist überhaupt nichts komisch«, entgegnete Steigel.

Er schien drauf und dran, das näher zu erklären, aber in diesem Moment wurden sie unterbrochen. James kam ins Freie gerannt und packte Elise am Arm. »Elise, wir müssen reden!«

»Ooohh!«, sagte Elise. »Wir müssen reden? Das ist eigentlich mein Satz.«

»Kein Quatsch jetzt, Elise! Die Weber behauptet, es gäbe mächtig Ärger.«

»Was kann ich dagegen tun, Schatz?«

»Ich brauche deinen zweiten Schuh.«

✡

Es dauerte fast bis zum Sonnenuntergang, ehe die Lebendfallen aufgestellt waren. Im Dorf gab es keine – James hatte sie in der Stadt bestellt und per Eilkurier kommen lassen. Sie sahen aus wie faltbare Drahtkäfige mit einer federgespannten Klappe an einer Seite. Henry las die Gebrauchsanweisung. »Hier steht, dass man die Klappe zunächst offen lassen soll, damit die Tiere bequem rein- und rausspazieren und sich an die Falle gewöhnen können. Dann, nach etwa zwei Tagen, legt man den Köder hinein und macht das Ding scharf.«

»Wir haben keine zwei Tage Zeit«, widersprach James. »Sacha Bergden trifft morgen Vormittag hier ein. Bald danach werden die übrigen Gäste eintrudeln. Die Weber meinte, diese Leute hätten einen echten Tick, was Kleidung angeht. Dafür leben sie. Angeblich verpulvern die Frauen Tausende von Dollars für Fummel, die sie nur in dieser einen Nacht tragen.«

»So ungewöhnlich ist das gar nicht. Ich kannte mal einen Typen, der Tausende von Dollars für eine Frau ausgab, mit der er nur eine Nacht schlief.«

»Na ja, aber wahrscheinlich wäre er auch nicht begeistert gewesen, wenn ein Hund sie angeknabbert hätte.«

Elise kam in die Diele, in einer Hand einen Plateaupumps aus blauem Wildleder – den Zwilling des Schuhs, den der Hund in der Nacht zuvor gemeuchelt hatte. Sie reichte ihn James, der ihn nach allen Seiten drehte und wendete. »Sieh an, der ist von Christian Louboutin, James!«

»M-hm.«

»Hier, die rote Sohle! Die rote Sohle ist sein Markenzeichen.«

»Die rote Sohle. Aha.«

»Seine Schuhe sind *der* Renner. Alle tragen sie.«

»Echt?«

»Alle«, beharrte Elise. »Models, Filmstars, die Prominenz.«

»Er sieht ja ganz nett aus«, stellte James zögernd fest.

Empört entriss ihm Elise das edle Teil. »Wo sind die Fallen?«

»Ich konnte nur zwei bekommen«, erklärte James dem übrigen Hotelpersonal. »Wir stellen sie abseits des Gästebereichs auf, aber wir werden sämtliche Zufahrten und Eingänge mit Hilfe unserer Sicherheitskameras überwachen.«

Elise schob den Schuh in die Falle. »Wenn ich diesen Köter erwische, knalle ich ihn ab. Irgendwo muss noch Daddys alte Dienstpistole herumliegen.«

James überhörte das. »Außerdem nimmt jeder von euch ein paar Hundekuchen mit. Wenn ihr irgendwo einen Köter seht, versucht ihn an eine Stelle zu locken, wo wir ihn einfangen können.«

»Was haben wir für die zweite Falle?«, erkundigte sich Henry.

James hielt einen Tweed-Slingback hoch. »Den hat mir die Bürgermeisterin überlassen.«

»Ooohh, Cacharel«, hauchte Elise. Sie nahm Henry den Slingpumps ab und bewunderte ihn.

»Wir arbeiten immer noch in drei Schichten«, erklärte Henry. »Ich habe meinen Leuten befohlen, nach dem Hund Ausschau zu halten.«

»Sehr schön.«

Henry sah zu, wie Elise den Cacharel-Schuh an Kamila weiterreichte, die ihn ebenfalls sehnsüchtig betrachtete. »Wenn der Hund nun aber keinen Schuh von einem bereits erlegten Paar mag? Wenn er – äh – sozusagen auf frische Beute steht?«

»Wir haben keine Wahl. Die Weber konnte niemanden im Dorf auftreiben, der bereit war, ein neues Paar Luxustreter zu spenden.«

»Spar dir die Frage«, warf Elise ein. »Meine Laura Biagiottis kriegst du nicht. Ich habe sie im überwachten Gästegepäckraum versteckt.«

»Na, was habe ich gesagt?«

Sie warteten in der Sicherheitszentrale auf den Einbruch der Dunkelheit und beobachteten die Fallen auf den Bildschirmen. Das erwies sich sehr schnell als äußerst langweilig. Da sie alle eine Menge zu tun hatten, übernahm jeweils einer die Wache an den Monitoren, während die anderen ihren Pflichten nachgingen. Draußen herrschte Dämmerung und leichter Schneefall. Die Außenbeleuchtung schaltete sich ein. Als James vor den Bildschirmen saß, gesellte sich Professor Steigel zu ihm und begann über den Zwergspitz zu plaudern – dass er eine Kreuzung aus Spitz und Volpino sei und den Züchtungsnamen Pomerian seiner Herkunft aus dem Ostseeraum verdanke. Dann begann er die Promis aufzuzählen, die einen Zwergspitz oder »Pom« besaßen. James interessierte nichts davon, aber wenn ein Gast unbedingt die Monitore beobachten wollte, wäre er der Letzte gewesen, der ihn daran hinderte. Der Professor redete immer noch, als eine Sicherheitskamera plötzlich ausfiel. »Aha«, stellte er fest, »er hat die Schaltungen überbrückt.«

Die Kamera befand sich in einem Treppenschacht, weit weg von den Fallen. James bat Henry und Elise, nach dem Rechten zu sehen, und wandte sich dem Professor zu. »*Er hat die Schaltungen überbrückt?* Was meinen Sie damit? Das ist ein Hund.«

Dann hörte er Henrys lautes Gebrüll.

Er rannte los und öffnete die Tür zum Treppenaufgang im gleichen Moment, als Elise schrie: »Lasst die Tür zu!« Die Warnung kam zu spät. Ein haariges Bündel flitzte zwischen seinen Beinen hindurch und verschwand hinter der Ecke. Er vernahm Krachen und Klirren. Henry und Elise kamen die Treppe heruntergepoltert. Zu dritt jagten sie hinter dem Hund her. Dann erblickten sie die Glasscherben. Der Hund war durch ein Fenster ins Freie gesprungen.

»Allmählich glaube ich, dass das kein gewöhnlicher Hund ist«, sagte James. Seine Worte verloren sich in der Leere. Henry und Elise hatten bereits kehrtgemacht und stürmten durch eine Seitentür nach draußen. Er folgte ihnen. Eine Reihe winziger Pfotenabdrücke führte hinter das Hotel. Sie überquerten die gepflasterte Auffahrt mit ihrer dünnen Neuschneedecke und liefen über eine Betonschräge die Laderampe hinauf. Am Lieferanteneingang endete die Spur.

Elise öffnete die Tür. Der Korridor dahinter war leer. »Er ist uns entwischt.«

»Die Tür war nicht zugesperrt«, sagte James.

»Natürlich war sie nicht zugesperrt«, entgegnete Henry. »Wir benutzen sie ständig. Aber was soll das? Ein so kleiner Köter kommt doch nie und nimmer an die Klinke.«

»Vielleicht war die Tür nur angelehnt.«

»Meine Jungs machen so was nicht. Die werden sich hüten. Es ist schließlich Winter.«

Professor Steigel stieß zu ihnen. Er hatte sich die Zeit genommen, seinen Überzieher zu holen, ehe er ebenfalls der Pfotenspur gefolgt war. Nun blieb er stehen, betrachtete schweigend die Tür und wischte ein paar imaginäre Raureif-Stäubchen von seinem Kragen. James wandte sich ihm zu. »Was wissen Sie über diese Vorfälle?«, schrie er wütend.

»James!«, mahnte Elise. Sie war geschockt, dass er einem Gast gegenüber die Stimme erhob.

James deutete auf den Professor. »Erinnerst du dich noch an heute Morgen, Elise? Wir unterhielten uns darüber, wann der Hund zuletzt einen deiner Schuhe ramponierte, und er sagte, es sei der dritte Dezember gewesen.« Er sah Steigel an. »Ich zog meinen Terminkalender zurate, und tatsächlich, Sie hatten recht. Aber wie konnten Sie das wissen? Sie kamen erst heute früh an.«

»Der dritte Dezember«, erklärte Professor Steigel achselzuckend, »war das letzte Vollmonddatum.«

☆

Wäre Steigel einer dieser flotten jungen College-Professoren gewesen, die ganz in Schwarz und mit modischen Gelfrisuren daherkamen, hätte James ihn nicht ernst genommen. Steigel trug einen grauen Bart und rauchte Pfeife, aber selbst die instinktive menschliche Regung, einem Pfeife rauchenden Professor zu vertrauen, wurde durch Steigels Erklärungsversuch arg strapaziert.

»Also ein Werhund, ja?«, stieß James ungläubig aus. »Ein Wer-Zwergspitz? Entschuldigen Sie, Herr Professor, aber das klingt einfach absurd!«

Sie saßen in der Bar. Es gibt Zeiten, in denen weder Kaffee noch Alkohol hilft. Zeiten, in denen man etwas Stärkeres braucht. Kamila brachte ihnen heißen Kakao. Draußen breitete sich das Tal aus, mit den Lichtern des Dorfes tief unter ihnen und den schneebedeckten Hängen gegenüber. Drinnen warfen die Flammen des Kamins flackernde Schatten hinter Steigels Kopf.

»Es begann vor einem Jahr«, berichtete er mit düsterer Miene. »In Stralsund. Eine junge Frau namens Lindquist befand sich mit ihren Schnäppchen vom Winterschlussverkauf auf dem Heimweg, als sie plötzlich das Gefühl hatte, dass ihr jemand nachschlich. Sie wohnte in einem abgelegenen Stadtteil, und die Straßen waren verlassen. Sie beschleunigte ihre Schritte, doch das unheimliche Gefühl blieb – sie war sogar davon überzeugt, dass ihr unsichtbarer Verfolger immer näher kam. Als sie an einer finsteren Seitengasse vorüberging, vernahm sie ein Knurren. In panischer Angst ließ sie ihre Tüten fallen und rannte davon. Ich wurde am nächsten Morgen hinzugezogen. Der Anblick, der sich mir bot, war schauderhaft.« Steigel schloss fest die Augen, als versuchte er die Bilder aus seiner Erinnerung zu verscheuchen. »In einer Schneewehe, fast zur Unkenntlichkeit verstümmelt, lag ein Paar pinkfarbene Wildledersandalen von Kate Spade!«

»Wie entsetzlich!«, hauchte Elise.

»Aber es kam noch schlimmer. Ich befragte die junge Dame. Sie berichtete, sie habe die Schuhe anprobiert – *und sie passten perfekt!*«

Elise war fassungslos. »Also, das ist unglaublich. Die Schuhe im Schlussverkauf haben *nie* die richtige Größe.«

»Genau. Das dürfte eine Art Händler-Übereinkunft sein. Einen Monat später drang der gleiche Hund in die Damen-Umkleide eines Stralsunder Fitnessklubs ein und zerfetzte eine graue Stiefelette von Nine West. Von da an zog sich eine Spur der Verwüstung durch sämtliche größeren Städte. Er biss ohne Warnung zu und war uns immer einen Schritt voraus. In Wiesbaden vernichtete er ein Ferragamo-Paar, in Hannover eine silberne Riemchen-Sandale von Andrew Gn. Dann verloren wir seine Fährte. Bis jetzt.«

»Aber ein Wer-Zwergspitz?«, warf James ein. »Wenn Sie mir die gleiche Story von einem Werwolf erzählt hätten, wäre ich eventuell geneigt ...«

»Mein lieber Freund, wie ich Ihrer reizenden jungen Frau heute Morgen erklärte, sind alle Wölfe Hunde und alle Hunde Wölfe. Die Züchtung macht keinen Unterschied.«

»Dann haben Sie auch von anderen Werhunden gehört?«, erkundigte sich Henry.

»Sie sind natürlich extrem selten. Ich bekam leider noch nie Gelegenheit, ein Exemplar persönlich zu befragen. Vor ein paar Jahren wurde ich nach Palermo geholt, um dort den Fall eines Wer-Windhunds zu untersuchen. Leider kam er noch vor meiner Ankunft ums Leben.«

»Nun kommen Sie mir bloß nicht mit erzürnten Dorfbewohnern, die eine Treibjagd mit Fackeln und Mistgabeln veranstalteten!«, warf James ein.

Der Professor schüttelte den Kopf. »Verkehrsunfall. Windhunde lieben es, Wettrennen mit Autos zu veranstalten. Und die Polizei in Marokko hat angeblich mal einen Wer-Basenji gefangen. Doch der wollte nicht reden.«

»Tja ...«

»Aber keines dieser Exemplare ist so aufregend wie der Wer-Pomerian. Das muss man sich mal vorstellen, meine Freunde! Ein Tier mit der Intelligenz eines Menschen, dem Geschmack eines Modeexperten und der Kaukraft eines fiesen kleinen Köters. Nichts ist vor einer solchen Kreatur sicher. Sie kann in einer einzigen Nacht den Inhalt eines ganzen Ankleidezimmers verwüsten.«

Elise richtete sich kerzengerade auf. »Oh Gott! Meine Laura Biagiottis!«

»Eine ungemein spannende Theorie, Herr Professor«, gab James zu. »Aber die Sache hat einen entscheidenden Haken ...«

»Genau das denke ich auch«, warf Henry ein. »Es geht um das Problem der Masse-Erhaltung. Wie verwandeln Sie siebzig Kilo Mensch in zwanzig Kilo Hund ...?«

»Nein, was *ich* meinte, war die Sache mit dem Mond. Soviel ich weiß, nimmt ein Mensch nur bei Vollmond die Gestalt eines Werwolfs an. Aber wir haben heute keinen Vollmond. Und wir hatten auch gestern keinen Vollmond.«

»Ich gestehe, dass auch mich dieser Punkt verwirrt«, sagte Steigel. »Es ist eine der vielen Fragen, die ich diesem Tiermensch-Geschöpf stellen möchte, wenn wir es schließlich fangen. Wodurch kam die Verwandlung zustande? Durch einen Biss von einem anderen Wer-Pom, wie uns die Legenden glauben machen? Durch einen alten Familienfluch? Durch einen Pakt mit den Mächten des Bösen, einem Dämon vielleicht oder dem Boss einer Plattenfirma?«

»Ich denke immer noch, dass wir überreagieren«, gab James zu bedenken, aber es klang, als versuchte er es sich selbst einzureden. »Nehmen wir mal an, dieser Hund zernagt die Schuhe eines weiblichen Gastes. Wir entschuldigen uns, wir besorgen der Dame ein neues Paar, und alle sind glücklich und zufrieden, oder? Kein Mensch lässt sich von so einer Lappalie eine Party verderben.«

»Stellen Sie sich vor, der Hoteldiener brächte einem Ihrer männlichen Gäste das Auto aus der Tiefgarage, und es hätte eine Delle.«

»Also, ich wäre stocksauer«, sagte Henry. »Selbst dann, wenn sie es reparieren ließen.«

Die Männer diskutierten, bis ein durchdringender Schrei aus dem Foyer sie in die Wirklichkeit zurückholte. Bevor sie etwas tun konnten, vernahmen sie einen Schuss. Sie rannten ins Foyer. Elise hielt eine Pistole in den zitternden Händen. James entriss ihr die Waffe. »Hast du den Verstand verloren? Wie kannst du im Hotel eine Pistole abfeuern?«

»Ich habe das Ding gesehen! Wie eine fette flauschige Ratte! Es drang in den bewachten Gepäckraum ein!«

»Das spielt keine Rolle, Elise! Du kannst doch wegen irgendwelcher Treter keinen Mord begehen.«

»Das waren italienische Modellschuhe!«, kreischte Elise. Sie schwenkte einen Keilabsatz.

Steigel untersuchte die Pistole. »Die hätte keinen Schaden angerichtet. Nur eine Silberkugel kann einen Wer-Pomerian töten.«

Dann erschien die tüchtige Kamila, die stets mit allen Schwierigkeiten fertig wurde, besah sich das Loch in der Fußleiste der Rezeption und schob eine Topfpflanze davor. »Henry, wir müssen das reparieren«, erklärte James.

»Ich schicke einen meiner Männer her.«

»Noch heute«, sagte James. »Morgen wird Sacha Bergden hier sein.«

✫

In der Hotelbranche gewöhnt man sich an Notfälle und Einsätze zu allen möglichen und unmöglichen Zeiten. Am nächsten Morgen schien alles wieder ganz normal zu laufen. Der Schaden war behoben, Elise war besänftigt, und wenn im Hotel eine unterschwellige Spannung herrschte, so bekamen das die neu eintreffenden Gäste offensichtlich nicht mit. Das Personal in seinen nagelneuen Uniformen arbeitete flink und gut gelaunt. Alle Angestellten kamen aus dem Dorf, und alle wussten, wie wichtig das Hotel für die heimische Konjunktur war. Verena Weber hatte das jedem von ihnen klargemacht. Sie hatte Cozumel noch als schläfrige kleine Insel erlebt, die nur ein paar Tauchsport-Verrückten bekannt war. Sie war an den einsamen Stränden der Costa del Sol geschwommen, ehe die Windsurfer von der Gegend Besitz ergriffen hatten. Sie wusste, dass es eine Sache war, Urlaub in einem kleinen, vom Fremdenverkehr noch unberührten Bergdorf zu machen, und eine völlig andere, das ganze Jahr über in diesem Dorf verbringen und sich seinen Lebensunterhalt verdienen zu müssen. Nun brannten ihre Nachbarn darauf, sich vom Tourismus verderben zu lassen.

Verena Weber trug ein teures, aber gediegenes marineblaues Wollkleid, das ihre neue Rolle als Politikerin unterstrich. Sie begrüßte Sacha Bergden, als er seiner Limousine entstieg, groß, gut aussehend und von umwerfender Eleganz. Er küsste sie auf beide Wangen, ehe er ihren Arm nahm und an ihrer Seite das Hotel betrat. Ein Schwarm von Fotografen eilte ihnen voraus. Keine windigen Paparazzi, sondern Mode-Fotojournalisten, die man eingeladen hatte, über das Event zu berichten. Sie machten Außenaufnahmen vom Hotel, Innenaufnahmen vom Hotel, vom Foyer, von Kamila und den Topfpflanzen. Die Bürgermeisterin geleitete Bergden in die Bar. James stand im Eingang seines Büros und blickte nervös drein.

Henry trat neben ihn. Auf seiner Jacke lag eine feine Schneeschicht. »Innen ist alles fertig, James«, sagte er. »Ganz nach Plan. Noch ein paar Kleinigkeiten im Außenbereich, aber auch die können wir bis heute Abend abhaken. Macht sich toll im Neuschnee, die Anlage.«

»Gut. Aber weshalb hängen Ihre Leute vor dem Hotel rum?«

»Die wollen alle Nicco Reid sehen.«

»Oh. Das kann ich verstehen, aber …«

»Sie ist diesen Monat auf dem Cover von Maxim. Ich habe ihnen erlaubt, die Arbeit für ein paar Minuten zu unterbrechen, aber sie wissen, dass sie die Kleine nicht allzu aufdringlich angaffen sollen.«

»Das geht schon in Ordnung. Aber sie werden enttäuscht sein. In diesen Magazinen sind die Mädels aufgestylt und günstig beleuchtet, und die Fotos werden im Computer nachbearbeitet. Im wahren Leben sehen die nie so gut aus.«

Sie beobachteten schweigend, wie Nicco Reid im Blitzgewitter der Fotografen das Foyer durchschritt. Kamila nahm ihre Anmeldung entgegen und führte sie zu Sacha Bergden in die Bar.

»Nun ja, Ausnahmen bestätigen die Regel«, gab James zu.

»Hmmm?«, fragte Henry geistesabwesend.

Die Bürgermeisterin kam aus der Bar. »Habt ihr Nicco Reid gesehen? Ganz große Klasse, nicht wahr? Bei diesen Jacken von Prada könnte man schwach werden.«

»Hmmm?«, fragte Henry.

Verena Weber sah ihn kopfschüttelnd an. »Also, das könnt ihr mir nicht erzählen, Jungs! Ihr werdet doch schon mal den Namen Prada gehört haben.«

»Sie trug eine Jacke?«, fragte Henry wie in Trance.

Die Bürgermeisterin wandte sich an James. »Ist es richtig, dass wir ein Problem mit einem Wer-Pom haben?«

»Äh, ja. Sie haben schon davon gehört?«

»Das ganze Dorf spricht von nichts anderem. Die Aufregung ist groß. Viele Frauen haben letztes Jahr schicke Schuhe verloren. Meine Tochter besitzt seit Kurzem Stiefel von Miz Mooz. Sie hat versucht, ihren silbernen Zungenstecker einzuschmelzen und eine Kugel daraus zu gießen.«

»Verdammt! Weiß Bergden von der Sache?«

»Nein. Keine Sorge, James. Sie können sich darauf verlassen, dass Ihre Leute dichthalten. Ihre Jobs hängen davon ab, dass diese Party ein Erfolg wird. Das wissen sie.«

Elise kam mit einem älteren Mann herein. Er trug einen hellgrauen Mantel. In seinem Haar schimmerten ein paar silberne Strähnen. »Doktor Keith Jefflin«, sagte Verena Weber.

»Der Promi-Schönheitschirurg?«

»Genau. Er hat mehr gepiercte Nasenscheidewände geflickt als jeder andere Mensch auf dieser Welt.«

Elise gesellte sich zu ihnen, nachdem sie den Doktor untergebracht hatte. »Verena, wir haben an sämtliche Angestellte Milchknochen verteilt. Vielleicht können wir ihn ablenken, wenn wir ihm etwas anderes zu kauen geben.«

»Es ist zumindest einen Versuch wert. Die gefährlichste Zeit dürfte das Bankett sein. Nach dem Essen will Sacha seine Rede halten, und die Presseleute werden ihre Storys an die Redaktionen senden. Wenn wir bei dieser Erstberichterstattung gut wegkommen, können wir vermutlich alles dementieren, was später rauskommt.«

Die Gruppe löste sich auf. Alle waren auf der Hut, aber der Tag verging, ohne dass der Hund irgendwo auftauchte. James behielt das Personal scharf im Auge, insbesondere die Neuzugänge. Er hatte das nicht in Verenas Gegenwart erwähnen wollen, aber natürlich war nicht auszuschließen, dass es sich bei dem Wer-Pom um einen seiner eigenen Angestellten handelte. Er versuchte herauszufinden, wer von den Leuten ein Hundeverhalten an den Tag legte, bis ihm dämmerte, dass er eigentlich keine Ahnung hatte, was Hunde so in ihrer Freizeit taten. Jagten sie Eichhörnchen? Kotzten sie auf den Teppich? Ihm fiel auf, dass sich auch Professor Steigel bemühte, mit den Hotelangestellten zu plaudern.

Aber niemand hatte Zeit für ein längeres Gespräch. Die Gäste trafen jetzt am laufenden Band ein, aufgebrezelt, gut gelaunt und redselig – schöne Menschen in teuren Klamotten, die auf ihre Zimmer gingen, um sich dort noch eleganter zu stylen. Es wurde Mittag und Nachmittag. Das Wetter blieb unverändert – bedeckter Himmel und leichter Schneefall. Das war perfekt für die Party, weil es die Landschaft verzauberte, ohne die Straßen zu blockieren. James warf einen prüfenden Blick in den Speisesaal. Auch hier war alles perfekt. Neue Tischdecken und neues Geschirr, dazu ein Gaskamin, der Wärme und ein rötliches Leuchten ausstrahlte. Die Musiker beendeten ihren Soundcheck und zeigten sich zufrieden mit dem Resultat. Selbst aus der Küche kam keine Krisenmeldung, und wer den Betrieb in Großküchen kannte, wusste, dass so etwas an ein Wunder grenzte.

Um vier Uhr nachmittags schaltete sich die Außenbeleuchtung ein. James trat einen Moment lang an ein Fenster des Speisesaals und bewunderte die Aussicht – grüne Tannen, graue Klippen und weiße Schneewehen. Dann rief er Henry. »Sind die Baustellen-Scheinwerfer noch draußen?«

»Ja. Wir haben die Stromversorgung unterbrochen, aber die Masten sind festgefroren. Die kriegen wir vermutlich erst im Frühjahr frei.«

»Könnten Sie die Dinger wieder einschalten? Ich möchte diesen Hund oder Menschen sehen, wenn er sich von draußen ins Haus zu schleichen versucht.«

»Hmm. Ich müsste einen unbenutzten Unterbrecher suchen und neue Kabel anbringen, aber doch, das lässt sich machen.« Eine Stunde später erstrahlten die Flutlichter und hüllten das Gelände in einen sanften Glanz, während vom fahlen Himmel dicke weiße Flocken schwebten. James nickte vor sich hin. Er hätte keinen schöneren Hintergrund für das Bankett schaffen können.

Um sieben Uhr versammelten sich die Gäste in der Bar und nahmen ein paar Cocktails. Um acht Uhr betraten sie den Speisesaal. James schlich nervös um die Küche herum, aber alles ging glatt. Die Kellner servierten das Dessert, als ihn ein Anruf von Elise erreichte. »Zimmer 416. Wir haben ein Haar gefunden.«

Er raste nach oben. Professor Steigel war bereits da. Er zeigte James ein rotes Haar. »Das stammt eindeutig von einem Zwergspitz.«

»Wer bewohnt diesen Raum?«, fragte James Elise. Er öffnete die Tür mit seinem Universalschlüssel.

»Nicco Reid.« Elise trat an den Wandschrank. »Aber alle Schuhe hier drinnen sind in Ordnung.«

»Gut. Was trägt sie jetzt?«

»Ich habe sie nicht gesehen. Wahrscheinlich etwas mit weitem Zehenausschnitt.«

»Mit Zehen-was?«

»Das ist, wenn man die Zehen … ach, vergiss es!«

»Gehen wir wieder nach unten.« Sie kehrten in den Speisesaal zurück, wo die Kellner gerade Kaffee servierten. James packte Elise am Arm. »Die Mädels haben ihre Schuhe ausgezogen. Warum machen die das? Warum ziehen die ihre Schuhe aus?«

»Es ist völlig normal, dass Frauen unter dem Tisch aus ihren Schuhen schlüpfen. Das hast du doch oft genug bei mir gesehen.«

»Aber warum?«

»Weil ihnen die Füße weh tun. Das sind Modellschuhe, James. Für den Weg vom Auto bis zur Bar. Zweckfreies Design.«

»Ich sehe ihn«, sagte Steigel.

»Wo?«

»Unter dem mittleren Tisch.«

Die Tischdecke hing etwa bis in Kniehöhe der Gäste. Darunter konnte James eine Ansammlung von Herrenhosen und Damenbeinen erkennen, dazu einige neben den Stühlen abgestellte Handtaschen. Eine der Damen ließ eine Pantolette von der großen Zehe baumeln. Der zweite Fuß war schuhlos. James verfolgte das wohlgeformte Bein nach oben zu seiner Besitzerin und merkte, dass er Nicco Reid anstarrte. »Scheiße!« Ihr gegenüber saß Sacha Bergden.

»Ich sehe ihn auch«, sagte Elise.

»Ich sehe überhaupt nichts«, erklärte James, aber dieser Zustand ließ sich nicht lange aufrechterhalten. Etwas bewegte sich zwischen den Füßen und Handtaschen.

Er winkte den Oberkellner zu sich. »Er ist unter dem mittleren Tisch. Trommeln Sie ein paar Leute zusammen! Wir umstellen den Tisch und schnappen uns das Kerlchen.«

»Ich weiß nicht, James.« Elise runzelte die Stirn. »Wie sieht denn das aus, wenn wir alle unter den Tisch tauchen!«

»Das ist nicht ungefährlich«, warnte Steigel. »Zwergspitze beißen, wenn sie sich in die Enge getrieben fühlen.«

James warf einen verzweifelten Blick zu dem Tisch hinüber. Die Hälfte der Frauen, die dort saßen, hatten ihre Schuhe abgestreift. Wagte es der Köter etwa, sich vor ihren Augen einen Schuh zu schnappen? »Wir müssen das Risiko eingehen. Verdammt noch mal, warum musste er ausgerechnet heute Abend hier aufkreuzen?«

Und dann, als er an dem Tisch vorbei aus dem Fenster schaute und die prächtig schimmernde Schneelandschaft sah, wusste er die Antwort.

Er trat den Rückzug in die Küche an, klappte sein Handy auf und wählte hastig Henrys Nummer. »Der Teilnehmer ist im Moment nicht erreichbar«, informierte ihn eine Tonbandstimme, und ihm fiel ein, dass es Abend und ein Feiertag obendrein war. Er packte einen Küchenhelfer am Kragen. »Such Kamila und richte ihr aus, sie möchte Henry suchen und ihm ausrichten, dass er mich umgehend anrufen soll.«

»Was?«, fragte Elise. »Was hast du vor?«

»Künstliches Mondlicht«, entgegnete James. Er deutete aus dem Fenster. »Dein Vater hat mir davon erzählt. Während des Krieges fand sein Bataillon den Weg durch die Schneelandschaft mithilfe von Suchscheinwerfern, deren Strahlen von der Wolkendecke reflektiert wurden. Sie nannten es künstliches Mondlicht.«

»Natürlich«, pflichtete ihm Steigel bei. »Eine Erfindung der Panzerkommandeure während der Ardennen-Kampagne. Man braucht tief hängende Wolken und einen schneebedeckten Boden ...«

James wählte erneut Henrys Nummer, und diesmal kam er durch. »Henry, können Sie das Flutlicht ausschalten?«

»Ich kann rausgehen und den Stromkreis unterbrechen.«

»Das dauert zu lange. Sie müssen den Strom *sofort* abstellen!«

»Dann geht aber auch das Licht im Speisesaal aus. Es wird stock-«

»Geht in Ordnung! Beeilen Sie sich!« James klappte das Handy zu und wandte sich den anderen zu. »Bis zur letzten Woche schlug der Wer-Pom drunten im Dorf nur bei Vollmond zu. Hier begann er sein Unwesen zu treiben, als wir die Nachtschicht einführten.«

»James«, sagte Elise. »Guck doch mal!«

Im Speisesaal tastete Sacha Bergden unter dem Tisch umher. »Ja, was haben wir denn da?« Er hob den Zwergspitz hoch. »Was haben wir denn da?«

Zum ersten Mal konnte James das Tier genauer betrachten. Es hatte ein dichtes rotes Fell und einen buschigen, nach oben geringelten Schweif. Schnauze und Ohren erinnerten an einen kleinen Fuchs, und die glänzenden schwarzen Augen hatten Ähnlichkeit mit den Knopfaugen eines Teddybären. James war überrascht, wie winzig der Hund war. *Kein Wunder, dass wir ihn nicht finden konnten*, dachte er. *Der Knirps könnte sich überall verstecken.* Wäre das flauschige Fell nicht gewesen, hätte er in eine Suppentasse gepasst. Er biss an einem Schuh herum.

Bergden entwand ihm das teure Stück und schwenkte es in der Luft. »Wem gehört denn das Hundchen?«, fragte er. »Hmm? Wem gehört denn das Hundchen?« Der Zwergspitz machte es sich auf seinem Schoß bequem.

»Sacha!« Nicco Reid zog einen Schmollmund. »Pass bloß auf, dass er meinen Schuh nicht kaputt macht!«

»Hat das Hundchen dieses Schuhchen zum Fressen gern?« Sacha tippte den Zwergspitz sanft mit der Pantolette an. »Hmmm? Liebt das Hundchen die schicken Schuhchen von Cynthia Rowley?« Der Pomerian bellte selig.

»Henry!«, zischte James in sein Handy. »Henry, lassen Sie das Licht an! *Nicht* ausschalten, haben Sie verstanden?«

»Wenn Sie einen Rückruf wünschen, drücken Sie die Eins«, knarrte es aus dem Handy.

»Oh, mein Gott!«, wisperte Elise.

Sacha Bergden verließ den Tisch und erklomm die Stufen zur Bühne. Der Zwergspitz schmiegte sich in seine Armbeuge. Die Band spielte ein paar Takte zur Begrüßung, und die Sängerin beugte sich über das Mikrophon. Im Saal wurde es still. Bergden hielt den einzelnen Schuh hoch. »Meine Freunde! Darf ich kurz um eure Aufmerksamkeit bitten?«

Alle Lichter erloschen.

Der Speisesaal hatte eine Notbeleuchtung über den Ausgängen, die sich jedoch erst nach einer kurzen Verzögerung einschaltete. Das machte man absichtlich so, damit die Dinger nicht bei jeder kleinen Stromschwankung aktiviert wurden. Während dieser Zeit war es im Saal nicht völlig dunkel, da von der breiten Kaminöffnung ein rötlicher Schein ausging. Aber keiner der Anwesenden sah genau, was in diesen paar Sekunden nach dem Stromausfall geschah. Was sie sahen, war Folgendes: Es wurde dunkel, die Notbeleuchtung ging an, und Sacha Bergden hielt eine schlanke, schöne, splitternackte junge Frau im Arm. Eine Frau mit einem Schuh zwischen den kräftigen weißen Zähnen.

»Kamila?« James wollte es nicht glauben.

Die Gäste wirkten ein wenig verwundert, weil sie nicht mit dieser Nummer gerechnet hatten. Sacha hatte bisher noch nie Interesse für solche Spielereien bekundet. Aber der Trick war nicht schlecht, und er passte zu ihrer Feierlaune. Nach dem ersten zögerlichen Klatschen brandete Applaus auf. Nur James und Elise bemerkten, dass die beiden Menschen auf der Bühne den Beifall nicht wahrnahmen. Bergden hatte seinen Arm fest um Kamilas Taille geschlungen. Kamila blickte ihm mit unterwürfiger Bewunderung in die Augen. Die beiden schienen eine stumme Botschaft auszutauschen. Dann flammten die Lichter wieder auf.

Die plötzliche Helligkeit brachte es mit sich, dass die Gäste einen Moment lang die Augen zusammenkniffen und blinzelten. Als sie wieder klar sehen konnten, war das nackte Mädchen verschwunden, und der kleine Hund schmiegte sich in Bergdens Arme. Sacha verneigte sich mit bewundernswerter Gelassenheit. Der Applaus wollte kein Ende nehmen. Als er schließlich verklungen war, hielt Bergden seine vorbereitete Rede. Den kleinen Hund ließ er den ganzen Abend nicht mehr los.

Henry hörte aufmerksam zu, als zwei Fotografen den Vorfall im Café diskutierten. »Cooler Trick«, sagte der jüngere. »Holographie, oder?«

»Nichts so Ausgefallenes«, meinte der ältere. Er nutzte das

drahtlose Netzwerk des Cafés, um seine Aufnahmen zu überspielen. »Falltür in der Bühne, das Licht erlischt, und *plop*, da steht sie. Erlebe ich nicht zum ersten Mal.«

»Aber sie hat sich vor unseren Augen zurückverwandelt.«

»Nein. Du warst geblendet, als das Licht wieder anging. Und weil du nichts sehen konntest, hat dein Verstand die Leerstellen ausgefüllt. Hast du ein Foto von ihr?«

»Äh – nein.«

»Dachte ich mir. Kein Foto – nix passiert.«

Henry begab sich mit seinem Kaffee zu James und Elise. »Was die Typen sagen, klingt ziemlich überzeugend. Vielleicht war es ein Trick. Vielleicht hat Bergden die Sache eigens für seine Party vorbereitet.«

»Das war kein Trick«, widersprach James. »Wir sahen alles mit an.«

»Guck mal, da sind sie«, sagte Elise und deutete auf den Laptop. »Auf einer Modenschau in Mailand. Im Untertitel steht, dass sie seine neue persönliche Assistentin ist.«

Kamila hatte das Hotel und die Stadt unmittelbar nach der Party zusammen mit Bergden verlassen, ohne irgendjemandem Rede und Antwort zu stehen. Henry betrachtete die Bilder im Internet. Kamila trug ein Designer-Kostüm, in dem sie sehr sexy aussah. Sie schmiegte sich eng an Bergden. »Und ihr habt sie wirklich ohne Kleider gesehen?«

»Ja«, bestätigte James. »Wow! Sie sah total …« Er bemerkte Elises wütenden Blick und kriegte gerade noch die Kurve. »Sie sah total anders aus..Und wir schreiben schwarze Zahlen. Wir sind für den Rest der Saison so gut wie ausgebucht. Die Weber sagt, sie höre überall nur Lob.«

»Die neue winterliche Spielwiese der Glitzerwelt«, warf Elise ein. Sie las wieder aus dem Internet vor.

Nur Professor Steigel war unzufrieden. »Ich wollte sie so viele Dinge fragen. Wir haben nichts in Erfahrung gebracht und sind kaum schlauer als zuvor.«

»Bitten Sie Kamila um ein Interview«, schlug Henry vor.

Steigel schüttelte den Kopf. »Die Welt der Haute Couture ist mir zu fremd. Die Leute atmen eine exklusivere Luft als ich.«

»Ein komisches Völkchen«, stimmte James zu. »Da hat dieser Bergden als Assistentin ein schönes Mädchen, das zugleich ein Hund ist. Das muss man sich mal vorstellen!«

»Ganz schön abartig«, meinte Henry. »Ob er sie mit Halsband und Leine …«

»Iiihh!«, unterbrach ihn Elise. »Jetzt reicht es aber, Henry. Ihr Männer mit euren perversen Ideen!«

Henry ging zurück an seine Arbeit. Steigel begab sich in sein Zimmer, um zu packen. James und Elise kehrten ins Büro zurück. »Ich schulde Kamila noch ihr letztes Gehalt. Aber davon ziehe ich ihr den angerichteten Schaden ab. Für das Geld kannst du dir dann neue Schuhe kaufen.«

Elise küsste ihn auf die Wange. »Danke, Schatz. Warum begleitest du mich nicht? Dann können wir gleich neue Sneakers für dich besorgen. Obwohl die alten nicht mehr viel wert waren.«

James sah sie einen Moment lang in entsetztem Schweigen an. Dann fragte er: »Sie hat meine Sneakers angeknabbert?«

»Ach, die waren doch schon schäbig …«

»Meine Converse-Sneakers? Die stammten noch aus der Highschool.«

»Völlig zerschlissen, und die Sohlen …«

»Die habe ich bei den Meisterschaftsspielen getragen. Sie hat meine Chucks gefressen?«

»Diese vergammelten alten Dinger …«

»Aus doppelwandigem Segeltuch. So was kriegst du heute nicht mehr.«

»Komm, James.« Elise nahm ihn an der Hand. »Gehen wir endlich. Die Schuhgeschäfte warten.«

Julia Conrad

Blüten

Der Weihnachtsmond wanderte in einem langen Bogen über die Stadt. Der Himmel war voll kleiner Sterne. Man sah sie nur nicht, weil die vielen Lampen der Stadt einen schwefligen Lichtschimmer über das Häusermeer breiteten. Ein Schnellbahnzug fuhr auf einem Viadukt vorbei. Der Lärm scheuchte eine alte Krähe auf, die im Efeu unter der Wölbung geschlafen hatte. Sie flatterte davon und landete auf einem Balkon in der Nähe.

»Guten Abend«, sagte sie zu dem kleinen Weihnachtsbaum, der dort in der kalten Nacht stand, damit er frisch blieb. »Ziemlich eisig heute, was?«

»Ja«, erwiderte der Weihnachtsbaum. Er war noch ein bisschen durcheinander. Man hatte ihn erst gestern umgeschnitten, zusammengeschnürt, auf einen Wagen geladen und in die Stadt gebracht. Er wusste gar nicht, was er von alledem halten sollte. »Verzeihung«, sagte er zu der alten Krähe, »aber könnten Sie mir freundlicherweise sagen, wo ich hier bin?«

»In der Stadt, das sieht man doch«, erklärte die Krähe und ließ sich auf dem Balkonfenster nieder. Darüber prangte ein Vordach, und die Krähe fand, dass sie hier genauso gut schlafen konnte wie in ihrem Bogengewölbe. Und hier würde sie kein vorbeiratternder Zug aufwecken. »Du bist wohl vom Land, wenn du dich hier so gar nicht auskennst, was?«, fragte sie dann. Krähen sind ziemlich ungehobelte Typen, die frei heraus sprechen.

»Ja, gewiss«, antwortete der Weihnachtsbaum bescheiden. »Ich war auf dem Land. Bis gestern Morgen. Da kamen plötzlich eine Menge Leute mit Äxten und Sägen, hackten und schnitten die Hälfte von uns Jungbäumen um und steckten uns in Jutesäcke. Dann verschleppten sie uns hierher. Ich habe keine Ahnung, was das Ganze bedeuten soll.«

»Na, das kriegst du schon noch raus«, sagte die Krähe und stocherte ein bisschen mit dem Schnabel unter ihrem Flügel herum. Sie hatte es nicht wirklich nötig, sich zu putzen. Sie war ohnehin glatt und geschniegelt. Sie machte sich nur gerne wichtig mit ihrer Sauberkeit. »Du bist ein Weihnachtsbaum, falls dir das was sagt«, fügte sie dann sehr von oben herab hinzu.

»Ein was?«, fragte der Baum. »Ich will Ihnen nicht widersprechen, aber ich glaube, man bezeichnete mich immer als *Tannen*baum. Jungtanne, genauer gesagt. So stand es jedenfalls auf unserer Abteilung in der Baumpflanzung.«

»Ja ja, das kommt schon hin«, antwortete die Krähe. »Weihnachtstanne, Weihnachtsbaum – das ist Jacke wie Hose. Übrigens könntest du gerne auch eine Fichte sein. Nur eben irgendein Nadelbaum.« Sie machte eine Pause, legte den Kopf mit den glänzend schwarzen Augen schief und fragte: »Das ist dir wohl alles ein bisschen zu hoch, was?«

Der Baum hatte noch nicht viel von der Welt gesehen und war ziemlich eingeschüchtert von der selbstbewussten Art, in der die Krähe mit ihm sprach. »Mir ist das alles sehr neu. Was genau ist ein Weihnachtsbaum?«

»Ach, so ein Dings eben«, antwortete die Krähe. Sie tat gern geheimnisvoll, um sich wichtig zu machen. »Unwichtig und überflüssig, wenn du mich fragst. Nicht der Rede wert.«

»Aber wie kommt es, dass ich plötzlich ein Weihnachtsbaum bin?«, beharrte das Bäumchen. »Gestern war ich ganz sicher noch eine Jungtanne. Was hat sich verändert?«

»Das wird sich erst verändern«, sprach die alte Krähe. »Na ja – nachdem du offensichtlich von nichts eine Ahnung hast: Einmal im Jahr – immer zur selben Zeit – werden viele Bäume wie du in die Stadt gebracht. Fichten und Tannen, wie du eine bist. Die meisten sind allerdings weitaus imposanter als du«, fügte sie hinzu und musterte das Bäumchen von oben bis unten. »Tja, da gibt es schon Dinge zu sehen! Riesige Blautannen! Mächtige, respekteinflößende Fichten! Ich erinnere mich ... aber lassen wir das. Wie ich schon sagte: Diese Bäume werden zu einer bestimmten Zeit im Winter in die Stadt gebracht. Dann werden sie geschmückt.«

»Geschmückt?«, rief das Bäumchen verblüfft. »Aber wie – ich meine, wie kommt es –«

»Wenn du mich ausreden lässt, erfährst du schneller, was los ist«, sagte die Krähe. Sie flatterte ein Stück vor und ließ sich auf einem der ausgestreckten Zweige des Bäumchens nieder. Die Menschen, die es gekauft hatten, hatten es aus seinem Jutesack ausgewickelt und die Schnur gelöst, mit der es zusammengebunden gewesen war. Dann hatten sie es im Christbaumständer auf den Balkon gestellt. Jetzt konnte es seine Zweige recken und strecken, die von den engen Fesseln ganz starr gewesen waren.

»Tja«, sagte die Krähe und machte es sich auf dem Bäumchen gemütlich (viel gemütlicher als im Efeu), »du hast schon recht gehört. Morgen werden dich deine Leute ins Zimmer tragen – übrigens warne ich dich gleich, meistens ist es ein sehr überheiztes Zimmer, in dem du ordentlich trockene Nadeln kriegen wirst. Dann werden sie dir allerlei Glitzerkram auf die Zweige hängen. Goldene Sternchen. Bunte Bonbons. Alle möglichen albernen Figuren. Sie werden dich mit glitzernden Girlanden und gläsernen Kugeln behängen und dir einen großen silbernen Stern auf den obersten Ast stecken. Genau da oben.«

Das Bäumchen quiekte auf. Die Krähe hatte es nämlich kräftig in den obersten Wipfel gezwickt.

»Ja«, fuhr die Krähe fort, die jetzt Spaß daran hatte, mit diesem merkwürdigen Gesellen zu plaudern. »Dann wirst du auf einen Tisch gestellt, und über den hässlichen Eimer, in dem du deine Füße hast, wird ein Tuch gebreitet. Du wirst von oben bis unten mit Silberfäden behängt. Auf alle deine Zweige kommen kleine Klammern mit Kerzen. Die werden abends angezündet.«

»Das hört sich sehr seltsam an«, sagte das Bäumchen. »Kerzen! Bunte gläserne Kugeln! Silberfäden! Wozu dient das Ganze?«

»Es ist ein Fest«, sagte die Krähe und schüttelte die Federn. »Es ist jedes Jahr dasselbe. Die Menschen kaufen Bäume und schmücken sie, und sie singen Lieder, und es wird so viel gegessen, dass sie nachher hungern müssen, um wieder in die Kleider zu passen.«

»Aber was wird denn eigentlich gefeiert?«, wollte das Bäumchen wissen. »Wir Bäume sind doch nichts so Besonderes, dass man unseretwegen ein Fest gäbe!«

»Hm ... äh«, machte die Krähe. »Das ist alles sehr schwer verständlich, weißt du. Viel zu schwierig für ein kleines Bäumchen wie dich. Na, versuchen kann ich's ja. Du hast ja schon mal einen Winter erlebt, nicht wahr? Weißt du noch, wie es voriges Jahr um diese Zeit war?«

»Ja«, sagte das Bäumchen. »Da war nicht viel los. Es war sehr kalt. Die Tage waren lang und dunkel. Kaum war man morgens aufgewacht, war es schon wieder Zeit zum Schlafengehen. Sogar wir Jungbäume schliefen den ganzen Tag lang. Die alten grauen Tannenbäume nebenan waren so müde, dass sie den ganzen Winter über nicht aufwachten. Es war eine traurige Zeit.«

»Genau so ist es«, nickte die Krähe. »Mir brauchst du nichts erzählen! Für mich heißt Mittwinter immer nur: Hunger. Kälte. Lange Nächte. Trübe Tage. Aber wenn die Tage so trostlos sind und die Nächte so dunkel, dass man jeden Augenblick glaubt, jetzt muss das Ende kommen – gerade dann kommt das Licht aus dem Himmel. Mitten im Winter. Immer dann, wenn die Sonne krank ist und sich klein und bleich hinter den Wolken verkriecht. Wenn der Boden vor Frost kracht und die Seen wie Stein sind. Dann kommt das Licht aus dem Himmel, das Leben bringt.«

Das Bäumchen lauschte atemlos. »Das Licht«, flüsterte es. Alle seine Nadeln zitterten.

»Deswegen heißt du ja auch Lichterbaum«, erklärte die Krähe. »Die Menschen denken an dieses Licht, und deshalb zünden sie Kerzen an und stecken sie dir auf die Zweige, damit die Nacht hell wird und die Kälte warm.«

Das Bäumchen gab keine Antwort. Ein Schauer rann durch alle seine Zweige, bis hinein in die äußersten Nadelspitzen.

Die Krähe bemerkte es. »Ach, erwarte dir nicht zu viel«, sagte sie. »Das klingt zwar recht sensationell, aber es ist alles nur Firlefanz, weißt du. Die Menschen glauben nicht wirklich daran. Sie reden vom Licht, das Leben bringt, aber sie selbst bleiben weiterhin traurig und dunkel und trüb. Sie machen das Ganze nur noch, weil sie Spaß daran haben, kleine bunte Anhängsel an deine Zweige zu hängen und dich mit Girlanden zu schmücken.«

»Aber das Licht«, flüsterte das Bäumchen. »Das Licht ist das Leben.«

»Ja, gewiss doch«, antwortete die Krähe und drückte sich noch ein Stückchen tiefer zwischen die Zweige, denn die Nacht war ziemlich kalt. »So sagt man jedenfalls. Deshalb wird ja das ganze Theater gemacht. Du wirst geschmückt, und die Kinder bekommen Geschenke, und den Armen schneidet man ein etwas größeres Stückchen vom Kuchen ab als gewöhnlich – aber dahinter ist gar nichts. Vielleicht war das früher mal anders. Jetzt glaubt kein Mensch mehr an das Licht, das das Leben ist.«

Das Bäumchen hatte nicht richtig hingehört. Es war ganz mit seinen eigenen Gedanken beschäftigt. »Wenn das Licht das Leben ist«, sagte es leise, »kann es dann auch einen toten Baum wieder lebendig machen?«

»Nun – äh, ich denke schon«, antwortete die Krähe. »Obwohl ich mich in solchen Dingen nicht allzu gut auskenne. Bäume interessieren mich im Allgemeinen nur zum Daraufsitzen, und sogar da ziehe ich eine Dachtraufe vor. – Warum fragst du?«

»Weil ich ein toter Baum bin«, flüsterte der Weihnachtsbaum.

»Ach, nun stell dich nicht an«, widersprach die Krähe. Sie wusste natürlich genau, was mit Weihnachtsbäumen letzten Endes passierte. Sie hatte schon genug braune Baumskelette aus den Müllkübeln herausragen sehen. Aber das Bäumchen war ihr sympathisch, und sie wollte ihm sein kurzes Leben nicht vermiesen. Sie bemühte sich, fröhlich zu klingen, als sie sagte: »Du bist doch noch keine drei Jahre alt und grün wie das Leben selbst, was jammerst du da vom Tod?«

»Ja, äußerlich bin ich noch grün«, sagte das Bäumchen. »Aber innen bin ich bereits tot. Ich habe es gespürt, als sie mit ihren Äxten und Sägen ankamen und meinen Stamm abschnitten. Ich fühlte es bis in die äußersten Nadeln. Ich wusste, dass ich gestorben war.«

»Papperlapapp«, murmelte die Krähe. Was sollte sie schon sagen? Sie wusste, dass der kleine Weihnachtsbaum recht hatte. Alle Weihnachtsbäume waren tot, auch wenn sie noch so hübsch glitzerten und funkelten. Sie versuchte das Bäumchen zu trösten. »Du kriegst doch jede Menge Schmuck«, beteuerte sie. »Ich wette, es sind reiche Leute, die dich gekauft haben. Sie werden dich mit goldenen Kugeln behängen und mit schimmernden Girlanden, sie werden Eiszapfen aus Glas und lustige kleine Figuren –«

»Das will ich alles nicht«, widersprach der Weihnachtsbaum und erschauerte von Neuem. Die Krähe spürte, wie seine Zweige erbebten. Sie fühlte sich plötzlich unbehaglich.

»Ich will keine Kugeln und Figuren und Girlanden«, flüsterte das Bäumchen. »Ich will leben.«

»Das geht nicht«, sagte die Krähe. Sie wünschte, sie hätte sich irgendwo anders zum Schlafen niedergelassen. »Wenn du erst mal abgeschnitten bist … tja, ich meine, dann kannst du nur noch das Beste draus machen. Du hast immerhin ein paar wundervolle Tage vor dir. Du wirst leuchten und –«

»Wenn ich das Beste draus machen soll«, flüsterte das Bäumchen so leise, dass die Krähe es kaum noch verstand, »dann will ich leben.«

Die Nadeln zitterten, aber diesmal viel stärker als zuvor. Das war kein Frösteln mehr. Ein richtiges Rauschen durchfuhr den kleinen Baum. Die Krähe erschrak und fuhr flügelschlagend zwischen den Zweigen heraus, die jetzt wie im Sturmwind erzitterten. Sie flatterte auf das Vordach und starrte gebannt und verängstigt hinunter.

Das Bäumchen veränderte sich.

Es knackte und knisterte bis in den letzten Zweig, und dann fing es plötzlich an, Blüten auszutreiben. Prächtige Blüten! Aber es waren keine Tannenbaumblüten, sondern höchst seltsame Dinger: riesige violette Kelche und orange Trompeten, Blüten wie Feuerflammen und Blüten wie Eiskristalle, glühend gelb getupfte Zungen und scharlachrote Löwenmäuler. Sie schossen aus jedem Zweig hervor. Sie dampften und leuchteten in der kalten Winternacht. Honig tropfte aus ihren Kelchen. Tau perlte auf ihren zungenförmigen Blättern. Ein atemberaubender Duft strömte aus den samtigen Kelchen.

Die Krähe stieß ein entsetztes Krächzen aus und floh noch ein Stück höher, bis sie sicher war, dass die unglaublichen Blüten sie nicht erreichen konnten. Sie flatterte aufgeregt mit den Flügeln. »Hör auf damit! Hör auf!«, krächzte sie. »Das ist verrückt! So etwas darf ein alberner kleiner Tannenbaum wie du nicht tun!«

»Ich mache es nicht absichtlich«, seufzte das Bäumchen. »Es … es passiert einfach.« Dann schwieg es. Die Blüten glühten noch kurze Zeit in der dunklen Nacht, ehe sie sich langsam zurückzogen. Sie verwelkten nicht. Sie rollten sich ein, wie Blüten sich schließen, wenn die Sonne sinkt. Allmählich wurden sie immer kleiner und wickelten sich immer enger zusammen, ihre äußeren Hüllen verloren die feurigen Farben, bis sie wieder so grün waren wie zuvor und so klein und hart wie Tannennadeln. Ein letztes Frösteln ließ den kleinen Tannenbaum erzittern, und er sah wieder aus wie zuvor.

»Sind sie … fort?«, stotterte die Krähe.

»Nein«, flüsterte der Weihnachtsbaum. »Sie sind noch da. Tief in meinem Inneren.«

Die Krähe schüttelte ihre Flügel aus. »Gute Nacht, Weihnachtsbaum«, stammelte sie hastig, »und noch … angenehme Festtage.« Dann flatterte sie davon. Sie war froh, als sie eine dunkle Dachbodenluke fand, in der sie für den Rest der Nacht Zuflucht suchte. Krähen sind nämlich sehr praktisch veranlagt und können es nicht ausstehen, wenn ihnen verrückte Dinge passieren.

Trotzdem, spät in der Nacht, träumte die alte Krähe, dass das Licht aus dem Himmel sie streifte. Es hüllte sie in bunte Federn, verwandelte sie in einen wunderschönen Vogel, der mit süßer Stimme sang.

David Wellington

Das Experiment

Es war keine sonderlich gute Idee, verrückte Wissenschaftler warten zu lassen.

»Ja, es ist Heiligabend, das weiß ich auch«, sagte Laura Caxton. Clara am anderen Ende der Leitung klang gereizter als üblich. Nun, dafür hatte sie ja auch gute Gründe. »Ich weiß, ich weiß, ich habe schon das letzte Weihnachtsfest verpasst. Ich verspreche, ich bin zu Hause, bevor du morgen früh aufwachst.«

Die Wissenschaftlerin, die eigentlich gar nicht verrückt aussah, wie Caxton fand, studierte konzentriert ihre Fingernägel. Sie sah dezent zur Seite, während Caxton ihren Anruf erledigte, aber ihre schmal zusammengepressten Lippen verrieten, dass sie über die Verzögerung nicht erfreut war.

Das ließ sich nicht ändern. »Ich weiß«, sagte Caxton. »Ich liebe dich auch. Wir sehen uns morgen. Ich verspreche es.« Sie klappte das Handy zu und lächelte entschuldigend. »Sie sind Helene Fremont, richtig?«

Die Wissenschaftlerin – die Kleidung der Frau, weißer Laborkittel über T-Shirt und Jeans, verriet ihr, dass die Frau diesen Beruf ausübte – erwiderte das Lächeln. Die Atmosphäre zwischen ihnen war frostiger als der kalte Abend draußen. »Ja«, sagte sie. »Deputy Marshal Fetlock hat Sie mir angekündigt. Sie wollen sich unser Projekt ansehen.«

»Er hat mir allerdings nicht gesagt, worum es sich dabei genau handelt«, gestand Caxton. Fetlock hatte ihr einfach eine

Adresse und die Zeit gegeben, zu der sie sich dort einzufinden hatte, und er hatte ihr angekündigt, dass eine verrückte Wissenschaftlerin ein frühes Weihnachtsgeschenk für Caxton habe. »Er hat mir nicht einmal verraten, was Sie hier eigentlich machen.«

Dr. Fremont nickte. »Ich arbeite für das CDC – das Center for Disease Control. Das hier ist eines unserer Krankenhäuser.«

»Es sieht nicht wie ein Krankenhaus aus«, fand Caxton. Von außen hatte es wie ein ganz normales Bürogebäude gewirkt und nicht wie ein Außenposten des Zentrums für den Seuchenschutz. Allerdings war ihr nicht entgangen, dass es verhältnismäßig wenige Fenster aufwies und die Mauern dicker als üblich waren. Als Fremont sie eine von Neonröhren beleuchtete Treppe hinunterführte, bemerkte sie, dass die Wände aus Stahlbeton bestanden. Eine Art Bunker? Vielleicht ein Atomschutzbunker?

»Nun«, fuhr Fremont fort, »vielleicht ist ›Krankenhaus‹ ein Euphemismus. Eigentlich handelt es sich um ein biologisches Labor der Schutzstufe 4. Hier halten wir Leute mit hoch ansteckenden und tödlichen Infektionen in Quarantäne. Sie wissen schon, Tollwut, Ebola, SARS, solche Dinge eben.« Sie lächelte breit. »Aber keine Angst. Von denen hält sich hier im Moment keiner auf, abgesehen von unserem Untersuchungsobjekt.«

Am Fuß der Treppe erstreckte sich ein fünfzig Meter langer Korridor. Zu beiden Seiten gaben große Fenster den Einblick in kleine, tiefer gelegte Räume mit weißen Wänden frei, die mit einer Ausnahme Betten, Chemie-Toiletten und Rollwagen mit medizinischer Ausrüstung enthielten. Die Ausnahme war nur mit einer einen Meter achtzig langen und sechzig Zentimeter breiten Plastikkiste ausgestattet. »Es braucht keine sanitären Anlagen«, erklärte Fremont. »Es benötigt nicht einmal eine Luftversorgung, also haben wir die Klimaanlage ausgeschaltet. Und natürlich werden wir es nicht füttern.« Fremont blickte auf die Uhr. »Wir kommen genau richtig – das Zwielicht hat vor neunzig Sekunden geendet.«

Die folgenden Geschehnisse hätten jeden, dessen Leben

nicht so ungewöhnlich verlief wie Laura Caxtons, vor ein Rätsel gestellt. Aber sie war nicht besonders überrascht, als der Sargdeckel zur Seite geschoben wurde und ein ausgesprochen dürrer Vampir hinauskletterte. Die Haut der Kreatur sah aus wie gefrorene Milch, die Augen wiesen ein teuflisches rotes Funkeln auf. Die Ohren endeten in scharfen Spitzen, und das Geschöpf hatte keinerlei Behaarung. Der Mund schloss sich nicht richtig, denn er war mit gemeingefährlichen dreieckigen Zähnen gefüllt; eine Reihe folgte auf die nächste, wie bei einem Hai.

Der Vampir wirkte leicht desorientiert. Aber Caxton wusste, dass diese Wesen flink waren, darum zuckte sie auch kaum zusammen, als es einen Augenblick später mit übernatürlicher Kraft und Schnelligkeit in die Höhe sprang und mit solcher Kraft gegen das Fenster krachte, dass jede normale Scheibe davon zersplittert wäre. Es knallte laut.

»O je.« Dr. Fremont lachte nervös. »Aber es besteht kein Grund zur Sorge. Die Scheibe besteht aus drei Zentimeter Polycarbonat. Sie ist kugelsicher. Vermutlich sogar bombensicher.«

»Das wird ihn nicht für alle Ewigkeit festhalten«, sagte Caxton nur.

Laura Caxton verdiente ihren Lebensunterhalt mit der Vernichtung von Vampiren. Mittlerweile war sie richtig gut darin. Da gab es keinen Zweifel für sie, denn so gut wie jeder Vampir, der ihr begegnet war, war tot, und sie noch immer am Leben.

Sie wusste, wie stark diese Geschöpfe waren und wie schlau. Sie konnten einen Menschen mit einem Blick hypnotisieren, und dann stand man wie gelähmt da, während sie einen in Stücke rissen. Sie wollten nur eines auf dieser Welt, und das war Blut. Ging es um Blut, verhielten sie sich wie Drogensüchtige. Sie taten alles, um daranzukommen, und es war ihnen vollkommen egal, wen sie dabei verletzten. Ohne Blut verfielen sie und starben. Vollgepumpt mit Blut waren sie so gut wie nicht aufzuhalten.

Es gab nur eine sichere Methode, mit Vampiren umzugehen.

Man musste sofort auf sie schießen, wenn sie sich zeigten. Genau ins Herz. Traf man sie an einer anderen Stelle, schloss sich die Wunde wieder, und zwar beinahe augenblicklich, und der Vampir trug nicht einmal eine Narbe davon.

Vampirkillerin war nicht Laura Caxtons Traumberuf gewesen, als sie noch klein gewesen war. Es hatte sich einfach so ergeben. Das Schicksal hatte diesen Weg für sie gewählt. Gelegentlich dachte sie darüber nach, den Job aufzugeben; sollte sich doch jemand anderes über Vampire den Kopf zerbrechen. Aber sie wusste auch, dass das letztlich niemals für sie infrage kam. Sie kannte einige, die gegen Vampire gekämpft hatten, und alle waren inzwischen tot – aber sie lebte noch.

Ein Roboter auf Ketten rollte in die Zelle, durch eine Tür, die so klein war, dass sich nicht einmal der Vampir hätte hindurchquetschen können. Die Maschine war nur sechzehn Zentimeter hoch, verfügte aber über einen mechanischen Arm, der bis auf Kniehöhe des Gefangenen ausgefahren werden konnte.

Der Vampir knurrte den Roboter an, als er näher rollte. Mit raubtierhaftem Lauern verfolgte das Geschöpf, wie der Greifarm eine Nadel auf sein Bein zuführte. Mit einer schnellen, ruckartigen Bewegung stach der Roboter in die Vampirhaut.

Fremont hatte Caxton erlaubt, mit dem Vampir zu sprechen. Neben dem Fenster war ein Mikrofon installiert, in der Zellendecke gab es einen Lautsprecher. »Sie hat dir gerade genug Strychnin verabreicht, um einen ausgewachsenen Büffel zu töten«, sagte Caxton.

»Wird nicht funktionieren«, grollte der Vampir. Seine Stimme war nicht vollkommen menschlich – sie bestand aus einem tiefen Knurren, und er sprach undeutlich, weil er zu viele Zähne in seinem Mund hatte. Vampire waren einfach nicht für eine nette Unterhaltung gemacht. »Man kann uns nicht vergiften. In meinem Körper gibt es kein Blut – wie wollt ihr mich vergiften, wenn meine Körperflüssigkeiten nicht zirkulieren?«

»Dieser Roboter hat noch sechs weitere Nadeln. Die nächste

ist mit Natriumfluoracetat gefüllt. Damit hat man früher Wölfe ausgerottet. Danach kommt Sarin an die Reihe.«

Der Vampir kratzte sich am Bein. Die Haut schlug Blasen und verfärbte sich schwarz – dann glättete sie sich wieder und hinterließ nicht die kleinste Narbe. »Das könnt ihr vergessen«, sagte er.

»Wie heißt du?«, fragte Caxton.

»Das sage ich nicht.«

»Wie bist du hier gelandet?« Das war eine wichtige Frage. Caxton hatte noch nie erlebt, dass ein Vampir einen Kampf verloren hätte, es sei denn, er wäre gestorben. Man hatte ihn also unmöglich überwältigen und dann in Ketten hierher an diesen Ort bringen können. Er hätte die Ketten einfach gesprengt.

»Man hat mir die Cops auf den Hals gehetzt. Ich habe mich in einem Waisenhaus in Scranton amüsiert. Man schickte die Cops, um mich auszuschalten.« Der Vampir lächelte. Es war ein grausames Lächeln.

»Sie können keine große Herausforderung gewesen sein.«

Der Vampir lachte. Der Roboterarm stach wieder zu, und er trat ihn in die Ecke, allerdings nicht hart genug, um ihn in tausend Stücke zerschellen zu lassen. »Das war so einfach, dass es fast schon wieder langweilig war. Ich glaube, ich habe fünf oder sechs von ihnen getötet, ohne ins Schwitzen zu geraten. Doch ich hatte nicht auf die Zeit geachtet – es waren nur noch fünfzehn Minuten bis zum Sonnenaufgang. Ich konnte unmöglich noch rechtzeitig zurück in meinen Sarg. Also ergab ich mich.« Er hob die Hände in einer spöttischen Geste.

»Du hast dich ergeben?«

»Ich habe mir etwas Zeit erkauft. Ich lebe noch immer, oder? Oh, sie wollten mich umbringen. Einer von ihnen hat es sogar versucht. Aber der Sergeant machte sich Sorgen, wie das wohl aussehen würde. Ich lag am Boden, auf dem Gesicht, versicherte ununterbrochen, ich würde friedlich mitgehen. Sie nahmen alles auf Video auf. Hätten sie mich in den Rücken geschossen …«

»Hätte es eine Untersuchung gegeben.« Caxton schüttelte

den Kopf. Das war einer der Gründe, warum sie ungern Polizisten bei einer Vampirhinrichtung hinzuzog, solange sie es vermeiden konnte. Cops hatten Vorgesetzte, denen sie Rechenschaft schuldeten. »Waren sie immer noch so freundlich, nachdem die Kameras abgeschaltet waren?«

Der Vampir zuckte mit den Schultern. »Man hat mich geschlagen. Ich habe das kaum gespürt. Sie haben mir wieder und wieder versichert, dass sie mich totschlagen würden. Es war immer noch besser als die Alternative – also wirklich zu sterben. Außerdem stand die Morgendämmerung bevor, und am Tag fühle ich sowieso nichts. Ich dachte, ich würde schlafen und in einer Arrestzelle aufwachen. Da wäre ich in fünf Minuten raus gewesen. Das hier habe ich nicht erwartet.«

In der Ecke stieß der Roboter den Arm gegen den Boden in dem Versuch, sich aufzurichten. Aber kurz bevor er es auf die Ketten schaffte, fiel er immer wieder um.

»Hier bietet sich uns eine noch nie da gewesene Gelegenheit zur wissenschaftlichen Forschung«, sagte Fremont. Sie klang aufgeregt. »Noch nie hat jemand einen Vampir unter solchen Bedingungen in Gefangenschaft näher betrachten können. Stellen Sie sich doch nur vor, was wir alles erfahren werden! Vampire existieren seit Jahrhunderten, vielleicht sogar Jahrtausenden, aber noch nie hatte jemand Gelegenheit, Studien am lebenden Objekt zu betreiben.«

»Nun, jedenfalls nicht für lange. Viele haben es versucht, und sie alle hat ihr Enthusiasmus umgebracht.«

»Denken Sie doch nur an die ganzen Aufsätze, die ich verfassen kann. Denken Sie an die Daten, die ich sammle, selbst jetzt, in diesem Augenblick. Das ist eine wahre Goldmine.«

»Es ist ein Fehler«, widersprach Caxton.

Die Miene der Wissenschaftlerin verhärtete sich wieder. »Eigentlich sind Sie nur als Gefälligkeit gegenüber Deputy Marshal Fetlock hier«, sagte Fremont. Die Wissenschaftlerin hielt ihren PDA in der Hand und bearbeitete den Bildschirm mit dem Stift. In dem tiefer gelegenen Raum rannte der Vampir mit der Schulter gegen die Wände. Er lief gegen die eine Wand, zog sich in die Zellenmitte zurück, nahm Anlauf und stürmte gegen die andere an. Keineswegs auf eine verzweifelte Weise – seine Bewegungen waren kalkuliert, präzise. Er suchte nach einer Schwachstelle. »Offen gesagt verfügen Sie hier nicht über die geringste Befehlsgewalt, und ich bitte Sie auch nicht um Ihren Rat. Sie sind lediglich als Beobachterin hier. Ich möchte das klarstellen.«

»Mag sein. Aber Sie brauchen bewaffnete Wächter, hier unten und oben an der Tür, in Wechselschicht, vierundzwanzig Stunden am Tag. Sie müssen daraus eine Einwegscheibe machen – wenn er Sie sehen kann, kann er Sie hypnotisieren und davon überzeugen, ihn herauszulassen. Vor allem aber sollten Sie Ihren Geisteszustand untersuchen lassen, denn irgendwie wird er da rauskommen, und er wird Sie töten und …«

»Ich sagte gerade, ich kann auf Ihre Ratschläge verzichten!«

Caxton winkte ab. »Die kriegen Sie gratis. Aber am wichtigsten von allem ist, dass Sie ihn bei Sonnenaufgang in meine Obhut übergeben. Er wird in seinen Sarg zurückkehren müssen, und ich kann ihn dann mühelos in ein Krematorium schaffen, wo ich ihn für alle Ewigkeit vernichte. Genau das müssen Sie tun, und nichts anderes.«

»Diese Einrichtung gehört der Bundesregierung, und ich bin hier die Leiterin. Sollten Sie auch nur den Versuch wagen, etwas in dieser Art zu unternehmen, kann ich Sie festnehmen lassen«, sagte Fremont. »Ich kann die Polizei holen und Sie abführen lassen.«

Caxton nickte. Sie verstand. »Wir sind uns einig.«

Fremont schüttelte verständnislos den Kopf und bediente noch ein paar Felder ihres PDAs. »Ich habe hier Experimente durchzuführen. Wenn Sie zusehen wollen, bitte. Aber kommen Sie mir nicht in die Quere.«

Eine Deckenplatte in der Vampirzelle öffnete sich, und ein mechanischer Arm mit einer Leiste voller Glühbirnen verschiedener Größen und Farben senkte sich herab. »Ich will herausfinden, wie empfindlich sie genau sind«, erklärte Fremont. »Hier.« Sie reichte Caxton eine schwere Schutzbrille. »Die werden Sie brauchen.«

Die Lampen erstrahlten gleichzeitig und fluteten die Zelle mit hellem Licht. Der Vampir heulte auf und fiel auf die Knie, die Hände vor die Augen geschlagen, aber die Lichter brannten unerbittlich weiter. Er drückte das Gesicht auf den Boden, schien aber keine Deckung zu finden. Nach kurzer Zeit kratzte er mit den scharfen Fingernägeln nach den Augen und krallte sie aus den Höhlen.

Fremont hackte mit dem Stift auf den PDA ein. Die Lichter erloschen.

»Und was genau wollen Sie mit diesen Experimenten erreichen?«, fragte Caxton.

Als die Wissenschaftlerin ihr den Kopf zuwandte, fiel Caxton die feine Schweißschicht auf ihrer Oberlippe auf. »Ich suche natürlich nach neuen Methoden, wie man sie töten kann. Sie müssten doch am besten wissen, wie schwer das ist. Wir wissen, dass Knoblauch nichts bewirkt, genauso wenig wie Kruzifixe. Nicht einmal das Sonnenlicht kann sie vernichten. Aber was, wenn es etwas anderes gäbe, etwas Einfaches – etwas, das sie mühelos tötet, das billig in der Herstellung ist und jedes Mal funktioniert? Wir könnten sie ein für alle Mal ausrotten. Natürlich wären Sie dann Ihren Job los.«

»Das ginge schon in Ordnung«, sagte Caxton. Sie wollte die Schutzbrille abnehmen.

»Noch nicht«, sagte Fremont und hob den Stift. »Das war nur eine Lichtfrequenz. Beginnen wir mit Phase Zwei.«

In der Zelle schrie der Vampir.

Stunden vergingen, die Nacht zog sich dahin. Draußen hatte es angefangen zu schneien. Das verriet Caxton ihr Mobiltelefon. Hier im Untergrund herrschten konstante Temperatur und Luftfeuchtigkeit. Der einzige Laut kam von der Heizanlage des Gebäudes, die immer wieder ansprang, um das künstliche Klima aufrechtzuerhalten.

In der Zelle testete der Vampir weiterhin die Stärke der Wände. Er schien keine Schwachstelle finden zu können.

Fremont hatte viele Experimente vorbereitet. Sie ließ die Hand des Vampirs von der Mechanik zermalmen. Er verzog höhnisch das Gesicht, aber als er die Hand ausschüttelte und sie hob, damit alle sie sehen konnten, wuchsen die Knochen bereits wieder zusammen.

Als Nächstes rollte der Roboter mit einem Flammenwerferaufsatz in die Zelle und versuchte, das Fleisch von den Vampirknochen zu brennen.

Am Ende dieses Experimentes atmete Dr. Fremont schwer. Als sie die nächste Testreihe ankündigte, zupfte sie am Kragen ihres T-Shirts. Der Roboterarm fuhr aus der Deckenklappe und näherte sich dem Vampir. Aber dieses Mal war etwas anders. Statt Gift zu injizieren oder seine Knochen zu zerschmettern oder seine Haut zu verbrennen, hielt der Roboter lediglich einen Pinsel. Mit einer schnellen Bewegung schmierte er dem Gefangenen eine rötlich-braune Spur zwischen die Schulterblätter.

»Eine Lösung aus fast reiner Salzsäure«, sagte Fremont. Ihre weit aufgerissenen Augen schimmerten feucht. »O ja«, sagte sie. »O ja.«

Der Vampir fluchte und brüllte, als er versuchte, sich die Säure vom Rücken zu kratzen. Seine Haut qualmte und brodelte, aber er kam nicht an die Stelle heran – er konnte die Arme einfach nicht genug verdrehen. Als er anfing, in der kleinen Zelle herumzurennen und verzweifelt den Rücken an den Wänden zu scheuern, drang der Geruch brennender Chemikalien aus den Luftschlitzen in der Decke.

»Ich glaube … ich glaube, ich muss mich einen Moment setzen«, sagte Fremont. Ihr Gesicht war stark gerötet.

»Sie haben sie als verrückte Wissenschaftlerin bezeichnet«, sagte Caxton und deckte die Sprechöffnung ihres Handys mit der Hand ab. Diese Mühe hätte sie sich sparen können. Fremont war drei Meter entfernt damit beschäftigt, ein Tablett mit Skalpellen und Knochensägen vorzubereiten, die alle an dem Roboterarm befestigt werden konnten. Die nächsten Experimente sollten dokumentieren, wie viel Zeit der Vampir benötigte, um Fleischwunden zu heilen. »Und da lagen Sie nicht weit daneben.«

Fetlock am anderen Ende lachte. Es war sehr spät am Weihnachtsabend, aber es machte ihm offenbar nicht das Geringste aus, ihren Anruf entgegenzunehmen. »Dr. Fremont und ich kennen uns schon lange. Sie hat mich schon seit Jahren damit genervt. Mich um ein lebendes Untersuchungsobjekt angefleht. Hat mich förmlich gejagt, hat mir versichert, wie wichtig das für den wissenschaftlichen Fortschritt sei. Ich sagte ihr, wir wären nicht dafür da, Vampire lebendig zu fangen. Sie hatte das Glück, dass die Cops den hier schnappten, bevor wir überhaupt von seiner Existenz erfuhren.«

»Wir müssen diese Forschungseinrichtung schließen«, sagte Caxton. »Das Gebäude ist nicht sicher. *Sie* ist nicht sicher. Sie mag ja eine brillante Wissenschaftlerin sein, aber sie ist eindeutig nicht ganz dicht.«

»Ich kann nicht viel machen«, erwiderte Fetlock. »Sie hat Regierungsgelder und einen Gerichtsbeschluss, der ihr erlaubt, so ziemlich alles zu tun, wozu sie Lust hat. Viel wichtiger aber ist, dass ihr Boss einen höheren Rang als mein Boss hat. Also wird sie im Moment …«

»Ja. Sie wird damit weitermachen, bis etwas schiefgeht und sie sich umbringen lässt.« Caxton grunzte angewidert und trennte die Verbindung. Dann rief sie Clara an.

»Ich habe hier noch eine Weile zu tun«, sagte sie ihrer Lebensgefährtin. »Es tut mir leid. Ich komme hier einfach nicht weg.«

»Das sagst du immer«, protestierte Clara.

»Wenn ich jetzt gehe, könnte jemand zu Schaden kommen.«

Clara seufzte. Aber als sie wieder das Wort ergriff, klang sie resigniert. »Auch das sagst du immer. Tu, was du tun musst. Aber sei am ersten Feiertag zu Hause.«

»Ich versuche mein Bestes.«

»Also, ich muss an Basisinformationen gelangen«, sagte Fremont. »Ich kann noch später kreative Experimente machen, aber im Augenblick brauche ich vorläufige Daten über Regenerationsgeschwindigkeit, den Heilfaktor und die Verletzungstoleranz. Also werde ich Gewebe entnehmen und beobachten, wie schnell es nachwächst. Aber zuerst sollte ich etwas Interessantes ausprobieren. Was ich mich immer schon gefragt habe ... das Herz eines Vampirs ist die einzige verwundbare Stelle, richtig?«

»Ja. Ich habe sie in den Kopf geschossen. Habe ihnen das halbe Gesicht weggepustet. Es hat sie nicht langsamer werden lassen.«

»Aber was würde passieren«, fragte Fremont, »wenn man den ganzen Kopf entfernt? Könnte der Körper auch ohne das Gehirn funktionieren? Ich werde den Kopf an der Schädelbasis abtrennen.«

»Ist das Ihr Ernst?« Caxton starrte die Wissenschaftlerin mit aufgerissenen Augen an. »Ich meine, ich glaube nicht, dass ihn das tötet, aber ...« In Gedanken sah sie einen kopflosen Körper, der in der Zelle herumstolperte und gegen die Wände krachte. Es reichte aus, um selbst sie frösteln zu lassen.

»Glauben Sie«, fuhr Fremont gedankenverloren fort, »dass der Kopf auch ohne den Körper weiterarbeiten wird?« Ihre Miene nahm einen verträumten Ausdruck an. »Vielleicht bewegen sich die Augen weiterhin. Vielleicht werden die Lippen versuchen, Worte zu formen ...«

Caxton konnte die Frau einfach nur anstarren. Als Fremont eine weitere volle Minute lang nichts mehr sagte, sprach Caxton den Namen der Wissenschaftlerin aus. Keine Reaktion.

Dann sah Caxton, dass der Vampir mitten in der Zelle stand und zu ihnen hinauf starrte. Nein, nicht zu ihnen beiden. Nur zu Fremont.

Und Fremont starrte zurück.

Caxton versetzte ihr einen Stoß, der sie zu Boden stürzen ließ. Die Wissenschaftlerin schoss wieder in die Höhe und hob schützend die Arme. »Was zum Teufel sollte das denn?«, fauchte sie.

»Sie waren nicht mehr ansprechbar. Er hat Sie hypnotisiert.«

»Nein, nein. Das ist unmöglich!« Fremont schüttelte wild den Kopf. »Ich habe nur über etwas nachgedacht, das war alles. Vielleicht werde ich müde. Es ist spät.«

»Es ist nach Mitternacht.« Caxton sah auf die Uhr. »Es ist Weihnachten. Vielleicht sollten Sie nach Hause gehen, zu Ihrer Familie.«

»Ich habe keine. Nur eine Katze. Und die kommt prima allein zurecht. Also weiter. Ich fürchte, dass der Roboter für diese Prozedur nicht ausreicht.«

»Gehen Sie einfach nach Hause, Doc«, mahnte Caxton abermals.

»Noch einmal zum Mitschreiben, Sie haben hier nichts zu entscheiden, sondern nur ich. Der Roboter schafft das nicht – er verfügt nicht über die Feinabstimmung, die ich brauche. Hier geht es ja nicht nur darum, den Kopf mit einer Axt abzuhacken. Das ist ein komplizierter, chirurgischer Eingriff. Ich werde selbst in die Zelle müssen. Das ist die einzige Möglichkeit.«

»Er wird Sie töten«, sagte Caxton. »Binnen Sekunden.«

»Er ist klüger, als Sie glauben. Wenn er kooperiert, wird seine Lebensspanne so viel länger sein. Da kann nichts passieren, vertrauen Sie mir.« Eine Sekunde lang schien sie ins Leere zu starren, dann fügte sie hinzu: »Wenn Sie wollen, können Sie mitkommen. Und mich beschützen. Lassen Sie mich vorher nur die Türschlösser deaktivieren.« Sie griff nach dem PDA, der auf dem Rollwagen mit den Skalpellen und Sägen lag.

Caxton erreichte ihn zuerst. »Ich sage Ihnen, das ist Wahnsinn.«

»Und ich sage Ihnen, dass mir Ihre Meinung egal ist«, gab Fremont mit vor Wut blitzenden Augen zurück. »Gehen Sie aus dem Weg.«

Es gab keine andere Möglichkeit.

Caxton griff nach dem Tablett auf dem Rollwagen, als wolle sie den PDA an sich nehmen. Stattdessen fuhr sie mit der linken Handfläche über die Klinge eines heimtückisch aussehenden Skalpells. Der Schmerz war scharf und intensiv, aber in einer Sekunde vorbei. Als sie die Hand umdrehte, quoll helles Blut hervor und füllte die feinen Hautfalten.

»Wie ungeschickt von mir«, sagte sie.

»Ich habe hier ein Pflaster«, sagte Fremont und wandte sich dem Rollwagen zu. Aber sie griff nicht nach dem Verbandszeug. Sie griff nach dem PDA.

Caxton rannte zur Fensterscheibe. Der Vampir starrte zu ihr hoch, den Mund zur Hälfte geöffnet. Sie zeigte ihm das Blut auf ihrer Handfläche. Dann schmierte sie es in einem breiten Streifen quer über das Sicherheitsglas.

Der Vampir verlor jegliche Kontrolle über sich.

Die Fensterscheibe aus Polycarbonat durchmaß drei Zentimeter. Sie konnte einer Handgranatenexplosion widerstehen. Der Vampir hatte sie innerhalb von sechzig Sekunden geknackt. Rasend sprang er immer wieder dagegen, grub die Krallen in die Risse, riss mit übermenschlicher Kraft an dem Fenster. Caxton hatte erlebt, wie Vampire Autotüren abreißen konnten. Sie hatte sie durch Wände brechen und Stahlketten zerreißen sehen.

»Das wird alles ruinieren!«, kreischte Fremont.

Caxton trat zurück, als das Fenster schließlich nachgab und der Vampir durch das Loch geschossen kam, das er verursacht hatte. Er landete auf allen vieren, den Blick den beiden Frauen zugewandt, den Kopf in den Nacken gelegt, den Mund weit aufgerissen. Der Blutgeruch ließ seine Nase zucken.

»Was willst du tun, Mädchen?«, knurrte er.

Vampire hatten eine Schwachstelle, ihre Herzen. Und sie hatten eine weitere Schwäche. Blutgeruch brachte sie um den Verstand. Er machte sie vollkommen irrational.

»Es ist Weihnachten«, sagte Caxton, »und ich habe dir ein Geschenk mitgebracht.« Sie zeigte ihm ihre blutige Hand. »Komm her und mach es auf.«

Der Vampir raste auf sie zu, schneller als ein Güterzug. Caxton hatte bereits ihre Pistole erhoben. Er bot das perfekte Ziel, sie hatte freies Schussfeld auf sein Herz. Der Lärm des Schusses ließ das Untergrundlabor erzittern und ihre Ohren dröhnen.

Hätte sie ihn verfehlt, wäre sie tot gewesen. Der Vampir hätte sich so schnell und brutal auf sie gestürzt, dass er sie in zwei Teile gerissen hätte. Dann hätte er Fremont getötet und sich seinen Weg nach oben gebahnt, um schließlich nach draußen zu gelangen …

Sie verfehlte ihn nicht. Laura Caxton war eine Vampirkillerin. Und sie war gut darin.

Als er endlich reglos dalag und das rötliche Flackern in seinen Augen erlosch, wandte sie sich Fremont zu. »Es ist vorbei«, stieß sie hervor.

»Sie … Sie haben die Wissenschaft gerade hundert Jahre zurückgeworfen«, zischte Fremont.

»Ich habe ein Leben gerettet. Darum tue ich das, was ich tue. Alles andere ist mir egal.« Sie nahm ein Skalpell vom Wagen und hielt es der Wissenschaftlerin hin. »Sie wollen etwas erforschen? Dann sezieren Sie ihn, wenn es das ist, wobei Ihnen einer abgeht.«

Der Weihnachtsbaum zu Hause war mit Lichtern in Form von Fledermäusen und Kreuzen geschmückt. Clara mochte solche Dinge. Unter dem Baum und in den in der Küche aufgehängten Socken warteten Geschenke. Caxton hielt Claras in der Hand, ein neues Teleobjektiv für ihre Digitalkamera. Es war teuer gewesen, aber Clara hatte es sich wirklich sehr gewünscht. Sie hatte es selbst eingepackt. Klebestreifen ragten über die Seiten hinaus, die Schleife saß schief. Das würde reichen müssen.

Clara schlief neben dem Baum, eine karierte Wolldecke bis zum Kinn gezogen. Caxton weckte sie mit einem Kuss. Es war kurz nach Sonnenaufgang.

»Frohe Weihnachten«, sagte sie.

Clara schlug die Augen auf. »Du hast es geschafft!« Sie lächelte, dann runzelte sie die Stirn. »Musst du etwa gleich wieder zum Dienst?«

»Nein«, versicherte Caxton. »Heute ist nur für dich und mich reserviert. Der ganze Tag gehört uns.«

Clara begann voller Vorfreude zu grinsen.

William King

Karpfen im Netz

»Was ist denn da los?«, fragte Liz, während der Mann mit den Gummihandschuhen den Fisch aus dem großen Wasserbecken hievte. So etwas hatte sie noch nie erlebt. Die Wanne war rund wie ein alter Badezuber aus dem 19. Jahrhundert, den sie einmal auf einem Bild gesehen hatte. Diese hier bestand allerdings aus Plastik. Dicke Fische mit auf- und zuklappenden Mäulern wimmelten darin herum.

»*Vanoce*. Weihnachten«, gab Marek zurück, als erkläre das alles. Er lächelte ihr von der Seite zu und fuhr sich mit der Hand durch seine dichten blonden Locken. Er gehörte zu den jungen Burschen, die sich mit Vorliebe an der Bar in der Jugendherberge herumdrückten, weil sie überzeugt davon waren, dass Ausländerinnen sie unwiderstehlich fanden. Natürlich hatte er angeboten, ihr die Stadt zu zeigen. Er war groß und gut aussehend, wenn auch nicht ganz so attraktiv, wie er sich selbst fand. Egal, Liz war allein und weit von zu Hause weg, und die Lage bot durchaus Möglichkeiten. Unter anderem reiste sie, weil sie gern Neues ausprobierte.

»*Vanoce*, heißt so der Fisch?«, fragte sie.

Er lachte, und nicht zum ersten Mal, seit sie in Prag war, hatte sie das Gefühl, etwas Dummes gesagt zu haben. »Nein. Das sind Karpfen. In Amerika esst ihr zu Weihnachten Truthahn. Bei uns gibt es Karpfen.«

Nach seiner Miene zu urteilen nahm er sie nicht auf den

Arm. Sie wandte den Blick erneut der Warteschlange vor dem Fischstand zu, den Männern mit den harten Gesichtern, die die glitschigen Tiere mit einem Netz aus dem Becken zogen, und dem Karpfen selbst, der mit offenem Mund nach Luft schnappte, als er aus dem Wasser gehoben wurde.

»Du meinst, ihr esst sie?«

»Was sollen wir sonst damit machen? Sie in der Moldau freilassen, zur Feier des Tages, an dem das Christkind uns die Geschenke bringt?«

Das riesige Wasserbecken war ihr plötzlich unheimlich. Es war, als stünde ein Käfig voller Truthähne vor dem Wal-Mart, und die Menschen würden sich davor anstellen, ein Tier kaufen, ihm den Hals umdrehen lassen und es dann nach Hause mitnehmen, um es einzufrieren.

Laut klingelnd, damit die Menschen aus dem Weg springen konnten, ratterte eine Straßenbahn vorbei, und Liz rief sich ins Gedächtnis, dass sie sich nicht mehr in Beloit, Wisconsin, befand. Die Leute hier machten halt manches anders, und es stand ihr nicht zu, ein Urteil darüber zu fällen. Wenn sie ihren Fisch aus großen Becken vor dem Tesco-Supermarkt kaufen wollten, um ihn nach Hause zu tragen und zu essen, dann war das ihre Sache.

Der um sich schlagende Fisch sprang aus dem Netz und klatschte in die Wanne zurück. Der Verkäufer wirkte verärgert, tauchte das Netz noch einmal ins Wasser und zog einen anderen Fisch heraus. Sie war sich jedenfalls ganz sicher, dass es nicht derselbe Fisch war, als der Mann den Karpfen auf einen Hackklotz klatschte. Das Messer sauste herunter, und der Fisch hauchte zappelnd sein Leben aus.

Liz sah zu, wie die arme Kreatur in einer fremdartigen Atmosphäre, in der sie nicht überleben konnte, ihren letzten Atemzug tat, während riesige Geschöpfe sie anglotzten und ihren Todeskampf beobachteten. Die Worte kamen wie von selbst über ihre Lippen. »Das ist furchtbar«, stieß sie aus.

Verständnislos schüttelte Marek den Kopf. »Immerhin ist er auf diese Weise frisch«, meinte er.

Liz blickte über seine Schulter und bemerkte einen Mann, der ihnen gelauscht hatte und eigenartig lächelte. Sein Gesicht war so weiß wie der Schnee, der gerade zu fallen begonnen hatte, seine Zunge glitt über die Lippen wie ein feuchter rosa Wurm, und seine Augen wirkten merkwürdig leer. Er bemerkte ihren Blick, und für einen kurzen Moment wurde sein Lächeln breiter. Dann verschwand er in der Menge der Weihnachtseinkäufer.

Ein eisiger Schauer lief ihr über den Rücken, und das lag nicht an der Kälte.

Sie saßen in den luxuriösen Ledersesseln des Café *Slavia* und beobachteten durch die großen Fenster das Treiben auf der Straße. Auf der anderen Seite floss die Moldau. Die Prager Burg beherrschte das Panorama wie ein riesiges Disneyschloss. Jetzt, am frühen Abend, war es dunkel und schneite zunehmend. Liz war froh, der Kälte eine Zeitlang entkommen zu sein. Ein Kellner trat zu ihnen. Marek bestellte auf Tschechisch für sie beide und lehnte sich dann lächelnd zurück.

»Fühlst du dich besser?«

»Nett ist es hier«, sagte sie. Das Café wirkte wie eine Filmkulisse aus den Dreißigerjahren und erinnerte sie an alte Streifen, die im Spätprogramm laufen, an den *Dünnen Mann* und Musicals von Busby Berkeley.

»In der Zeit des Kommunismus haben sich hier Havel und die anderen Dissidenten getroffen«, erklärte er. »Er war unser erster Präsident und ein berühmter Dramatiker.«

»Ich kenne Havel«, bekräftigte sie. »Ich meine, ich weiß, wer er ist.«

Es ärgerte sie, dass er annahm, sie sei eine typische Amerikanerin, die von nichts eine Ahnung hatte. So langsam ging es ihr auf die Nerven, dass die Europäer alle Amerikaner grundsätzlich für ignorant hielten.

Beruhige dich, sagte sie sich. Du bist nur müde und außerhalb deines angestammten Elements, wie ein Fisch an Land.

Das erinnerte sie wieder an den Karpfen, und sie verzog das Gesicht.

»Was hast du?«, fragte Marek. Er wirkte aufrichtig besorgt, und sie fühlte sich ein wenig gerührt.

»Ich dachte nur gerade an diesen Fisch, und wie schrecklich das alles war.«

»Meine Großeltern haben den Karpfen noch mit nach Hause genommen und bis kurz vor dem Weihnachtsessen in der Badewanne gehalten.«

»Wirklich?«

»In den alten Zeiten war halt manches anders.«

»Ach ja?«

»Sei doch mal ein bisschen fröhlich. Wir haben schließlich Weihnachten.«

»Ich habe Weihnachten noch nie gemocht«, erklärte sie. »Das ist einer der Gründe dafür, dass ich um diese Zeit verreise. Um vor diesem ganzen Familienkram zu flüchten.«

»Das ist traurig. Weihnachten sollte man mit seiner Familie verbringen.«

»Nicht mit meiner.«

»Die Feiertage sind doch eine schöne Zeit«, versetzte er im Brustton der Überzeugung.

»Nicht für alle Menschen. Nicht für Truthähne. Und für Karpfen anscheinend auch nicht.«

Der Kellner brachte zwei Gläser.

»*Na zdravi*«, sagte Marek und hob sein Glas. Zu ihrer Verblüffung war es warm, und als sie einen Schluck nahm, war das Getränk ebenfalls warm. Es schmeckte fruchtig und enthielt ein wenig Alkohol. Liz sah sich um. Sie war noch keine einundzwanzig, aber niemand schien sich dafür zu interessieren oder fragte nach ihrem Ausweis, daher trank sie weiter.

»Dann magst du Weihnachten nicht?«

»Pah, dummes Zeug«, sagte sie in einer perfekten Imitation des alten Scrooge aus der Weihnachtsgeschichte, doch er verstand den Scherz nicht.

»Bist du denn keine Christin? Ich dachte, die meisten Amerikaner wären gläubig.«

Wieder war sein Ton so selbstgewiss und leicht spöttisch, dass sie sich fragte, warum er sich für so viel kultivierter hielt als sie. Schließlich war sie nicht diejenige, die hier Pauschalurteile über fast dreihundert Millionen Menschen von sich gab.

»Auf dem Papier ist meine Familie katholisch, aber ich denke nicht, dass sie richtig gläubig sind, und ich bin es auch nicht.«

»Du magst also diese Zeit nicht, weil du deinen Glauben verloren hast?«

Sie fragte sich, ob er zu diesen europäischen Männern gehörte, die Frauen schikanierten und verspotteten, um sie sich gefügig zu machen. Zu Hause hatte sie eine Freundin, die sich auf einen solchen Mann eingelassen hatte, aber sie stand überhaupt nicht auf solche Typen.

»Ich muss dabei immer daran denken, was Bertrand Russell über Truthähne gesagt hat.«

»Bertrand Russell, der Philosoph?«

»Der englische Philosoph«, erklärte sie in demselben Ton, den er zuvor angeschlagen hatte, als er von Havel gesprochen hatte. Er schien es nicht zu bemerken, sondern interessierte sich mehr dafür, was sie zu sagen hatte. Oder es beeindruckte ihn, dass sie Russell kannte. So etwas schien er von einer ignoranten Amerikanerin nicht erwartet zu haben.

»Und was hat er nun gesagt?«

»Man soll aus dem, was man bisher kennt, keine Schlüsse darüber ziehen, was morgen passieren könnte.«

»Ich verstehe nicht, was das mit Truthähnen zu tun hat.«

»Wenn Truthähne auf Grundlage ihrer Erfahrungen Schlüsse über die Menschen ziehen sollten, dann würden sie zu der Meinung gelangen, die Menschen hätten nur ihr Bestes im Sinn.«

»Erzähl weiter.«

»Menschen geben ihnen eine Unterkunft, füttern sie, kümmern sich jeden Tag um sie, und dann …«

»Eines Tages kommt Weihnachten, und sie machen Bekanntschaft mit dem Schlachtbeil.« Er lachte auf. »Das ist sehr treffend. Es gefällt mir.«

»Mir hat es nicht gefallen. Mein Großvater hat es mir erzählt, als ich noch ziemlich klein war. Aus irgendeinem Grund habe ich seitdem immer das Gefühl, Weihnachten würde etwas Schreckliches passieren. Dass wir für irgendetwas gemästet werden. Und irgendwann würden wir keine Geschenke bekommen, sondern geschlachtet werden.«

Er war einen Augenblick stumm. Dann nahm er einen Schluck und beugte sich nach vorne. »Du hast deinen Großvater nicht sonderlich gemocht.«

»Nein, nicht wirklich«, antwortete sie.

»Erstaunt mich nicht, wenn er dir solche Geschichten erzählt hat. Klingt wie etwas von Lovecraft.«

»Von wem?«

»Einer eurer Autoren des früheren zwanzigsten Jahrhunderts. Düstere Geschichten. Seine Übersetzungen werden hier immer noch viel gelesen.« Wo du herkommst, liest man ihn offensichtlich nicht mehr, schien sein Ton anzudeuten.

Sie betrachtete ein Bild, das an der Wand hing. Es zeigte eine grüne Frauengestalt in einem altmodischen Café. »Was soll das bedeuten?«

»Das Gemälde? Das ist der Geist des Absinth. Das Getränk war die große Inspiration für die Art Künstler, die Ende des 19. Jahrhunderts tagein, tagaus in Cafés gesessen haben. Absinth ist ein besonderer Likör. Einer, der Halluzinationen hervorruft.«

»Glaubst du, dass es wirklich so etwas wie Geister gibt?«

»Nur solche, die aus Flaschen kommen. Würdest du gern einmal Absinth probieren? Hier bekommt man ihn, aber in vielen Ländern ist er verboten.«

Ehe sie antworten konnte, hatte Marek bereits eine Flasche bestellt.

Sie sah zu, wie er einschenkte. Normalerweise trank sie nicht viel Alkohol, und es klang, als wäre dies ziemlich heftiger Stoff.

Andererseits, wie oft bekam sie die Chance, etwas auszuprobieren, das wirklich verboten war? Schließlich war es ihre Vorstellung vom Reisen, neue Erfahrungen zu machen.

»Warum eigentlich nicht?«

Der Absinth schmeckte wie Hustensaft. Er war ziemlich stark, aber sie fand nicht, dass er sich sehr von normalen Spirituosen unterschied.

»Warte ein wenig ab«, riet ihr Marek. »Oder besser, probier noch einen.«

Der Alkohol ließ ihren Widerstand erlahmen. Sie nickte, und sie tranken weiter.

Über seine Schulter hinweg erhaschte sie einen Blick auf den blassen Unbekannten, den sie bereits am Nachmittag gesehen hatte. Er saß in einer Nische in der Nähe und schenkte ihr ein unheimliches Lächeln, das sie an ihren Großvater und seine Geschichten erinnerte. Etwas an seinem Gesicht kam ihr wie eine Maske vor.

»Wer ist der Mann da?«, fragte sie Marek.

Er runzelte die Stirn. »Was für ein Mann?«

Als sie wieder hinsah, war er weg. »Er muss auf die Toilette gegangen sein.«

»Ich glaube, da war überhaupt niemand«, sagte Marek. Er wirkte ein wenig verwirrt.

»Vielleicht ja der Geist des Absinth«, meinte er dann lachend. Sie hatte keine Lust einzustimmen.

»Er sah eher aus wie jemand, der schon eine Weile tot ist«, entgegnete sie.

An der Moldau entlang liefen sie in Richtung Karlsbrücke. Die Lichter der Stadt spiegelten sich in dem öligen, schwarzen Wasser. Offenbar zeigte der Absinth Wirkung, denn alles um sie herum schien unwirklich zu schimmern.

Schneeflocken legten sich auf Liz' Haar und sprenkelten ihren schweren Wintermantel. Sie vergrub die Hände in den Taschen. Trotz Wind und Kälte spazierten viele Menschen am

Flussufer entlang, und aus dem großen Nachtclub auf der ihnen zugewandten Seite der Brücke wehte Musik heran. Durch die Wärme des Alkohols in ihrem Magen wurde sogar die Winternacht angenehm. Marek schritt als hochgewachsener Schatten neben ihr her.

Sie traten auf die alte Steinbrücke – Marek musste ihr natürlich erklären, dass sie im Mittelalter die längste Brücke Europas gewesen war – und passierten Statuen von Heiligen, Fürsten und Edelmännern. Auf halbem Weg blieben sie stehen und blickten zur Burg auf. Mit dem hohen Turm der Kathedrale, der über die Mauern ragte, wirkte sie von hier aus gesehen noch stärker wie ein Märchenschloss. Liz beugte sich nach vorn und genoss es, den kalten Stein unter ihren Händen und das Kopfsteinpflaster unter den Füßen zu spüren. Mit einem Mal war sie froh, hergekommen zu sein. Sie war weit weg von zu Hause, aber im Mittleren Westen hätte sie so etwas nie gesehen. Sie sprach ihren Gedanken laut aus.

»Also, ich möchte irgendwann einmal nach Chicago«, erwiderte Marek. »Ich habe noch nie einen Wolkenkratzer gesehen.«

Einen Moment lang sah er jung und merkwürdig verwundbar aus. Seine ganze Selbstsicherheit und ewige Spöttelei waren verschwunden. Sie spürte einen merkwürdigen Drang, ihn zu küssen, sagte sich aber, dass ihr wahrscheinlich nur der Absinth und der Zauber der Winternacht diese Idee einflößten. Dann fragte sie sich, ob es so etwas wie Magie wirklich gab. Inmitten der flachen Einfamilienhäuser von Benoit mit seiner Chilidosen-Fabrik war ihr das vollkommen undenkbar vorgekommen, aber hier, heute Nacht, schien alles möglich zu sein.

»Das wirst du ganz bestimmt«, sagte sie. »Ich hätte auch nie gedacht, dass ich einmal Europa kennenlernen würde, und trotzdem bin ich hier.«

Er grinste und legte erneut seine spöttische Art an den Tag. »So, du kennst also jetzt Europa?«

»Ich bin in Amsterdam und Berlin gewesen. Von dort aus bin ich mit dem Zug nach Prag gefahren.«

»Dann hast du drei Städte gesehen«, entgegnete er. »Das ist wohl kaum Europa. Da könnte ich genauso nach Detroit und Chicago fahren und behaupten, Amerika zu kennen.«

»Du hättest wenigstens einen Teil gesehen«, gab sie zurück. »So, wie ich einen Teil von Europa gesehen habe. Das ist immerhin mehr, als du über Amerika sagen kannst.«

Sobald die Worte über ihre Lippen waren, bereute sie sie schon. Das hatte aggressiv, angeberisch und gemein geklungen. Sie hatte das Gefühl, unhöflich gewesen zu sein. Doch er nickte nur zustimmend.

»Weißt du, wohin ich gern einmal möchte?«, fragte Marek.

»Wohin?«

»Nach Providence, Rhode Island. Lovecraft stammte von dort.«

»Dieser Autor, von dem du mir erzählt hast? Du magst ihn gern, stimmt's?«

»Ich bin mir nicht sicher, ob das Wort ›mögen‹ allzu gut passt. Ich glaube, seine Geschichten wollen uns etwas über unsere Welt, unser Universum mitteilen. Die Welt ist kalt und gleichgültig, und wenn wir wirklich verstünden, wo unser Platz darin ist … Er schrieb über Menschen, die Dingen jenseits unserer Realität begegnen; Wesen, für die wir niedriger stehen als Insekten und die uns zerquetschen wie wir eine Spinne, die uns auf den Handrücken krabbelt. Wir sind wie Karpfen in einem Becken, die sich der größeren Welt auf der anderen Seite nicht bewusst sind. Und wenn wir ihr begegnen, bringt uns das um den Verstand.«

»Eine furchterregende Vorstellung.«

»Man könnte sagen, dass er die Menschen ein wenig so sah wie dein Professor Russell die Truthähne – unsere Welt ist nicht das, wofür wir sie halten, und wir sind bei Weitem nicht so wichtig, wie wir selbst glauben.«

»Dem kann ich nur zustimmen.«

Sie spazierten noch ein Stück, und sie erblickte einen gekreuzigten Christus.

Die hübsche Statue war rußgeschwärzt, was sie aber aus irgendeinem Grunde noch schöner machte. Sie erinnerte Liz an Gott und Jesus und Weihnachten, an die Gewissheiten der Kindheit und die Zweifel des Erwachsenenalters und an die dunklen Dinge, die unter der Oberfläche der Welt lauerten. Sie dachte an Pater Janacek und seine Gewissheit, dass Gott vom Himmel hinunterschaute und sein Volk liebte und dass am Ende des Lebens der Himmel wartete.

»Du siehst nachdenklich aus«, sagte Marek.

»Ich habe an meinen alten Priester gedacht. Er war ein Mann, der viele Dinge wusste.«

Mareks Auflachen klang bitter. »Die Bibel, das sind alles nur Ammenmärchen.«

»Er war ein Mann, der das Gute in den Menschen und in der Welt sah. Er hat wirklich geglaubt, dass Gott die Hand über ihn hielt. Er war ein guter Mensch.«

»Und was macht er jetzt?«

»Er ist vor gar nicht langer Zeit an Krebs gestorben.« Pater Janacek war immer ein großer, stämmiger, rotgesichtiger Mann gewesen, aber die Krankheit hatte ihn zu einem blassen Schatten seiner selbst gemacht. Liz hatte ihn im Hospiz in Chicago besucht. Obwohl seine Haut durch das Morphium blau angelaufen war, hatte er sich offenbar gefreut, sie zu sehen. »Früher hatte ich ihn immer gefragt, wie er sich so sicher darüber sein könne, was nach dem Tod passieren würde. Schließlich sei er noch nie gestorben und wieder zurückgekommen. Er war nicht beleidigt, sondern sagte einfach nur: Jesus schon.«

»Vielleicht war er ja wie einer deiner berühmten Truthähne? Oder ein Karpfen, der von Weihnachten redet? Hast du darüber schon einmal nachgedacht?«

»Ja, oft.« Pater Janacek war kurz nach Weihnachten gestorben, und manchmal kam es ihr vor, als hätte er das Wenige, das ihr von ihrem Glauben noch geblieben war, mitgenommen. Auf eine Weise hatte es sich angefühlt, als wäre die Drohung, die in den alten Geschichten ihres Großvaters schwang, wahr geworden. Etwas Dunkles hatte den Priester in der Weihnachtszeit verschlungen.

Einem Instinkt folgend sah sich um und bemerkte, dass der Mann mit dem blassen Gesicht sie wieder beobachtete. Er stand im Schatten einer Heiligenfigur und zündete sich eine Zigarette an. Die Flamme erhellte sein Gesicht, das maskenhafter denn je wirkte.

»Der Mann folgt uns«, sagte sie mit belegter Stimme und zupfte an Mareks Ärmel.

»Welcher Mann?« Wieder war der Fremde verschwunden, als sie noch einmal hinsah. Wütend schaute sie sich um, aber er hätte nirgends verschwinden können. Wenn er nicht gerade von der Brücke gesprungen war, hätte sie ihn sehen müssen. Sie rannte zu der Stelle, an der er gestanden hatte, und starrte auf den ölig-schwarzen Fluss hinunter; doch dort floss nur träge das unberührte Wasser. Keine sich kreisförmig ausbreitenden Wellen, keine Spur von einer zappelnden Gestalt in dem eisigen Nass.

Er hatte sich einfach in Luft aufgelöst wie ein Geist in einer Gruselgeschichte.

So schnell sie konnte verließ Liz die Brücke. Ihre Gedanken überschlugen sich. Was ging hier vor? Verfolgte sie jemand? Wie war es möglich, dass Marek den furchteinflößenden Fremden nicht gesehen hatte? Steckten die beiden etwa unter einer Decke? Sie hatte schon unzählige Geschichten über junge Mädchen gehört, die in Jugendherbergen von Serienkillern aufgelesen und umgebracht worden waren.

Marek sah nicht aus wie ein Serienmörder. Auf der anderen Seite, wie sah so jemand aus? Wie der Mann auf der Brücke, dachte sie, aber das wäre zu einfach gewesen. Jeder, der so aussah, wäre schon längst als verdächtig aufgefallen. Er wirkte eher wie ein Geschöpf aus ihren kindlichen Albträumen, mit Anteilen ihres Großvaters, Pater Janaceks, der von seiner Krankheit aufgezehrt wurde, und der Vampire aus irgendwelchen

Horrorfilmen, die ihr Angst eingejagt hatten. Der Mann sah ganz und gar nicht real aus.

Vielleicht hatte sie sich ihn nur eingebildet.

Nein. Er war wirklich da gewesen.

»Warte, Liz!« Mareks Hand packte sie, auf diese schreckliche männliche Weise, einer Frau seine überlegene Kraft klarzumachen.

»Lass mich los«, schrie sie auf.

»Erst wenn du mir erklärst, wovor du derart davongerannt bist. Ich mache mir Sorgen um dich.« In der Tat, Sorge stand ihm ins Gesicht geschrieben. Sie wollte ihm gern glauben. Vielleicht war sie ja nur hysterisch; gestresst, weil sie allein und so weit weg von zu Hause war.

»Nicht weit von hier gibt es einen McDonald's«, erklärte er. »Lass uns einen Kaffee trinken.«

Der Fast-Food-Tempel mit seiner Chrom- und Plastikeinrichtung und den großen Schaufenstern wirkte beruhigend auf sie. Das Restaurant erinnerte sie an zu Hause, obwohl es in einer Arkade mit gewölbten Decken lag, nicht weit entfernt von einer großen, mit Flutlicht angestrahlten Kirche an einem gepflasterten Platz namens Mala Strana. Der Raum war hell erleuchtet und voller Menschen; und diese Vertrautheit war nach den fremdartigen Straßen von Prag tröstlich, genau wie der Geschmack des Burgers und des Kaffees.

»Unglaublich, diese Dinger schmecken wirklich überall gleich.«

»Keine Ahnung«, meinte Marek. »Ich weiß nur, wie sie in Prag schmecken.«

Er verzog das Gesicht.

»Was hast du?«, fragte sie.

»Ich dachte nur gerade an all die Kühe, die für diese Burger gestorben sind. Eines Tages standen sie auf ihrer Weide, und am nächsten hat man sie auf einem Schlachthof einen Gang entlang geführt. So langsam tut es mir leid, dass ich mir die Bertrand-

Russel-Geschichte deines Großvaters angehört habe. Schlimmer als Lovecraft.«

Sie war nicht sicher, ob er sie veralberte. Einen Moment lang saßen sie einfach da und aßen. Immer wieder wandte Liz sich um, aber die Gäste wirkten ganz normal; britische und deutsche Touristen, schnatternde junge Mädchen, ein Paar, das sich, die Köpfe dicht zusammengesteckt, leise unterhielt. Auch auf der Straße waren keine bleichen Unbekannten zu erkennen, sondern nur die Lichter der gegenüberliegenden Cafés und Schaufenster, die voll mit Weihnachtsschmuck und Sprüchen in einer Sprache, die sie nicht verstand, waren.

»Warum also bist du weggerannt?«, fragte Marek schließlich.

»Ich hatte den Eindruck, dass uns jemand gefolgt war.«

»Wer sollte so etwas tun?«

»Ich weiß es nicht.«

»Du könntest sogar recht haben. Auf der Karlsbrücke sind Taschendiebe unterwegs. Es ist nicht zu übersehen, dass du Ausländerin bist …«

»Ach, komm schon. So reich sehe ich nicht aus.«

»Nein, aber du könntest deinen Pass und Reisechecks bei dir haben. So etwas ist wertvoll.«

»Der Mann hat nicht wie ein Taschendieb gewirkt, und außerdem habe ich ihn schon einmal gesehen, bevor wir über die Brücke gegangen sind.«

»Derselbe Mann, nach dem du mich im *Slavia* gefragt hast?«

»Ja.«

»Vielleicht lag es am Absinth. Du hast eine Menge davon getrunken.«

»Du meinst, ich hatte eine Halluzination?«

»Das habe ich nicht gesagt. Du benimmst dich nur ein bisschen merkwürdig.«

»Da *war* ein Mann mit einem blassen, maskenhaften Gesicht.« Ihr wurde klar, dass sie wie ein panisches Mädchen aus einem alten Horrorfilm klang, und sie unterbrach sich und holte tief Luft. »Ich hatte ihn schon einmal gesehen, bevor wir den Absinth getrunken haben«, sagte sie schließlich lahm. »Als wir bei dem Verkaufsstand mit den Karpfen waren.«

»Kann schon sein«, gab Marek zurück. Offensichtlich hatte er keine Lust, weiter darüber zu sprechen. Sogar in ihren eigenen Ohren klang sie ein wenig hysterisch.

»Lass uns gehen«, sagte sie. »Ich muss zurück in die Jugendherberge.«

»Wir können in der Mala Strana die Straßenbahn nehmen«, entschied er. Sie gingen zur Haltestelle. Eine gewaltige alte Kirche überragte eine Seite des gepflasterten Platzes. Sie wurde von großen Scheinwerfern angestrahlt, als wäre sie eine Touristenattraktion und längst kein Gotteshaus mehr.

An der Haltestelle in der Nähe der Jugendherberge stiegen sie aus der Straßenbahn. Als Liz sich wieder in Bewegung setzte, nahm sie einen Geruch von Ozon wahr, und dort, wo die Stromabnehmer auf dem Dach die Oberleitung berührten, sprühten Funken. Ihr war flau im Magen, und sie fand, dass das Licht immer noch ganz merkwürdig schimmerte.

Sie gingen durch den Fußgängertunnel, der zu der Straße, wo die Jugendherberge lag, führte. Hier war es still, und sie waren die einzigen Passanten. Der Bodenbelag war feucht, und die Luft roch nach Moder. Die Beleuchtung flackerte, und dann wurde es dunkel. Sie spürte, wie Marek sie am Arm packte, und hätte beinahe aufgeschrien. Was hatte er vor? Dann sah sie den blassen Mann.

Er stand im Dunkel und schien von innen heraus zu glühen. Sein Anblick erinnerte sie an Bilder von Tiefseefischen, die sie einmal gesehen hatte und die ihre Beute mit leuchtenden Fühlern anlocken. Sie fragte sich, wie er ihnen bis hierher gefolgt war. In der Straßenbahn hatte sie ihn jedenfalls nicht gesehen.

Wieder lächelte er und trat auf sie zu. Seine Bewegungen hatten etwas merkwürdig Schwebendes, wie die eines Schlittschuhläufers; so, als berühre er den Boden gar nicht, sondern gleite unmittelbar darüber über eine spiegelglatte Oberfläche. Er öffnete den Mund, leckte sich die Lippen und vollführte eine Handbewegung wie ein Zauberer. Etwas Langes, Scharfes wie ein Eiszapfen oder ein Lichtstrahl schimmerte in seiner Hand auf. Kurz bevor der blasse Mann Liz berühren konnte, trat Marek mit ausgestreckten Armen zwischen die beiden und versuchte, den Fremden aufzuhalten und gleichzeitig Liz wegzuschieben.

Marek schrie, und ihr war, als werde sein Schmerz über seinen Arm in ihren Körper geleitet wie der elektrische Strom durch die Leitungen der Straßenbahn. Alles ging in einem grellen weißen Lichtblitz unter. Ihr Blick traf den des bleichen Fremden, und sie sah in unendliche Tiefen, schwarze Löcher, in die das ganze Universum hätte stürzen können, um spurlos darin zu verschwinden. Einen Moment lang hatte sie das Gefühl, sich in einem seltsamen Traum zu befinden, außerhalb ihres Körpers, ja sogar außerhalb ihrer Realität, und auf eine Szene hinunterzusehen, in der etwas Riesenhaftes in ihre Wirklichkeit hineingriff und etwas herauszog, das zappelte wie ein Karpfen in einem Netz.

Es kam ihr vor, als werde sie ebenfalls aus ihrem Leben herausgerissen. Und dann war plötzlich etwas anders, und sie spürte, wie diese kalten Augen sie forschend musterten wie ein Fischer, der einen viel zu kleinen Fisch gefangen hat, den auszunehmen sich gar nicht lohnt. Der Schmerz verging, und es wurde schwarz um sie.

Das Licht war grell, und die Bettlaken blitzsauber. Es roch nach Desinfektionsmittel. Ihr war warm, und ihre Arme und Beine schmerzten dumpf.

»Wo bin ich?«, fragte sie.

»Im Homolka-Krankenhaus für Ausländer«, antwortete jemand, dessen Stimme sie nicht kannte. Sie schaute auf und erblickte einen Mann, der einen Anzug trug. Er hatte ein aufgeschlagenes Notizbuch auf dem Schoß liegen und sprach mit schwerem Akzent.

»Was ist passiert? Wo ist Marek?« Seufzend zeigte der Mann ihr eine Dienstmarke, die sie nicht lesen konnte.

»Ich fürchte, er ist tot. Ich bin hier, um Ihnen ein paar Fragen zu stellen. Um herauszufinden, wie er gestorben ist.«

»Gestorben … Ich weiß es nicht.« Die Vision des blassen Mannes stieg wieder in ihr auf, und das Gefühl, etwas unerklärlich Gewaltigem und Tödlichem begegnet zu sein.

»Sie können von Glück reden, dass Sie am Leben sind«, sagte der Polizist. »Hätten Sie länger dort draußen im Schnee gelegen, wären Sie erfroren.«

Sie dachte an Marek und brach in Tränen aus. Er war fort, genau wie Pater Janacek und viele andere, willkürlich aus ihrem Leben gerissen von etwas, auf das sie kaum einen Blick erhascht hatten.

Sie hatte wirklich Glück, am Leben zu sein. Wenn Marek nicht dazwischengegangen wäre, dann wäre sie jetzt tot. Sie sollte dankbar dafür sein, dass sie immer noch auf dieser Welt weilte. Die blasse Gestalt – oder was auch immer da in ihr war – hätte sie ebenfalls töten können.

Nein. Das war ja verrückt. Sie war weder einem kosmischen Wesen begegnet noch einem düsteren Todesengel.

Oder doch?

Wieder dachte sie an den Karpfen, der immer noch in seiner Wanne herumschwamm und nicht ahnte, dass Weihnachten war und das Netz sich wieder nach ihm ausstrecken würde.

Terry Pratchett

Zwanzig Pence mit Umschlag und Weihnachtsgruß

Aus dem *Bath and Wiltshire Herald*, 24. Dezember 1843:

»CALNE. Ein Geheimnis umgibt das Verschwinden der Londoner Postkutsche am vergangenen Dienstag während eines Schneesturms von beträchtlichen Ausmaßen, wie ihn selbst die Ältesten unter uns nie erlebt haben. Man vermutet, dass sich der Kutscher im starken Schneetreiben bei Silbury verirrte und die Pferde von der Straße führte, um bei einer Hecke oder einem Heuschober Schutz zu suchen, und dass ihn das Unwetter dabei überwältigte. Suchgruppen sind ausgeschickt worden und fanden den Kutscher, der in einem Zustand großer Beklommenheit durch den Schnee irrte. Man brachte ihn zurück nach Bath ...«

Aus dem Tagebuch von Thos. Lunn, Doktor, aus Chippenham, Wilts:

Die Welt ist nur eine dünne Schicht über den Tiefen des Chaos. Was wir Vernunft nennen, ist ein kleiner Kreis aus Feuerschein, und als ich unten mit dem armen, verwirrten Mann sprach, fehlten ihm einige Scheite zu einem ordentlichen Brand.

Selbst jetzt – mein eigenes natürliches Feuer ist gut geschürt, der Vorhang des Arbeitszimmers zugezogen, damit die Weihnachtskälte draußen bleibt –, schaudert mir bei den Visionen, von denen er mir berichtete. Läge nicht, während ich dies schreibe, der handfeste Beweis vor mir, der den Schein des Feuers einfängt und so hübsch widerspiegelt, könnte ich es als das Gefasel eines Geistesgestörten abtun. Wir haben es ihm in meinem Wohnzimmer so behaglich gemacht, wie es die Fesseln zulassen, aber seine Schreie passen so gut zum Heiligen Abend wie Totenschädel in ein Blumenbeet.

»Kommt der Weihnachtsmann/Oder atmet er nur schwer?
Jede Menge Füllung bei dieser Weihnacht!!!
Snugglebottom Ex Ex Ex!«

Von draußen dringen Geräusche herein. Weihnachtssänger! Wissen sie denn nichts von der schrecklichen, furchtbaren Gefahr? Doch wenn ich das Fenster aufstieße, sie warnen und auffordern würde, die Straße zu verlassen – wie könnte ich ihre offensichtlichste Frage beantworten? Denn wenn ich mich solcherart benähme, hielte man auch mich für verrückt... Doch ich muss aufschreiben, was er mir in seinen klaren Momenten erzählte, bevor er dem Wahnsinn zum Opfer fiel.

Sollen die Leser ihren eigenen Schlüsse daraus ziehen.

Seine Augen waren die Augen eines Mannes, der die Hölle gesehen und dort etwas von sich zurückgelassen hat. Manchmal war er vollkommen klar und beschwerte sich über die Fesseln, die ihm die Suchgruppe angelegt hatte, aus Sorge, dass er sich in seinen Delirien selbst verletzte. Bei anderen Gelegenheiten versuchte er, mit dem Kopf an die Wand zu stoßen, und er wiederholte die Sprüche, die ihm den Verstand geraubt hatten.

»Zwanzig Pence, mit Umschlag und Weihnachtsgruß!«

Er erzählte mir dies...

Tor zur Hölle

Es war ein schlimmer Tag gewesen, voller Schnee, den der Wind vom Flachland blies und die Berge westlich von Silbury in eine große weiße Wüste verwandelte. Unter solchen Umständen ist es möglich, von der Straße abzukommen, und der Kutscher war abgestiegen, um die Pferde zu führen. Ja, trotz der Berichte, die man in den Zeitungen liest, lag der Schnee nicht über alle Maßen hoch in den Bergen, und das Schneetreiben hatte nachgelassen, sodass man den Sonnenuntergang sah. Die Stimmung war recht gut, denn die Lichter von Calne zeigten sich, und alle freuten sich darauf, bei Einbruch der Dunkelheit an einem wärmenden Kaminfeuer zu sitzen.

Und dann, so erzählte er, knarrte es, und ein Schatten flackerte, und die Welt veränderte sich – oder, so glaubt er, sie traten von dieser Welt in eine andere. Und unmittelbar vor ihnen befand sich ein quadratisches großes Loch in der Landschaft.

Er behauptet jetzt, es sei das Tor zur Hölle gewesen. Zwar handelte es sich nicht um die von Dante besuchte Hölle, aber meiner Ansicht nach gibt es gewisse Anzeichen dafür, dass seine unwissende Vermutung der Wahrheit entspricht. Etwas glitzerte am Rande der Welt, und als der Kutscher den verwehten Schnee untersuchte, fand er die gleiche sonderbare Substanz auf den Kuppen aller Hügel verstreut. Es schien sich um dünne Silberplättchen zu handeln, die so herumlagen, dass sie das Licht reflektierten, auf eine unter besseren Umständen recht angenehme Art.

Der Kutscher und einige der männlichen Reisenden überdachten die Lage. Die Sonne ging schnell unter am westlichen Himmel, der ein Durcheinander aus roten und violetten Tönen zeigte, und im Osten drohte weiterer Schnee. Jene, die sich ein wenig zurückwagten in die Richtung, aus der die Kutsche gekommen war, stellten fest, dass ihre Spuren bereits verschwanden. Nach der Straße suchten sie vergeblich – überall erstreckte sich weiße Wildnis.

Da es offenbar keine andere Wahl gab, beschlossen einige Reisende, sich das quadratische Loch weiter vorn, das den Blick auf den Himmel dahinter verwehrte, genauer anzusehen.

Als sie sich ihm näherten, sahen sie zum ersten Mal das Ungeheuer, das der Wächter des Tors zu sein schien. Auf einem schneebedeckten Holzklotz hockte es.

Es war ein riesiges Rotkehlchen von der mehrfachen Größe eines Truthahns. Es beobachtete sie mit Bösartigkeit in den Knopfaugen, und die Männer befürchteten ernsthaft, es könne sie angreifen. Doch es regte sich nicht, als sie den Rand der Öffnung erreichten und in einen Farbklecks blickten. Warme Luft, die ein wenig Tabakrauch enthielt, wehte in die Welt, und der Kutscher berichtete von seltsamen Geräuschen, verzerrt und fern …

Zu der Reisegruppe zählte ein Gelehrter aus Oxford, der sich nach Meinung des Kutschers während der Fahrt sehr gestärkt hatte. Er schlug vor, durch das Loch zu klettern, hinter dem sich, in einer Tiefe von einem knappen Meter, eine weite braune Ebene erstreckte. So ungewiss die Aussichten dort auch sein mochten: Die Ebene bot größere Überlebenschancen als eine Nacht in den Bergen, die ihnen immer sonderbarer vorkamen.

»Weihnachtsgrüße! Von allen im Büro!«

Mehrere kühne Männer, mit denen der Gelehrte seinen Brandy geteilt hatte, gingen auf den Vorschlag ein. Der Kutscher gehörte nicht zu ihnen, erzählte er mir, doch schließlich beschloss er, sie aus Pflichtgefühl zu begleiten. Es waren immer noch seine Passagiere, und seiner Ansicht nach oblag es ihm, sie sicher nach Bath zu bringen.

Der Gelehrte vertrat den Standpunkt, dass Bath jenseits der Ebene gefunden werden könne, denn, so führte er aus, wenn dies ein Fenster aus der Welt heraus war, so folgte daraus, dass es auch ein Fenster in die Welt hinein geben könne …

So seltsam das auch erscheinen mag, offenbar traf dies tatsächlich zu. Nicht weiter als hundert Meter waren sie gekommen, als sie im Dunst vor sich eine rechteckige Öffnung entdeckten, jener höchst ähnlich, durch die sie vorher geklettert waren.

Man stelle sich ihre Freude vor, als sie sahen, dass dieses Loch zu einer freundlichen Straße mit gelb erleuchteten Fenstern führte. Einer der Männer behauptete, sein Haus in London befinde sich nicht weit von dieser Straße entfernt. Zwar hatten viele der Reisenden London erst vor einer Weile verlassen, doch sie freuten sich von Herzen über die Aussicht, dorthin zurückzukehren. Der Mann aus London versprach, sein Haus für sie zu öffnen, und einer der anderen erklärte sich bereit, zur Kutsche zurückzukehren und den Rest der Reisegruppe zu holen. Denn sie alle glaubten in diesen letzten Momenten der Hoffnung, dass die Allmächtige Vorsehung ihr Schicksal auf der Straße erblickt und ihnen ein Tor ins warme Herz der größten Stadt der Welt geöffnet habe …

Es geschah zu diesem Zeitpunkt, dass sie eine Gruppe ängstlicher Menschen bei der Öffnung sahen, und der Kutscher bemerkte mit wachsender Sorge, dass auch bei jenem Loch viele der glitzernden Plättchen lagen. Die andere Gruppe bestand aus Männern und Frauen mit Laternen, und nach einigem Zögern näherten sich einer von ihnen dem Kutscher.

Der Mann mit dem Haus in der Nähe stieß einen Schrei des Erkennens aus, umarmte den Fremden und meinte, er sei ein Nachbar. Doch dann wich er zurück, als er das Entsetzen in dessen Gesicht sah. Ganz offensichtlich war auch der Bekannte das Opfer eines ähnlichen Schicksals.

Nach einer Stärkung vonseiten des Oxford-Gelehrten erklärte der Neuankömmling, dass er mit einer Gruppe von Freunden zum Weihnachtssingen losgezogen sei. Alles sei in bester Ordnung gewesen, bis es vor einer Stunde sonderbar geknarrt habe, und die Schatten seien in gespenstische Bewegung geraten. Und jetzt befanden sie sich in einer fremden Welt.

»Aber … dort gibt es eine Straße mit erleuchteten Fenstern«, wandte der Londoner ein. »Und ist das nicht der so kenntnisreich von Missis Nugent geführte Antiquitätenladen?«

»Dann ist es mehr als nur sonderbar, denn die Tür öffnet sich nicht, und hinter den Fenstern ist nur das matte gelbe Glühen zu erkennen«, erklärte der Weihnachtssänger. »Was einmal Häuser waren, mein Freund, ist nur noch leere Leblosigkeit.«

»Aber es gibt noch andere Straßen – mein Zuhause, keine hundert Meter entfernt …«

Der Weihnachtssänger wurde leichenblass. »Am Ende der Straße«, murmelte er, »gibt es nichts als weiße Pappe.«

Der Londoner schrie entsetzt auf, kletterte durch die Öffnung und geriet bald außer Sicht. Nach einigen Sekunden erhob sich abermals ein Schrei aus seiner Kehle, den der Kutscher für mich wiederholte, und er klang so:

»Zeit für Liebe und Gefühl,
Heute bleibt es nur draußen richtig kühl.«

Bedrohliche Banalität

Mehrere Frauen aus der Gruppe des Weihnachtssängers wurden an dieser Stelle ziemlich hysterisch und beharrten darauf, sich der Gruppe der Reisenden anzuschließen. Nach einer hitzigen Debatte beschloss man, zur Postkutsche zurückzukehren. Unter großen Mühen wurden Schnee, Gepäck und Glitzerkram so angehäuft, dass die Kutsche zur Ebene hinuntergebracht werden konnte.

An dieser Stelle wird die Geschichte des Kutschers ziemlich konfus. Offenbar machten sich die Leute auf die Suche nach einem anderen Zugang zur realen Welt, und dabei stellten sie zum ersten Male fest, dass die seltsamen Fenster eine zweite Seite hatten. Wenn ich sein wirres Gerede richtig verstehe, präsentierte sich die andere Seite in Form eines weißen Quadrats am Himmel, und irgendjemand hatte darauf lange Sprüche von bedrohlicher Banalität geschrieben, deren Entdeckung den Londoner Gentleman in den Wahnsinn getrieben hatte.

Selbst jetzt höre ich das irre Kichern des Kutschers: »*Vom Himmel hoch, da komm ich her. Ich bring euch gute, neue Mär!*«

Und er stieß mit dem Kopf an die Wand, im Rhythmus der Worte, sofern man von einem Rhythmus sprechen kann.

Manchmal stampft er auch mit den Füßen auf.

»*Fröhliche Weihnachten an alle in Nummer siebenundzwanzig!*«, heult er. »*Von Tony, Pat und den Kindern. Erinnert ihr euch an Mallorca?*«

Und »*Diesmal gibt's viel Geknister zu Weihnachten!*«. Diese Worte schienen seinem Gehirn besonders zuzusetzen, und ich frage mich, was der arme Mann gesehen hat. »*Fröhliche Weihnachten von eurem kleinen Willy!!!*«, und bei dieser Stelle musste ich den Gärtner hereinrufen, auf dass er mir half, den Mann zu bändigen; andernfalls hätte er sich möglicherweise verletzt.

Wie lange waren sie auf jener verhängnisvollen Ebene unterwegs? Es scheint, dass sie sich in einer Welt außerhalb der Zeit befanden, so wie wir sie kennen, und nach dem Zugang zu einer Welt suchten, die mehr war als nur flach.

Und sie waren nicht allein.

Weitere Menschen unternahmen die gleiche schreckliche Reise. Und auch Ungeheuer.

Ich fürchte, er hat völlig den Verstand verloren. Kein Mann kann solch Grauenerregendes gesehen haben, ohne verrückt zu werden. Es gab ein Fenster, wenn ich es so nennen darf, das in eine Welt aus Wüstensand unter einem nächtlichen Himmel führte, wo drei Männer mit afrikanischem oder asiatischem Erscheinungsbild ihr Lager aufgeschlagen hatten. Einer von ihnen sprach einigermaßen Latein, das der Gelehrte aus Oxford trotz seines fast trunkenen Zustands noch verstehen konnte. Auch sie hatten festgestellt, dass ihre Welt in eine Wüste aus Pappe überging, und nach eingehenden Untersuchungen führten sie das Rätsel auf ein Ereignis zurück, das wahrscheinlich astronomischen Ursprungs war und den Raum stark verzerrt hatte, möglicherweise auch die Zeit.

Sie schlossen sich der Gruppe an, sehr zum Verdruss der Damen, aber sie schienen – nach heidnischen Maßstäben – wohlerzogen zu sein, und mit ihren Geschichten und ausländischen Liedern sorgten sie dafür, dass die anderen nicht den Mut verloren. Darüber hinaus waren sie Männer mit beträchtlichem Vermögen, was sich als vorteilhaft erwies, als die größer gewordene Schar verwirrter Reisender einigen Schäfern begegnete, Waisen ihrer Welt, und mehrere Schafe von ihnen erstehen konnte. Der Kutscher, auf einem Bauernhof groß geworden, war imstande, sie zu schlachten und auszunehmen.

Die Schäfer, von Natur aus Nomaden, wanderten schon seit einer ganzen Weile von ihrem Fenster fort und erzählten von vielen schrecklichen Wundern.

»Stille, nichts als Ruhe in dieser Nacht,
als wäre Weihnachten nur für uns gemacht!
Herr im Himmel! Der schreckliche Beagle!«

Riesige Kätzchen

Wie viel mehr wage ich zu schreiben? Der Kutscher faselte von vier riesigen Kätzchen mit blauen Schleifen an den Hälsen und einem enormen Rechteck, darin eine große Pastete mit süßer Füllung, vielleicht ihr Reiseproviant. Er berichtete auch von mehreren Gläsern, jedes größer als ein Haus. Unter großen Mühen und mithilfe von Seilen und einem riesigen Stechpalmenzweig gelang es festzustellen, dass die Gläser süßen Sherry enthielten, in dem der Gelehrte aus Oxford unglücklicherweise ertrank.

Und dann war da der brüllende rote Riese, bärtig und irre, der auf einem Dach saß. Und andere Erscheinungen, zu schrecklich, um davon zu erzählen: Menschen, die nur aus bunten Strichen bestanden; die gewaltige schwarz-weiße Karikatur eines Hundes, der vom Dach seiner Hundehütte herab einen unheilvollen Blick auf sie richtete; und Dinge, bei deren Beschreibung selbst ich als ein Mann der Wissenschaft erröten würde.

Offenbar beschloss der Kutscher schließlich, die Gruppe zu verlassen und allein über die Ebene zurückzukehren, davon überzeugt, dass es für einen Christen besser sei, mitten im Winter in den kalten Bergen von Wiltshire zu sterben, als in einer so abscheulichen Welt zu leben.

Kaum hatte er sein Ziel erreicht und kroch in höchster Not durch den seltsam glitzernden Schnee, als er hinter sich abermals das gespenstische Knarren vernahm. Als er den Kopf wandte, sah er, wie die grässliche Öffnung verschwand. Kalter Wind und Schnee nahmen sofort ihren Platz ein, doch der Kutscher empfand es als einen Segen nach der schrecklichen warmen Welt der braunen Ebene. Und so, durch den Schneesturm taumelnd, fand man ihn …

Es ist jetzt vollkommen dunkel. Die Weihnachtssänger sind fort, vermutlich auf dem Weg nach Hause.

Und nun geht meine Haushälterin, die mir heute sonderbare Neuigkeiten mitgebracht hat. Ein Mohr auf einem Kamel ist in der Nähe von Avebury verhaftet worden. In Swindon wurde ein Mann in seinem eigenen Garten zu Tode gepickt, und im Schnee waren die Fußspuren eines riesigen Vogels zu sehen. Hier in Chippenham sah ein Reisender, bevor sie über eine Hecke sprang und über die Felder fortlief, eine Katze, größer als ein Elefant. Sie trug eine blaue Schleife am Hals. Welche Ungeheuer haben in unsere Welt Einzug gehalten?

Und auf meinem Schreibtisch sehe ich mein Spiegelbild in diesem glänzenden, rauschgoldartigen Plättchen, das der Kutscher in den Händen hielt. Wer würde den Schnee damit bestreuen, auf dass es glitzert, und aus welchem absonderlichen Grund?

Ich ziehe die Vorhänge beiseite und blicke auf die belebte Straße hinaus. Die Kutsche von Bath ist gekommen und steht vor dem Gasthaus, und es herrschen rege Geschäftigkeit und weihnachtliche Freude – ein ganze Welt trennt dies von den traurigen Delirien und dem Flehen des Mannes unten. Es ist ein Bild der Hoffnung, eine Erinnerung an die Realität, und vielleicht ist der Mann nur ein faselnder Verrückter, vielleicht sind die Geschichten von riesigen Beagles und fliegenden Schlitten nicht mehr als seltsame Scherze. Bis auf dieses Plättchen …

»Lametta auf dem Stroh! Amen! Ich wünsche euch das Beste, Vater und Mutter!«

Und ich sehe den fallenden Schnee, wie er glitzert …
Und ich höre das Knarren.
Gott steh uns bei, jedem von uns.

Daniela Knor

Mittwinternacht

Vorbemerkung der Autorin:
Diese Geschichte spielt zehn Jahre vor den Ereignissen, die in meinem Roman »Nachtreiter« beschrieben werden.

Vorsichtig schlich Arion die Treppe hinab. Die Angst, entdeckt zu werden, ließ sein Herz schneller schlagen und drängte ihn mit leiser Stimme zur Eile, doch er wagte nicht, ihr zu gehorchen. Die Stufen waren für einen Jungen seines Alters ohnehin noch so hoch, dass jeder Schritt einem kurzen Fall in die Tiefe glich.

Als könne die schiere Festigkeit des Mauerwerks einen Sturz verhindern, hielt er sich dicht an der Wand des jahrhundertealten Turms und strich dabei Halt suchend über das klamme, raue Gestein. Im Licht der Fackeln, deren Flammen über rußgeschwärzten Fels leckten, wirkte die ungesicherte andere Seite der Treppe wie die Klippe über einem finsteren Abgrund. Ein eisiger Windzug wehte ihm von dort unten entgegen und bescherte ihm eine Gänsehaut.

Ist es draußen etwa stürmisch? Über dem festlichen Lichterglanz der großen Halle hatte er vergessen, darauf zu achten, was jenseits der gegen die Kälte geschlossenen Fensterläden vor sich ging. Wenn nun der Totensammler heulend mit dem Nachtvolk über den Himmel fegte und entdeckte, dass die Turmtür offen stand …

Arion sah die dunklen, mit durchscheinenden Fingern nach ihm greifenden Schemen so deutlich vor sich, dass ihm fast das Herz stehen blieb, als er plötzlich gegen etwas stieß und mit dem Gesicht in zartem Gespinst landete. Der vertraute Duft der Kräuter erinnerte ihn sofort daran, dass nur die Haare seiner Schwester seine Nase kitzelten, aber warum war sie so abrupt stehen geblieben?

»Was …«

»Schsch!«, zischte Sava. Blindlings griff sie nach ihm, erwischte einen Ärmel seiner Tunika und zerrte daran. Von ihrer Hast angesteckt hetzte Arion hinter ihr her die letzten beiden Stufen hinab. Rasch kauerte er sich in den Schatten neben der Treppe, um mit angehaltenem Atem zu lauschen, bis auch er es hörte: das Knirschen von Schritten in Schnee. Jemand näherte sich und trat in diesem Augenblick über die Schwelle. Das mahlende Geräusch der Sohlen wich einem sanften Tappen, das ohne zu zögern den Weg die Stufen hinauf nahm.

Arion spähte nach oben, wo gedämpfte Stimmen und der Klang einer Laute durch die Tür zur großen Halle drangen. Er erhaschte einen Blick auf Oda, eine der Mägde, die mit beiden Händen einen schweren, dampfenden Krug vor sich hertrug, als sei es ein heiliges Gefäß mit Opferblut anstelle von gewürztem Wein.

»Bleib unten!«, flüsterte Sava und zupfte erneut an seinem Ärmel.

Arion duckte sich wieder tiefer in die Dunkelheit. Seine Schwester war nicht einmal ein volles Jahr älter als er, aber wenn es um verbotene Dinge ging, fühlte er, dass sie ihm weit mehr als einige Monate voraus war.

Über ihnen schwoll für einen Moment der Festlärm an. Gesang mischte sich unter das Gelächter, und die Akkorde der Laute verschmolzen mit den fröhlichen Stimmen der Burgbewohner und ihrer Gäste zu einem Mittwinterlied. Unwillkürlich stimmte Arion leise mit ein. Savas Ellbogen traf ihn schmerzhaft in die Seite.

»Sei doch still!«, wisperte sie. »Willst du, dass sie etwas merken?«

Beschämt schüttelte Arion den Kopf. Natürlich nicht – die Worte waren ihm wie von selbst entschlüpft.

»Du solltest besser gar nicht singen«, riet Sava. »Es klingt sowieso immer ganz falsch.«

Arion verzog beleidigt den Mund, erwiderte jedoch nichts. Er hatte diesen Vorwurf schon zu oft gehört, um ihn nicht zu glauben. *Na und?*, sagte er sich trotzig. *Wenn ich erst groß bin, werde ich ein Ritter. Ritter müssen nicht schön singen können.*

Über ihnen hatte sich die Tür wieder geschlossen und die Verse des alten Liedes in die Halle gesperrt. Der hohe, kahle Raum erschien Arion stiller als zuvor.

»Komm weiter!«, drängte Sava und huschte davon, auf den nächtlichen Burghof hinaus.

Arion trat zögernd über die Schwelle des Portals, vor dem einst Wachen auf ihren Posten gestanden hatten – in den alten Zeiten, als das Reich noch jung und Arutars Antlitz noch neu am Tageshimmel gewesen war. Manchmal konnte Arion sie aus den Augenwinkeln sehen, wenn er hinausging. Wie zwei kriegerische Statuen standen sie mit ihren Speeren da und flankierten die Tür; verblasste Gestalten aus einer fernen Vergangenheit.

Doch in dieser Nacht schielte er vergeblich nach ihnen. Zu Mittwinter gingen andere Geister um, dunklere, ältere. Geister aus der Zeit, bevor Arutar, der Erste König, das Licht zurück in die Welt gebracht hatte. Sie sammelten sich für die längste Nacht des Jahres, für die Schlacht, die sie dem Licht liefern würden, um die Welt eines Tages erneut in die Finsternis des Toten Gottes zu hüllen.

Schaudernd blickte Arion auf. Fast erwartete er, düster dräuende Wolken zu sehen, in denen das Totenheer heranbrauste, aber der Himmel war klar, und kein Lüftchen regte sich. Fremdartig, der Hälfte einer zerhackten Silbermünze gleich, hing der Halbmond im Mosaik der Sterne, die wie Eiskristalle das schwarze Firmament sprenkelten. Unter ihnen leuchtete der

Schnee gespenstisch im fahlen Licht. Es fiel Arion leichter denn je zu glauben, dass der weiße Mond in Wahrheit der knochenbleiche Schädel des Toten Gottes war. Beunruhigt suchten seine Augen nach dessen blutigem Herz, doch der rote Mond war nirgends zu sehen. Kälte senkte sich stattdessen auf ihn herab und ließ seinen Atem als Nebelhauch aufsteigen, während der Frost ihm nadelfeine Stiche ins Gesicht versetzte. Was Sava auch vorhaben mochte, es wurde Zeit, damit zu beginnen.

Sie war ein paar Schritte von ihm entfernt stehen geblieben und starrte noch immer gebannt zum Himmel hinauf. »Da«, sagte sie plötzlich und deutete nach oben. »Das ist Liria, der Elbenstern.«

Arion folgte mit dem Blick der Richtung, die sie ihm wies, aber es war ihm nicht möglich zu entscheiden, welchen der zahllosen Sterne sie meinte.

Es waren zu viele, und je länger er schaute, desto mehr entdeckte er. »Sind Elbensterne nicht Blumen?«, wunderte er sich.

Sava sah ihn an, als sei er der größte Esel des Königreichs. »Die heißen doch nur Lirien, weil sie wie der Stern aussehen.«

Woher weiß sie solche Dinge nur immer?, dachte er und kam sich reichlich dumm vor. »Wenn du so schlau wärst, wie du tust, würdest du dich beeilen«, beschied er ihr.

Schmollend schob Sava die Unterlippe vor, aber sie wandte sich ab und stapfte über den Burghof davon. Arion sonnte sich schweigend in seinem Triumph, während er ihr folgte. »Wohin gehen wir?«, erkundigte er sich, als er sie eingeholt hatte.

»In Tominks Hütte.«

Er erstarrte vor Schreck und sah ihr ungläubig nach. »Aber du hast doch gesagt, dass du in den Burggarten willst.«

»Zuerst müssen wir noch etwas holen.«

Arion rührte sich nicht vom Fleck. »Du willst ihn bestehlen?« Schon die Vorstellung, heimlich die Unterkunft seines Lehrers zu betreten, lähmte ihn. Dem alten Mann gar etwas wegzunehmen war undenkbar.

»Hältst du mich etwa für eine Diebin? Jetzt komm endlich!

Oder traust du dich nicht?« Entschlossen marschierte sie auf die Hütte zu, die sich unter der Last des Schnees noch enger an die Burgmauer schmiegte als gewöhnlich.

Arion kämpfte mit sich. Wenn er jetzt umkehrte, hielt Sava ihn für immer für einen Feigling. Er wusste ebenso gut wie sie, dass Tomink mit den anderen an der Festtafel saß und nicht so bald zu Bett gehen würde. Niemand würde etwas bemerken. Aber auch wenn das Gesinde nur hinter vorgehaltener Hand darüber tuschelte, war es kein Geheimnis, dass der alte Mann ein Priester des Toten Gottes war. Wer konnte wissen, welche Kräfte ihm das verlieh? Vielleicht traf jeden ungebetenen Besucher ein schrecklicher Fluch?

Nein, dachte Arion kopfschüttelnd. Sein Vater hatte Tomink verboten, dem Zornigen innerhalb dieser Mauern zu opfern, und niemand widersetzte sich dem Wort des Burgherrn. *Es gibt keine Flüche*, sagte er sich. Er konnte die Stimme seines Vaters förmlich hören. *Das ist alles Aberglaube.*

Sava hatte die Tür geöffnet und verschwand in der Dunkelheit dahinter.

Zögernd folgte Arion ihr. Der verharschte Schnee krachte unnatürlich laut unter seinen Füßen. Eiszapfen hingen von der Traufe der Hütte herab wie die Reißzähne eines Untiers und verwandelten den Eingang in dessen weit geöffneten Rachen. Arion hob den Arm, als ob er ein Schwert hielte. Ein wahrer Ritter durfte sich nicht fürchten. Er nahm all seinen Mut zusammen und rannte in den Schlund hinein.

Jenseits des spärlichen Lichts, das durch die Tür hereinfiel, empfing ihn so tiefe Finsternis, dass er jäh innehielt. Er hörte leise Geräusche aus der Schwärze, Rascheln, ein Schaben. »Sava?«

»Ich bin hier.« Es war nur ein Flüstern, aber er konnte die Aufregung in ihrer Stimme hören. Seine Augen gewöhnten sich allmählich an das schwache Dämmerlicht, sodass sich die Umrisse der spärlichen Einrichtung aus der Dunkelheit schälten. Sava stand vor der gemauerten Feuerstelle und stocherte mit einem Schürhaken in der Asche. Verkohlte Holzstrünke kamen darunter zum Vorschein, die an der Luft hellrot aufglühten.

»Was hast du vor?« Unbehaglich blickte sich Arion in der Hütte um, deren dunkle Ecken im unbeständigen Zwielicht der glimmenden Kohle zum Leben erwachten. Das Strohlager mit den Decken, die beiden wurmstichigen Truhen, der Tisch, die Kräuterbüschel unter dem Dachgebälk, alles sah aus wie immer, doch aus den Nischen dahinter lugten flüchtige Schattengestalten hervor.

»Wir werden den Elbenstern vom Himmel holen«, verkündete Sava mit einem geheimnisvollen Lächeln.

Arion lachte unsicher auf. »Du bist ja verrückt. Niemand kann Sterne vom Himmel holen.« *Und das ist gut so.* Sterne waren die aufgestiegenen Seelen der Toten. Ohne ihre Körper würden sie als Geister umgehen, bis der Totensammler sie fing und dem Nachtvolk einverleibte, das für immer mit ihm im Sturm einherfuhr und Verderben über die Menschen brachte.

»Du verstehst wieder gar nichts.« Sava stellte den irdenen Becher, den sie gerade erst in die Hand genommen hatte, unwirsch zurück auf den Tisch, bückte sich und zog eine schlanke Kerze aus dem Schaft eines ihrer Stiefel hervor. »Ich habe es in den Sagen von Gorwan und Haduri gelesen.«

Arion zog zweifelnd die Brauen zusammen, während seine Schwester den Docht so lange an die Glut hielt, bis die Kerze sanftes Licht verbreitete. Er mochte den heldenhaften Gorwan, dem niemand im Kampf gewachsen war, aber er wusste nicht, was er von Haduri halten sollte. Ein tapferer Ritter musste eine schöne Geliebte haben, die er aus allen Gefahren erretten und danach heiraten konnte. Doch Haduri war nicht wie die Frauen in anderen Sagen. Sie trug ein Schwert und kämpfte Seite an Seite mit Gorwan, als wäre sie ein Mann. Auch wenn Tomink sagte, dass es wahre Geschichten aus sehr alter Zeit seien, zog Arion es vor, ihnen keine Beachtung zu schenken. Die wahre Welt sah anders aus. Seit sein Vater sie beim Fechten erwischt hatte, durfte Sava die Holzschwerter nicht einmal mehr berühren. Von Frauen wurden andere Pflichten erwartet, hatte seine Mutter ihnen erklärt.

»Hier steht es«, unterbrach Sava seine Gedanken. Sie hatte die Kerze notdürftig in dem Becher abgestellt und die abgegriffene Handschrift aufgeschlagen, die auf dem Tisch lag. Eifrig fuhr ihr Zeigefinger über die Zeilen. »In der kalten Mittwinternacht betrachtete Haduri die erfrorenen Stängel und dachte voller Schmerz an die blühenden Lirien zu Füßen ihres Herrn. Trauer erfüllte sie, Trauer darüber, dass ihr König ermordet und die Welt für alle Zeit seines Segens beraubt war. Sie weinte bitterlich, doch als ihre Tränen den Boden netzten, da ging ein Zittern durch die kleine Pflanze. Eine Knospe sprang auf und erblühte, um das Herz der Trauernden zu trösten. Seit jener Zeit geschieht es in der dunkelsten Nacht des Winters, dass die Lirien blühen, wo immer ein Mensch ihnen ein Licht entzündet und des toten Königs gedenkt.«

Ein Knacken vor der Tür ließ sie beide zusammenzucken. Geistesgegenwärtig blies Sava die Kerze aus, sodass sich Arion von Neuem in tiefer Dunkelheit wiederfand. Angespannt lauschte er, doch nichts als Savas Atem drang an sein Ohr.

»Vielleicht eine Katze«, riet sie leise.

»Oder Ratten«, murmelte Arion wenig überzeugt. Ihn fröstelte trotz seines wollenen Umhangs, und er fragte sich plötzlich, was er hier tat. Warum trieb er sich mit seiner Schwester in der Kälte herum, statt gemütlich bei den anderen zu sitzen, an Odas harten Nussplätzchen zu knabbern und dem Barden zu lauschen, der so selten auf die Burg kam? Die von den vielen Menschen aufgeheizte Halle, die zum Mittwinterfest mit Tannenzweigen, roten Bändern und vergoldeten Sonnenscheiben geschmückt worden war, um Arutars Sieg über die Dunkelheit zu feiern, stand ihm mit einem Mal verlockend vor Augen.

»Gehen wir«, flüsterte Sava und drückte ihm die Kerze in die Hand, an der Wachs heruntergelaufen war, das warm an seinen Fingern klebte.

Arion konnte wieder genug erkennen, um zu sehen, wie Sava

mithilfe des Schürhakens ein glühendes Stück Kohle in den Becher schob. »Ich weiß nicht, ob wir das wirklich tun sollten«, wandte er ein.

»Ich will wissen, ob es wahr ist, was in diesen Sagen steht«, erklärte sie bestimmt und stolzierte aus der Hütte.

Arion beeilte sich, ihr zu folgen. Er wollte nicht allein zurückbleiben und schon gar nicht als Einziger ertappt werden. Rasch zog er die Tür hinter sich zu, damit niemand Verdacht schöpfte, und schlug den Weg zum Burggarten ein. Seine Neugier rang mit den Befürchtungen, die Savas Worte in ihm geweckt hatten. Die Frage, wie viel Wahrheit in all den hehren Legenden steckte, die an langen Winterabenden erzählt wurden, beschäftigte ihn schon eine ganze Weile, doch jeder Erwachsene gab ihm eine andere Antwort darauf. Offenbar musste er es selbst herausfinden. Also würde er es jetzt tun.

Mit jedem Schritt wuchs sein Gefühl, beobachtet zu werden. Er konnte dem Drang nicht länger widerstehen und blickte sich immer wieder um, doch da war nichts als Schnee und dunkles Mauerwerk im Mondlicht. Weit und breit kein aufgebrachter Erwachsener, der ihm die Ohren lang ziehen wollte.

Arion erwartete keine strenge Strafe dafür, dass Sava so wirr im Kopf war, mitten im Winter eine Blume zum Blühen bringen zu wollen. Doch was sie ihm vorgelesen hatte, beunruhigte ihn. Elbensterne waren keine harmlosen Gewächse wie Mägdelieb und Immenkraut. Seine Amme hatte ihm eine ganz ähnliche Geschichte über Lirien erzählt, aber darin war es die Göttin Dearta gewesen, die mit ihren Tränen um den toten Gemahl die Blüten geöffnet hatte. Sagten die Bauern deshalb, dass die Elbensterne dem Toten Gott geweiht waren? Und wenn es so war, was hatte dann Haduri mit ihm zu schaffen? Waren Sava und er im Begriff, üble Zauberei nachzuahmen, die sie alle dem Totensammler auslieferte?

Der Garten lag still im Schein des weißen Mondes, der tiefer zu ihnen herabgesunken war. Bleicher denn je hing er über den Zinnen der Burgmauer und ähnelte der Schädeldecke, die

Arion einst auf dem Hügel gefunden hatte, wo die Totenfeuer brannten. Beete und Stauden schlummerten unter dem Schnee dem fernen Frühling entgegen, während die kahlen Büsche und Bäume mit ihren Zweigen verschlungene Schattenrisse auf das schimmernde Weiß zeichneten.

Für einen Augenblick schöpfte Arion Hoffnung, dass sich alles von selbst auflösen würde. Dass er weder als Feigling noch als Frevler aus dieser Sache hervorgehen musste. »Bestimmt gibt es überhaupt keine Lirie in unserm Garten. Die wachsen doch nur im Wald.«

»Tun sie nicht«, behauptete Sava und hielt auf die alte Eiche zu, die im hintersten Winkel des Gartens die Hagebuttensträucher überragte. Dort, vor dem verwitterten, von grobrissiger Rinde bedeckten Stamm klaffte eine Lücke zwischen den Rosenranken, vor der Sava auf die Knie sank. Schweigend wies sie auf etwas, das für Arion nicht mehr als ein weiterer Fleck im Gewirr aus Laub, Erde und dem wenigen Schnee war, den der Wind unter das Gesträuch geweht hatte. Er musste sich neben sie in den Schnee knien und selbst dann noch ein wenig vorbeugen, um den unscheinbaren, kurzen Stängel zu sehen, der im nächtlichen Licht dunkelgrau aussah. Skeptisch richtete er sich wieder auf. »Woher willst du wissen, dass ausgerechnet das ein Elbenstern ist?« Das mickrige Pflänzchen hatte nichts Geheimnisvolles oder gar Bedrohliches an sich. Er wusste nicht, ob er darüber erleichtert oder enttäuscht sein sollte.

»Oda hat's mir erzählt«, flüsterte Sava. »Aber ich darf es nicht weitersagen.«

Es dauerte einen Moment, bis Arion durchschaute, dass die Magd damit seinen Vater hinterging. Fürchtete sie, dass der Burgherr zornig werden und die Lirie ausreißen würde? Dann musste an der Geschichte seiner Amme wirklich etwas Wahres sein. »Und wenn nun …«

Sava verdrehte die Augen. »Sei endlich ruhig und gib mir die Kerze!« Fordernd hielt sie die Hand auf. »Du verdirbst uns noch alles.«

Widerstrebend reichte er sie ihr. Sie ließ das Kohlestück ein paar Mal im Becher umherklappern, um die Glut erneut anzufachen, dann hielt sie die Kerze hinein, bis der Docht wieder Feuer gefangen hatte. Im Schein der kleinen Flamme schimmerten Farben auf: das Blau der Tunika, Savas gelbes Kleid, ein Hauch von dunklem Grün auf dem kümmerlichen Schössling. Arion betrachtete die Pflanze im Licht genauer. Zwei zusammengerollte längliche Blätter umhüllten den Stängel, auf dem eine fest geschlossene Knospe aus diesem Schutz hervorlugte, als könne sie den Frühling nicht erwarten und hielte bereits nach ihm Ausschau.

»Sieh mal, kleiner Elbenstern«, sagte Sava und steckte die Kerze zwischen ihnen in den Schnee. »Das Licht ist in dieser dunklen Nacht zu dir gekommen.«

Schweigend sah Arion mit ihr auf die Lirie hinab. Nichts rührte sich. »Und jetzt?«, fragte er schließlich.

»Pst!« Sava unterstrich ihren Laut mit einer unwilligen Handbewegung. »Jetzt müssen wir an den ermordeten König denken und traurig sein.«

Arion zog ein zweifelndes Gesicht, sagte aber nichts. Wie sollte er Trauer darüber empfinden, dass vor unendlich langer Zeit einmal ein König gestorben war? Außerdem argwöhnte er, dass mit diesem König in Wahrheit der Tote Gott gemeint war, und kein Mensch, der bei Verstand war, konnte bedauern, dass Arutar die Welt von diesem Tyrannen erlöst hatte. Sollte Sava ihren Unsinn allein zu Ende bringen, wenn sie konnte. Missmutig starrte er auf die Pflanze und erschrak. Hatte ihn sein Blinzeln getäuscht oder hatte sie kaum wahrnehmbar gezuckt? Unsicher blickte er zu seiner Schwester, doch sie hatte die Augen geschlossen und sah fast aus, als ob sie schliefe. Aufgeregt richtete er den Blick wieder auf die Lirie, fest entschlossen, sich keine weitere Regung entgehen zu lassen. *Ich darf nur nicht wieder blinzeln*, ermahnte er sich und riss die Lider weit auf.

»Arion!« Die strenge Stimme seines Vaters traf ihn selbst

vom anderen Ende des Gartens her wie ein Schlag. »Was treibt ihr da für einen Unfug?«

»Gar nichts«, log er und warf die Kerze um, als er sich hastig auf die steif gewordenen Beine erhob. Savas Augen waren noch immer geschlossen, während der Burgherr zornig heraneilte. Schnell trat Arion die hartnäckige Flamme in den Schnee.

»Niemand hat euch erlaubt, euch vom Fest zu entfernen«, schimpfte sein Vater. »Sava!« Der große Mann packte das Mädchen an der Schulter und zerrte es auf die Füße. »Habt ihr euch etwa betrunken?«

Sava sah aus, als hätte der Burgherr sie aus dem Schlaf gerissen.

»Wir wollten nur ein bisschen im Freien sitzen«, verteidigte sich Arion ängstlich. »Ehrlich, wir ...«

»Ihr habt nachts nicht einfach zu verschwinden, wie es euch gerade einfällt!« Sein Vater griff ihn bei der Kapuze des Umhangs und zog ihn ebenso mit sich wie seine Schwester. »Was glaubt ihr, was ...«

Arion hörte nicht länger zu. Er verdrehte den Hals, um einen letzten Blick auf die Lirie zu werfen, während er fortgezerrt wurde. Im ersten Augenblick konnte er die kleine Pflanze nicht einmal mehr entdecken. Doch dann blieb sein Blick an einem silbrigen Schimmer am Fuß der Eiche hängen. Wie ein Stern hinter einem hauchdünnen Schleier schwebte die Blüte in der Dunkelheit. Ein magisches Licht. Ein Elbenstern.

Michael Peinkofer

Das Geschenk

Das Splendorium verdiente seinen Namen nicht.

Anders als die vielversprechende Bezeichnung verhieß, wartete auf den, der sich die Sixpence Eintritt in das Theater leisten konnte, keine glitzernde Scheinwelt, sondern staubtrockene Ernüchterung: Die Sitze waren alt und schäbig, die Seidentapeten an den Wänden fleckig von Schimmel und der Vorhang aus dunkelgrünem Samt von Motten zerfressen. Die glanzvollen Tage des alten Theaters, das sich in Charing Cross befand, dem Mittelpunkt Londons und jener Nahtstelle, wo der wohlhabende Westen und der bettelarme Osten der Stadt aufeinander trafen, waren längst vorbei. Entsprechend mäßig war die Qualität der Vorstellungen, die auf den morschen Brettern der Bühne geboten wurden.

Da gab es leicht bekleidete junge Frauen, die ihre naturgegebenen Formen in zum Bersten enge Mieder zwängten, während sie zu den Klängen eines scheppernden Klaviers tanzten und dabei unzüchtige Einblicke gewährten; selbsternannte Doktoren und Professoren, die angeblich weit gereist waren und im Splendorium ihr Panoptikum grausiger Kuriositäten zur Schau stellten, das dreibusige Frauen und siamesische Zwillinge umfasste; und schließlich die Illusionisten, die ihr Bestes gaben, dem Publikum ein wenig Zerstreuung und Ablenkung von der harten Realität zu bieten, die im Londoner East End herrschte und einen täglichen Überlebenskampf bedeutete.

Mit wechselhaftem Erfolg …

Die Namen, die sich diese bisweilen recht zweifelhaften Künstler gaben, waren so effektheischend wie vollmundig. Im vergangenen Monat hatte der »Der Wundersame Leonardo« Vorstellungen gegeben, und im Jahr davor hatten »Odhran, Meister der Magie« und »Der Unglaubliche Levitus« im Splendorium gastiert. In diesem Winter nun war »Der Große Raganrick« gekommen, um jene, die ihr hart verdientes Geld dafür verwenden wollten, ins Staunen zu versetzen.

Auch am Weihnachtsabend widmete sich Raganrick diesem Unterfangen. Allerdings, so musste man eingestehen, war er ebenso wie seine Vorgänger in seinen Versuchen eher glücklos.

Mit mäßigem Geschick hatte er ein zuvor zerschnittenes Seil wieder zu einem Stück zusammengefügt und eine Seite der *London Illustrated News*, die er zuvor demonstrativ in kleine Fetzen gerissen hatte, auf wundersame Weise wieder ganz werden lassen. Danach war ein Kanarienvogel, der sich eben noch in einem kleinen Käfig auf dem Tisch befunden hatte, urplötzlich über die Köpfe der Zuschauer hinweg geflattert – dass das Tischtuch nachher blutbefleckt war, ließ ahnen, dass es mit Raganricks Zauberkünsten längst nicht so weit her war, wie er sein Publikum glauben machen wollte.

Mit Erschrecken sah der Magier, der einen lilafarbenen Gehrock und einen dazu passenden Zylinderhut trug, dass die ohnehin nur in spärlicher Zahl erschienenen Zuschauer – er zählte acht auf dem Parkett und weitere vier auf den Rängen – sich langweilten. Einem waren bereits die Augen zugefallen, ein anderer, ein ziemlich kräftig aussehender Kerl mit drohend vorgeschobenem Kinn, der sein Geld fraglos an den London Docks verdiente, sah aus, als wollte er jeden Augenblick auf die Bühne stürmen, um unter Androhung nackter Gewalt sein Eintrittsgeld zurückzufordern.

Dem Großen Raganrick war klar, dass er etwas unternehmen musste, wenn ausgerechnet dieser Abend nicht in einem Fiasko enden sollte – also griff er zum letzten Mittel.

»All dies, verehrtes Publikum«, sprach er in das fast menschenleere Auditorium, aus dem seine Stimme als hohles Echo widerhallte, »sind Wunder, die zu sehen Sie bislang kaum hoffen konnten. Dennoch hat der Große Raganrick – das bin ich«, fügte er hinzu und deutete auf seine hagere Gestalt – »weder Kosten noch Mühen gescheut, sie Ihnen zu präsentieren. Darüber hinaus möchte ich Sie an diesem Weihnachtsabend des Jahres 1838 jedoch nicht entlassen, ohne ihnen das größte aller Wunder vorzuführen, das ein Magier überhaupt herbeiführen kann …«

»Was willst du tun?«, rief der Grobschlächtige von den Docks. »Dich auf der Bühne erhängen? Das wäre immerhin lustig.«

Jemand lachte, was Raganrick unverschämt fand. Dennoch mühte er sich, die Fassung zu wahren. »Was Sie nun zu sehen bekommen werden, verehrte Damen und Herren«, fuhr er fort, ungeachtet der Tatsache, dass es keine Damen im Publikum gab und der Kerl, dem schon vorhin die Augen zugefallen waren, inzwischen lauthals schnarchte, »wird Ihre Erwartungen in jeder Hinsicht übertreffen. Ihre Erwartungen? Was rede ich? Ihre *kühnsten Träume* werden durch das, was Sie nun mit eigenen Augen sehen werden, in den Schatten gestellt! Meine Damen und Herren, mesdames et messieurs, ladies and gentlemen – der Große Raganrick präsentiert ihnen nun den ›fliegenden Mann‹!«

Er legte eine Kunstpause ein und setzte das strahlendste Lächeln auf, zu dem er in Anbetracht der erniedrigenden Situation noch in der Lage war. Wenn er jedoch damit gerechnet hatte, dass das Publikum ihm applaudieren oder gar in lautstarke Ovationen verfallen würde, so täuschte er sich. Immerhin kam der Kerl aus den Docks nicht auf die Bühne, und der Schnarcher hatte die Augen wieder offen. Das war vermutlich mehr, als man erwarten konnte …

»Um Ihnen dieses unbegreifliche Wunder zu demonstrieren, benötige ich einen Freiwilligen«, gab Raganrick bekannt.

»Jemanden aus dem Publikum, dessen unabhängige Meinung dafür bürgen wird, dass alles mit rechten Dingen zugeht... Wie wäre es mit Ihnen, Sir?«

»Mit mir?«, fragte der Angesprochene, ein drahtiger Typ in abgetragener Arbeitskleidung, der in der zweiten Reihe saß.

»Genau Sie«, bestätigte Raganrick »Sie scheinen mir just der Richtige zu sein für dieses Experiment, von dem Sie noch Ihren Kindeskindern erzählen werden. Wenn ich Sie zu mir auf die Bühne bitten dürfte? Meine Damen und Herren, Applaus bitte für diesen unerschrockenen jungen Herrn...«

Tatsächlich wurde hier und dort geklatscht, während sich der Drahtige schwerfällig auf die Bühne zubewegte und sie schließlich erklomm. An der Fahne, die dem Großen Raganrick entgegenschlug, erkannte dieser, dass seine Versuchsperson getrunken hatte, und das nicht zu knapp. Wie oft hatte er ihm schon gesagt, dass er vor dem Auftritt nicht saufen sollte...?

»Sir, wie ist Ihr Name?«, fragte er, dennoch freundlich lächelnd.

»B-bob.«

»Bob. Und wie weiter?«

»J-Jones, Sir.«

Er stank nicht nur, er lallte sogar. Raganrick versuchte, gute Miene zum bösen Spiel zu machen.

»Mr. Jones, sind wir uns schon einmal zuvor begegnet?«

»N-noch nie.«

»Sie kennen mich also nicht?«

»Nee.«

»Und Sie haben auch noch nie zuvor auf einer Bühne wie dieser gestanden?«

»Nee. Sicher nich'...«

»Sind Sie schon einmal geflogen, Mr. Jones?«, fragte Raganrick, dabei Beifall heischend ins Publikum schielend.

»Nur die T-Treppe runter. M-meine Frau...«, lieferte Jones die Zeilen, die Raganrick ihm eingeschärft hatte. Dass es im Publikum ein paar Lacher gab, versöhnte den Magier ein wenig.

Vielleicht machte es die Nummer sogar authentischer, wenn die Versuchsperson betrunken war …

»Dann bitte ich Sie nun, hinter diesen Zauberspiegel zu treten, Mr. Jones«, sagte Raganrick und deutete auf das unförmige, mannshohe Gebilde, das inmitten der Bühne stand.

Jones – der eigentlich Sedgewick hieß – folgte bereitwillig und ging hinter den Spiegel, dessen Sichtseite den Zuschauern zugewandt war und in dem plötzlich ein Skelett erschien. Ein Raunen ging durch das Publikum, zu Raganricks Befriedigung – der einfache Projektionstrick, durch den es so aussah, als würde der Freiwillige aus dem Publikum durchsichtig werden, sobald er hinter den Spiegel trat, hatte seine Wirkung noch nie verfehlt, und wie immer wurde der Augenblick der Überraschung genutzt, um die Seile einzuklinken …

»Sind Sie bereit, Mr. Jones?«

»B-bereit«, hickste es von hinter dem Spiegel.

»Dann, meine Damen und Herren, brauche ich jetzt absolute Stille, um mich zu konzentrieren«, verkündete der Große Raganrick, der breitbeinig auf der Bühne stand, die Ellbogen ausgestellt und die Handflächen aneinander gepresst. Er schloss die Augen und wartete einige Sekunden, ehe er mit bebender Stimme verkündete: »Um diesen Zauber zu wirken, beschwöre ich Kräfte, die schon vor Urzeiten in diesem Land wirkten. Ich rufe den Geist Morgan Le Fays, der großen Zauberin, auf dass er mir hier und jetzt die magische Fähigkeit verleihe, die Gesetze der Schwerkraft aufzuheben und einen Menschen fliegen zu lassen. *Levitas ex machina*«, fügte er hinzu, wobei er ziemlich sicher war, dass keiner der Anwesenden verstand, was er da sagte – und im nächsten Moment geschah das Unfassbare: Die Versuchsperson hinter dem Spiegel begann zu schweben!

Zuerst sah man nur ihr schnapsgerötetes Gesicht, das hinter dem Spiegel auftauchte, dann ihre ganze verlotterte Erscheinung – und schließlich baumelten sogar die Beine in luftiger Höhe über der Bühne.

»Meine Damen und Herren – der fliegende Mann!«

Mochte Raganrick bislang die Aufmerksamkeit seiner Zuschauer versagt geblieben sein – nun hatte er sie. Vereinzelt waren »Ahs« und »Ohs« zu hören, dann, als der Proband vollends unter der Decke schwebte, ging ein begeistertes Raunen durch die Reihen, und es gab – an der Anzahl der Zuschauer gemessen – donnernden Applaus, in dem der Große Raganrick sich suhlte wie ein Ferkel im Matsch.

»Danke, danke«, rief er aus. »Glauben Sie mir, ich weiß Ihren Beifall zu schätzen. Mit diesem größten aller Wunder geht die Vorstellung zu Ende. Wenn Ihnen gefallen hat, was Sie gesehen haben, so empfehlen Sie mich weiter – oder kommen Sie in den nächsten Tagen noch einmal in dieses Theater und lassen Sie sich verzaubern von den Fähigkeiten, die …«

Er unterbrach sich, als er über sich verdächtige Geräusche hörte. Ein dumpfes Brodeln, dann ein verhaltenes »Oje« …

Raganrick fuhr herum und blickte hinauf. Zu seinem Entsetzen sah er Sedgewick oben am Seil hängen, jedoch nicht den Beglückten mimend, wie es vertraglich vereinbart war, sondern mit beiden Händen rudernd und mit den Füßen strampelnd. Ein verräterisches Knarren erklang, und der Proband begann, hin und her zu baumeln wie ein Senkblei.

Raganrick konnte sehen, wie sich die Augen seiner Zuschauer weiteten. Die Seile waren mit Ruß geschwärzt, sodass sie im Halbdunkel, das über der Bühne herrschte, normalerweise nicht zu sehen waren. Wurden sie jedoch hin und her bewegt, so reflektierten sie den Schein der Gaslampen, und die Illusion ging verloren …

»Betrug!«, schrie jemand. »Der Kerl fliegt ja gar nicht!«

»Seht euch das an, er hängt an einem Seil!«

»Und dafür nimmt man Geld von uns?«

Der das gesagt hatte, war der Kerl mit dem vorgeschobenen Kinn, und für einen Moment fürchtete Raganrick, er würde nun doch noch zu ihm auf die Bühne kommen.

»Oje«, stöhnte es abermals von oben. »Das ist nicht gut. Das ist ganz und gar nicht gut …!«

»Was ist nicht gut?«, zischte Raganrick hinauf.
»Die Höhe ... mir wird schlecht.«
»Nein«, sagte der Magier entschieden.
»Leider doch«, heiserte es herab, gefolgt von einem würgenden Geräusch – und im nächsten Moment plätscherte es aus Sedgewicks Schlund wie aus einem offenen Schleusentor.

In hohem Bogen blubberte nicht nur der Schnaps, sondern auch alles, was er zum Abendessen gehabt hatte, aus ihm heraus und klatschte auf die Bühne, verfehlte den Großen Raganrick nur um Haaresbreite. Der bemühte sich um Schadensbegrenzung und lächelte unverbindlich ins Publikum, das höchst unterschiedlich reagierte.

Die einen lachten, andere schüttelten verärgert den Kopf und ballten die Fäuste. Aber allen war gemeinsam, dass sie sich von ihren Sitzen erhoben und Richtung Ausgang drängten, sodass der Zuschauerraum schon kurz darauf wie leergefegt war.

Raganrick seufzte.

Es war nicht anzunehmen, dass auch nur ein einziger von ihnen die Vorstellung ein zweites Mal besuchen oder sie irgendjemandem empfehlen würde, und während Sedgewick noch immer am Seil baumelte und sich dabei ein um das andere Mal geräuschvoll übergab, gestand sich der Große Raganrick ein, dass er versagt hatte.

Einmal mehr ...

Noch einen Augenblick blieb er auf der Bühne stehen und haderte mit dem Schicksal. Dann wandte er sich ab, trat an seinem hin und her pendelnden Gehilfen vorbei hinter den Vorhang und zog an der Sicherung des Seilzugs. Er verzog keine Miene, als es jenseits des Vorhangs einen dumpfen Aufschlag gab, gefolgt von lallendem Lamento.

»Übrigens, Sedgewick«, rief Raganrick laut.
»J-ja, Sir?«
»Sie sind entlassen.«
»E-entlassen?« Der treulose Assistent schien plötzlich stocknüchtern. »Aber Sir, es ist Weihnachten!«

»Frohes Fest«, versetzte der Große Raganrick und ging von der Bühne ab. Was er nicht sah, war der alte Mann, der oben auf dem Rang in der hintersten Reihe saß.

Mit glühenden Blicken hatte er die Vorstellung verfolgt – und anders als die übrigen Zuschauer war er geblieben …

Mit einer Mischung aus Ärger und Frustration stieß der Große Raganrick die Tür auf. Die kleine Kammer, die sich dahinter befand und die sich seine Garderobe schimpfte, lag in Dunkelheit.

Fluchend griff der selbsternannte Zauberer in die Hosentasche und beförderte ein Schwefelholz zutage. Wenigstens dieses Kunststück, dachte er, sollte ihm gelingen – aber das Streichholz brach ab, und er brauchte einen zweiten Versuch, bis er endlich die Gaslaterne angesteckt hatte, die unter der niedrigen Decke hing.

Es war kalt in der Kammer; Eisblumen gediehen am Glas des schmalen Fensters, und es roch nach kaltem Rauch, der von der Gasse durch alle Ritzen drang. Raganrick hustete, dann entledigte er sich seines Rocks und des Zylinders, warf beides achtlos auf den schäbigen Stuhl, der zusammen mit einem von Sprüngen durchzogenen Spiegel die Künstlergarderobe bildete. Der Rest der Kammer war mit allerlei Unrat vollgestopft, der von früheren Aufführungen übrig geblieben war und aus der goldenen Zeit des Theaters stammte: einige Ballen Stoff, an denen sich die Motten gütlich getan hatten; ein vergilbter Prospekt, auf den ein Tannenbaum gemalt war; einige Seile und Sandsäcke; ein alter Greis mit grauem Bart; eine antike Statue aus Gips sowie einige Römerhelme, die wohl von einer »Julius Cäsar«-Aufführung geblieben waren …

Angewidert wandte sich Raganrick ab.

Er hatte Orte wie diesen hassen gelernt – heruntergekommene Theater, in denen Ratten und Mäuse hausten und in denen er dennoch gezwungen war, seinen Lebensunterhalt zu verdienen. Wie verabscheute er die Idioten, mit denen er zusammenarbeiten musste, weil kein normaler Mensch bereit war, sich für ein paar Pence über die Bühne hängen zu lassen! Und wie verachtete er das Publikum, das nur aus dem einen Grund ins Theater kam, um betrogen zu werden, und das sich dann über eben diese Tatsache beschwerte.

»Ignoranten, einer wie der andere«, zischte der Große Raganrick, trat hinter den Spiegel und holte etwas hervor, das er in weiser Voraussicht dort versteckt hatte.

Es war eine Flasche Gin – nicht das Zeug, das sie im East End an jeder Ecke verkauften und das wie Pferdepisse schmeckte, sondern die etwas bessere Sorte, was freilich nicht viel bedeuten mochte. Es hieß, dass man blind werden konnte, wenn man zu viel davon trank, aber Raganrick scherte sich nicht darum. Wenigstens, sagte er sich bitter, brauchte er sich all das Elend und den Dreck um ihn herum dann nicht mehr anzusehen …

Er entkorkte die Flasche, setzte sie an die Lippen und nahm zwei kräftige Schlucke. Das Gesöff brannte dermaßen in seinem Rachen, dass er das Gefühl hatte, laut schreien zu müssen, aber mehr als ein heiseres Zischen brachte er nicht zustande. Er schickte noch einen weiteren Schluck hinterher, der nun, da die Kehle bereits betäubt war, angenehm wärmte. Zudem merkte der glücklose Magier, wie sich Gelassenheit in seinem Inneren breit machte. Zwar war ihm klar, dass dieser Zustand weder andauern noch etwas an seinen Problemen ändern würde, aber beim vierten Zug Gin war ihm auch das schon gleichgültig geworden.

»Das«, sagte er mit vom Alkohol schwerer Zunge, »ist wahre Zauberkraft …«

Kraftlos wollte er sich auf den Stuhl fallen lassen, ungeachtet des Zylinders, der dort lag, als plötzlich eine Stimme erklang.

»Du solltest vorsichtig sein.«

Raganrick schoss hoch wie von einer Tarantel gestochen. Gehetzt blickte er sich im Halbdunkel der zur Garderobe umfunktionierten Rumpelkammer um, konnte jedoch niemanden entdecken.

»Dunkle Mächte zu beschwören kann gefährlich sein«, bekräftigte die Stimme, die ruhig und gelassen klang, aber auch alt und schwach. »Den Namen Morgan le Fays sollte man niemals leichtsinnig und vor allem nicht nur zum Spaß aussprechen.«

Jäh wurde Raganrick bewusst, woher die Stimme kam. Der Greis mit dem Bart, den er eben noch für eine Requisite gehalten hatte, war echt! Reglos hockte der Alte inmitten noch älteren Gerümpels und abgewrackter Requisiten und rührte sich nicht.

»Verdammt!«, rief Raganrick aus. »Was fällt Ihnen ein, mich derart zu erschrecken?«

»Verzeihung«, sagte der Greis ohne erkennbares Bedauern, dessen Haar und langer Bart schlohweiß waren und dessen von Falten zerfurchtes Gesicht eine markante Hakennase aufwies. Die Augen des Alten glommen wie Kohlen im Halbdunkel. Bekleidet war er mit einem schäbigen Gehrock – eine insgesamt mehr als eigenartige Mischung.

»Wer sind Sie?«, wollte Raganrick wissen, der seinen Schrecken noch immer nicht ganz überwunden hatte. »Und wer hat Sie hereingelassen?«

»Das habe ich selbst getan, mein Freund«, entgegnete der Alte schlicht. »Es macht dir doch nichts aus?«

»Ob es mir etwas ausmacht?« Raganrick holte schnaubend Luft. »Das steht nicht zur Debatte. Es gehört sich nicht, in anderer Leute Garderobe einzudringen. Ich werde augenblicklich den Bühnenmeister rufen und Sie hinauswerfen lassen.«

»Mit Verlaub, Richard – nach allem, was vorhin auf der Bühne vorgefallen ist, kannst du von Glück sagen, wenn *du* nicht hinausgeworfen wirst.«

»Wer hat Ihnen erlaubt, mich derart vertraut anzusprechen?«, fragte Raganrick. Das Denken fiel ihm schwer angesichts des Gins, den er in aller Eile hinabgestürzt hatte. »Woher kennen Sie überhaupt meinen Namen?«

»Ich weiß alles über dich, Richard«, entgegnete der Alte ausweichend. »Du wurdest am 18. Juni des Jahres 1798 als Richard Regent geboren – und zwar nicht in den indischen Kolonien, wie du dein unbedarftes Publikum glauben machen willst, sondern in den Midlands, wie dein Akzent unschwer verrät.«

»Was?«, schnappte Raganrick fassungslos. »Wie …?«

»Dein Vater war Schmied«, fuhr der Alte ohne Zögern fort, »und wäre es nach ihm gegangen, so wäre auch aus dir ein Schmied geworden. Dich jedoch zog es in die Ferne. Du wolltest in die große Stadt und dort reich und berühmt werden, also bist du mit zwölf Jahren von zu Hause ausgerissen und hast dein Glück in der Fremde gesucht.«

»Hören Sie auf mit diesem Spielchen«, sagte Raganrick lallend und winkte ab. »Ich weiß längst, wer Sie sind. Mein Nachfolger richtig? Franklin, der Theaterdirektor, hat Ihnen alles über mich erzählt, und nun sind Sie hier, um mich abzulösen. So ist es doch, oder nicht?«

»Die erste Zeit in London war hart«, fuhr der Greis fort, ohne auf den Einwurf einzugehen. »Du hast Ratten gejagt und dich als Dieb betätigt – aber eines Tages hast du dich an der falschen Tasche vergriffen. Habe ich recht?«

»D-das geht Sie nichts an«, protestierte Raganrick schwach, während er sich fragte, woher der Alte das alles wissen konnte. Denn dass er sich einst als Taschendieb betätigt hatte und dabei geschnappt worden war, hatte er weder dem Theaterdirektor noch sonst jemandem erzählt …

»Der Mann, der dich schnappte, war ein Illusionist – jemand, der davon lebte, arglosen Leuten billige Tricks vorzugaukeln und ihnen dafür das sauer verdiente Geld aus der Tasche zu ziehen. Aus einem unerfindlichen Grund fand er Gefallen an dir und behielt dich als seinen Diener und Assistenten bei sich – und mit den Jahren brachte er dir auch seine Tricksereien bei. Als er starb, setzte er dich als seinen alleinigen Erben ein und vermachte dir seinen einzigen Besitz, nämlich seine Ausrüstung. Seither ziehst du umher, ruhelos wie er, und tust das Einzige, was du je gelernt hast – wobei du den Traum, einst ein berühmter Magier zu werden und im Geld zu schwimmen, nie aufgegeben hast.«

»Das war einmal«, versicherte Raganrick und nahm abermals einen Schluck. Dass er inzwischen ebenso stank wie Sedgewick, war ihm gleichgültig. »Diesen Traum habe ich aufgegeben, alter Mann. Ich bin gerade dabei, ihn in Gin zu ertränken. Aber verrate mir, verdammt noch mal, woher du das alles weißt! Ich habe diese Dinge niemals jemandem anvertraut ...«

»Das ist wahr«, räumte der Alte ein, »dennoch weiß ich von ihnen und kenne dein Leben beinahe so gut wie du selbst.«

»Woher, verdammt noch mal?«

»Ich habe in dein Herz geblickt«, lautete die rätselhafte Antwort. »Ich weiß, was du warst und was du bist – und ich glaube auch zu wissen, was du sein *könntest* ...«

»Das weiß ich selbst!«, wehrte Raganrick ab und sank nun doch auf den Stuhl, den Zylinderhut zerquetschend. »Wenn ich auf meinen Vater gehört hätte, statt meinen eigenen Dickschädel durchzusetzen, könnte ich Schmied sein. Keine Berühmtheit, aber aufrichtig und von allen geachtet, und ich würde mein Geld mit ehrlicher Arbeit verdienen.«

»So habe ich es nicht gemeint.«

»So?« Raganrick blickte auf. »Wie hast du es denn gemeint? Hast du meinen Auftritt vorhin nicht gesehen? Ich bin ein Versager! Wenn sich verbreitet, was heute Abend hier geschehen ist, kann ich einpacken.«

»Das denke ich nicht«, widersprach der alte Mann.

»Nein?«

»Einige der Leute haben gelacht, als sie das Theater verließen.«

»Was du nicht sagst. Willst du dich über mich lustig machen?«

»Keineswegs. Was du getan hast, hat Heiterkeit auf die Mienen dieser Menschen gezaubert. Für einen Moment haben sie ihre Sorgen hinter sich lassen und vergessen können. Das ist mehr, als die meisten in diesen harten Zeiten von sich behaupten können. Das war ganz allein dein Verdienst, Richard – gewissermaßen dein Weihnachtspräsent an diese Menschen.«

»Weihnachtspräsent«, schnaubte Raganrick spöttisch. »Und was kriege ich geschenkt? Die Welt da draußen ist hart, alter Mann. Niemand wird reich, indem er sich zum Hanswurst macht.«

»Ah«, machte der Alte. »Da liegt das Problem, nicht wahr?«

»Welches Problem?«

»Deines, Großer Raganrick – so nennst du dich doch, oder nicht?«

»Hm«, stimmte der andere zu.

»Von großer Selbstironie zeugt das gerade nicht. Viel eher von einem kleinen Jungen, der sein ganzes bisheriges Leben davon geträumt hat, etwas Großes und Bedeutsames zu tun – und dabei weiter denn je davon entfernt ist.«

»Was du nicht sagst. Ist das deine Art, mir Mut zuzusprechen?«

Der Greis lachte nur. »Du bist voller Selbsthass, mein Freund, und hast jede Achtung verloren, nicht nur vor anderen, sondern vor allem vor dir selbst. Wie soll das Publikum zu jemandem aufschauen, der sich selbst nicht respektiert? Wie jemanden bewundern, der sich selbst mit Verachtung straft?«

»Du redest Unsinn. Ich verachte mich nicht.«

»Nein?« Der Alte machte eine ausladende Armbewegung, die die Garderobe, die Rumpelkammer und alles, was darin eingelagert war, mit einschloss. »Willst du behaupten, du wärst stolz auf all das hier?«

»Es ist nur vorübergehend«, verteidigte sich Raganrick.

»Ich verstehe. Und seit wann geht es bereits vorüber? Seit zehn Jahren? Seit fünfzehn? Wie viele Theater hast du bereits von innen gesehen? Durch wie viele Orte, deren Namen du längst vergessen hast, bist du getingelt? Wie viele Weihnachtsabende hast du auf diese Weise verbracht, völlig allein und grübelnd und auf ein besseres Morgen hoffend?«

»Das geht dich nichts an, alter Mann«, blaffte Raganrick. »Was fällt dir überhaupt ein, so mit mir zu reden? Wer hat dir gestattet, in mein Leben einzudringen?«

»Du«, antwortete der Alte rundheraus.

»Ich?«

»Gewissermaßen. Denn der Entschluss, den du gefasst hast, ist nichts als ein Hifeschrei gewesen.«

»Ein Hilfeschrei? Wovon sprichst du?«

Der Alte seufzte. Er wirkte müde und erschöpft, und seine Stimme bebte, als er sagte: »Meine Zeit auf Erden geht zu Ende, Richard. Meine Kräfte verlassen mich, also erspare dir und mir diese Spiele.«

»Was für Spiele?«

»Die Wahrheit zu verbergen«, sagte der Greis nur, auf den schäbigen Holzkoffer deutend, der Raganricks Habseligkeiten enthielt. »Ich weiß, was du dort aufbewahrst.«

»Du weißt es?« Mit einem raschen Blick spähte Raganrick nach dem Vorhängeschloss des Koffers, das jedoch unversehrt schien. »Aber wie …?«

»Ich sagte es dir schon, Junge – ich habe in dein Herz geblickt. Du hast dir geschworen, dass dies das letzte Weihnachtsfest sein wird, das du allein und in Armut verbringst. Deshalb hast du entschieden, dir in der Nacht, in der andere feiern und die Zeit in Gesellschaft ihrer Familien und Freunde verbringen, das Leben zu nehmen. Ist es nicht so?«

»Nein!«, rief Raganrick trotzig und stürzte zum Koffer, um ihn zu öffnen. Aufgebracht griff er nach dem Schlüssel.

»Mühe dich nicht«, sagte der Alte. »Ich habe hier, was du suchst« – und die knochige Hand streckte Raganrick die Pistole entgegen, die dieser für ein paar Shilling einem Kriegsversehrten unten am Hafen abgekauft hatte. Der Lauf war rostig, das Schloss jedoch gut geölt, und man hatte ihm versichert, dass die Waffe ihren Dienst zuverlässig verrichten würde.

Wenigstens noch ein einziges Mal …

»Gib her!«, verlangte Raganrick.

»Bitte sehr«, entgegnete der Greis gelassen und händigte ihm die Waffe aus. »Ich habe mir erlaubt, sie für dich zu laden. Du brauchst also nur noch abzudrücken, wenn du dich erschießen willst.«

»Ich ... mich ...«

Raganricks Verwirrung war komplett. Es stimmte, er hatte mit dem Gedanken gespielt, seinem Leben ein Ende zu setzen ... Nein, den *festen Entschluss* gefasst ... Die Vorstellung im Splendorium war die letzte Chance gewesen, die er sich und seinem Dasein gegeben hatte. Nach dem Fiasko auf der Bühne war es sein Vorsatz gewesen, seinen Kummer und sein Selbstmitleid zunächst im Gin zu ertränken und zu fortgerückter Stunde sein nichtswürdiges Dasein zu beenden.

Aber was nun? Er würde sich ganz sicher nicht erschießen, nur weil es einem komischen alten Kauz vielleicht in den Kram passte ...

Wutentbrannt griff er nach der Pistole, die der andere ihm noch immer hinhielt. Statt sie jedoch auf sich selbst zu richten, bedrohte er den Greis damit.

»Hältst du das für klug?«, fragte dieser nur.

»Wer bist du?«, fuhr Raganrick ihn an. »Was willst du von mir? Weshalb, in aller Welt, bist du hier?«

»Um dir eine Frage zu stellen. Aber vielleicht habe ich mich in dir ja geirrt und du bist tatsächlich, was du zu sein glaubst – ein abgehalfterter Taschenspieler, der gewillt ist, sein Leben wegzuwerfen, noch ehe es richtig begonnen hat.«

»Was faselst du da?«, maulte Raganrick.

Der Alte antwortete nicht sofort. Stattdessen beugte er sich vor und blickte, ungeachtet des Pistolenlaufs, der noch immer in seine Richtung zeigte, Raganrick unverwandt ins Gesicht. »Was«, erkundigte er sich, »würdest du sagen, wenn alles wahr wäre?«

»Wenn was wahr wäre?«

»Das, was du dein Publikum in jeder einzelnen Vorstellung glauben machen willst: die Kraft der Magie.«

»Die Kraft der Magie.« Raganrick ließ die Pistole sinken. »Natürlich, Alter. Ich hätte es wissen müssen.«

»Was meinst du?«

»Du hast ganz offensichtlich den Verstand verloren.«

»Du glaubst nicht …« Der Alte stockte plötzlich und hielt sich die Brust, so als hätte er lange Zeit einen alten Schmerz vergessen. »Du glaubst nicht an Zauberei?« Der Alte lächelte nachsichtig. »Törichter Junge – wie soll dein Publikum dann daran glauben?«

»Es gibt keine Zauberei«, war Raganrick überzeugt. »Es gibt Illusionen, Spiegeltricks und andere mechanische Vorrichtungen – aber nichts, das sich nicht mit den Gesetzen der Physik erklären ließe.«

»Wie kommt es dann, dass ich Dinge über dich weiß, die eigentlich niemand wissen kann?« Er unterbrach sich wieder und atmete schwer ein, ohne dass Raganrick einen Grund dafür erkennen konnte. »Und wie … konnte ich an die Pistole kommen, obschon dein Koffer verschlossen ist?«

»Was weiß ich?« Raganrick zuckte mit den Schultern. »Ich bin sicher, es gibt eine Erklärung dafür.«

»Die gibt es allerdings, aber du bist nicht gewillt, sie als die Wahrheit anzunehmen.«

»Zauberei?« Raganrick blies durch die Nase. »Unsinn, Alter. So etwas gibt es nicht.«

»Du solltest dich hören. Ein Magier, der mir weismachen will, es gäbe keine Zauberei …«

»Ich bin kein Magier, alter Narr! Ich bin Illusionist! Ich schaffe Scheinwelten, die dem Zuschauer vorgaukeln sollen, dass so etwas wie Zauberei tatsächlich existiert! In Wirklichkeit freilich …«

»Warum hast du dann Morgan le Fay erwähnt?«

»Warum ich …?« Raganrick stutzte. »Nun, weil sie Teil einer bekannten Geschichte ist. Jeder kennt die Sage von König Artus und den Rittern der Tafelrunde und …«

»Was, wenn ich dir sagte, dass es mehr als eine Geschichte ist? Dass sich alles genau so zugetragen hat, wie die Sage es uns überliefert. Und dass der Geist Morgan le Fays noch immer fortdauert, wenn auch in einem anderen Körper und in anderer Gestalt?«

Raganrick lachte freudlos auf. »Ich würde dich für einen Lügner halten«, erklärte er unverblümt.

»Und wenn ich dir weiter sagte«, fuhr der Alte mit geschwächter Stimme fort, »dass der Kampf zwischen den Mächten des Lichts und der Finsternis, der in den Tagen der Tafelrunde begonnen wurde, bis in unsere Tage andauert?«

»Dann würde ich dich für einen Spinner halten – und vermuten, dass du in Bedlam wesentlich besser aufgehoben wärst als hier.«

»Würdest du.« Der Alte nickte und schlug den Blick zu Boden, während er etwas Unverständliches in seinen grauen Bart murmelte – und fast im selben Augenblick schien eine Veränderung mit ihm vorzugehen. Nicht länger wirkte er alt und kraftlos und gebrochen von der Last der Jahre, sondern eine Aura unbändiger Kraft schien ihn zu umgeben, und aus seinen Augen sprühte jugendliche Energie. »So bist du ein Narr, Richard Regent«, tönte er so laut, dass Raganricks Ohren schmerzten, »denn alles, was ich dir erzählt habe, ist wahr. Der Geist jener, die schon damals um das Schicksal der Menschheit fochten, hat die Jahrhunderte überdauert – genau wie der Kampf, den sie sich liefern, bis zum heutigen Tag.«

»Unfug«, sagte Raganrick nur.

»Unfug?«, fragte der Alte, während seine Stimme wieder erstarb und die Aura, die ihn für einen Moment umgeben hatte, zu verlöschen schien wie eine Kerze im Wind. »Hältst du dies hier auch für Unfug?«

Und er öffnete seinen Gehrock und schlug ihn beiseite – darunter sah Raganrick nichts als Blut. Roten Lebenssaft, der aus einer Wunde pulsierte, die quer über die Brust des Alten verlief und die weder eine Kugel noch eine Klinge geschlagen haben konnte …

»Allmächtiger!«, rief Raganrick aus, dessen Augen sich vor Entsetzen weiteten. »Ein Arzt! Du brauchst einen Arzt …«

»Nein.« Der Alte schüttelte den Kopf. »Gegen die Bestien, die mich verwundet haben, gibt es kein Heilmittel. Sie haben meine Gefährten getötet, einen nach dem anderen, und zuletzt haben sie auch mir aufgelauert.«

»Dann lass mich die Wunde wenigstens ansehen. Sie muss gereinigt und verbunden werden und …«

»Nein.« Abermals schüttelte der Greis den Kopf. »Würdest du mein Leben retten, würde ich zu etwas werden, das noch grässlicher und blutrünstiger ist als …« Erstmals schien ihm das Sprechen schwerzufallen angesichts der Schmerzen, die ihn quälten. Ohnehin konnte sich Raganrick kaum vorstellen, wie es dem Alten gelungen sein mochte, sich die ganze Zeit über derart zusammenzunehmen. Lag es im Bereich des Möglichen, dass er tatsächlich über Kräfte verfügte, die …?

Nein, das war unmöglich.

Völlig unmöglich.

Ein Magier konnte Illusionen herbeirufen, gewiss. Er konnte seine Zuschauer narren, ihre Sinne betrügen – aber etwas wie dies zu bewirken, war ganz und gar nicht …

Der gellende Schrei des Alten riss Raganrick aus seinen Gedanken. »Es ist uns nicht gelungen … die Mission zu erfüllen …«, presste der Greis zähneknirschend hervor. »Deshalb weitergeben …«

»Was willst du weitergeben?«, fragte Raganrick hilflos. »Und an wen willst du es weitergeben?«

»An dich, du Trottel«, presste der Alte verärgert hervor. Blut rann aus seinen Mundwinkeln, und seine Augen nahmen einen Ausdruck an, der Raganrick beinahe Angst machte. »Hast du das immer noch nicht begriffen?«

»W-warum ausgerechnet ich?«, erkundigte sich der glücklose Illusionist, in dessen hinterstem Seelenwinkel ein jäher Hoffnungsfunke aufglomm. »I-ist etwa wahr, was ich mir einrede, seit ich ein kleiner Junge war? Bin ich zu Höherem berufen? Zu etwas Besonderem ausersehen …?«

»Nein, du Idiot«, beschied ihm der Greis, »ich war gerade zufällig in der Nähe und auf der Flucht vor meinen Feinden, also habe ich mich im Theater versteckt. Ich sah dich auf der

Bühne und begriff, dass … dass …« Er stockte, als eine weitere Schmerzwelle durch seinen altersschwachen Körper brandete.

»Dass was?«, drängte Raganrick.

»Dass du derjenige bist.«

»Wer?«

»Der das Geschenk erhalten soll.«

»Was für ein Geschenk?«

»Gib mir die Hand«, verlangte der Alte, seine Rechte nach Raganrick streckend, an der schreiend rotes Blut klebte.

»Ich … ich …«

»Wolltest du nicht ein Geschenk bekommen? Hier ist es!«

»A-aber ich glaube nicht an diese Dinge. Ich gehe nicht einmal zur Kirche …«

»Dann hast du nichts zu verlieren, und ich bin nur ein verrückter alter Mann«, presste der Greis zähneknirschend hervor. »Aber willst du mir meinen letzten Wunsch … abschlagen …?«

Noch einen Augenblick stand Raganrick unentschlossen und starrte auf den alten Mann und die blutige Hand, die er ihm entgegenstreckte. Dann gab er sich einen Ruck und ergriff sie – und hatte das Gefühl, ein Blitzschlag würde ihn treffen.

Ein Gefühl, wie er es nie zuvor verspürt hatte, durchzuckte ihn, so als ob Vergangenheit und Zukunft, Wirklichkeit und Möglichkeit sich in einem einzigen Moment begegneten. Innerhalb von Augenblicken sah er unzählige Bilder vor sich, Erinnerungen und Erfahrungen, aber längst nicht alle stammten aus seinem eigenen Leben, und manche davon reichten weiter zurück, als er je zu träumen gewagt hätte.

»W-was war das?«, fragte er verblüfft, als sich ihre Hände wieder voneinander lösten – wie lange der Handschlag gedauert hatte, hätte er nicht zu sagen vermocht.

»Das war mein Geschenk an dich«, erwiderte der Alte, der trotz der Schmerzen, die ihn peinigten, plötzlich innere Ruhe gefunden zu haben schien. »Ein Frohes Fest und Frieden auf Erden, Richard. Bringe zu Ende, was andere vor dir begonnen haben. Finde neue Gefährten und bekämpfe das Böse, wo immer es dir …«

Den Rest von dem, was er sagen wollte, brachte der alte Mann nicht mehr über seine Lippen. Er stockte plötzlich und beugte sich vor, während sein Atem gleichzeitig auszusetzen schien und seine Augen matt und glanzlos wurden.

Einen Moment lang glaubte Raganrick, der Alte wäre seiner Verletzung und dem Blutverlust erlegen und hätte endlich Ruhe gefunden – aber das war ein Irrtum. Denn im nächsten Augenblick ging mit dem Greis eine Veränderung vor sich, die grässlicher war als alles, was der weltbeste Illusionist jemals auf die Bühne hätte bringen können.

Seine Haut wechselte ihre Farbe und Struktur und wurde grau und schuppig, während gleichzeitig seine Kleider zerrissen, weil sich sein Körper verformte. Seine Schultern wurden breit, und spitze Stacheln schossen aus ihnen hervor, während sich seine Hände in mörderische Klauen verwandelten. Gleichzeitig veränderten sich auch die ehrwürdigen, von Falten zerfurchten und von weißem Haar umrahmten Züge des Alten; das Haar ging aus, die Falten glätteten sich, jedoch nur, um ihrerseits zu ergrauen und die Beschaffenheit von Horn anzunehmen, und im nächsten Moment wölbte sich das Gesicht des Greises nach vorn, und ein mörderisches, zähnestarrendes Maul wuchs daraus hervor, über dem ein schmales, tödliches Augenpaar lauerte.

»Was, in aller Welt …?«

Raganricks Verstand, der vor Entsetzen ebenso erstarrt war wie sein Körper, brauchte einige Momente, um zu begreifen, dass sich der Alte vor seinen Augen in Stein verwandelt hatte – und sosehr er es auch hoffte, dies war ganz gewiss *keine* Illusion.

Die Kreatur, zu der er geworden war, mit ihren langen Klauen, dem furchterregenden Maul und dem gezackten Kamm auf dem Rücken, kam ihm bekannt vor, und er fragte sich, wo er etwas Ähnliches schon einmal gesehen hatte. Der Augenblick, in dem er es begriff, war der, in dem das Ungetüm zum Leben erwachte.

Es war ein Drache!

Eine jener reptilienhaften Kreaturen, von denen in alten Sagen und Mythen die Rede war. Mit dem Unterschied, dass diese hier aus einem Menschen hervorgegangen war und mehr oder minder aufrecht ging – und zudem höchst wirklich und lebendig war!

Von einem Moment zum anderen herrschte feurige Glut hinter den schmalen Augen, und mit einem Schnauben sprang die Kreatur auf die pfeilerdicken, schuppenbedeckten Beine.

Raganrick reagierte.

In einem jähen Reflex hob er die geladene Pistole und drückte ab – aber die Kugel, die aus dem Lauf jagte, verpuffte wirkungslos am gepanzerten Brustkorb des Drachenmannes und landete mit einem hässlichen Geräusch im feuchten Mauerputz.

Das Wesen schnaubte abermals und riss das mörderische Maul auf – und Raganrick fuhr herum und setzte zur Tür hinaus.

Sich gegen die morsche Tür des Bühneneingangs werfend, stürzte Raganrick nach draußen. Eisige Kälte empfing ihn, die durchsetzt war von Feuchte und dem bitteren Geruch von Rauch. Hals über Kopf setzte der Illusionist die wenigen Stufen hinab, riss sich die Hand am rostigen Geländer wund, aber er kümmerte sich nicht darum. Nur eines beherrschte sein Denken und Handeln: die Furcht vor der grässlichen Kreatur, in die sich der alte Mann vor seinen Augen verwandelt hatte.

Hastig rannte er die schmale Gasse hinab, deren Backsteinwände zu beiden Seiten aufragten; darüber verhüllten graue Wolken den Himmel, aus denen lautlos große Schneeflocken stürzten. Als weißer Mantel breiteten sie sich über rostige Blechdächer und windschiefe Kamine, so als wollten sie wenigstens in dieser Nacht das Elend bedecken, das jenseits von Charing Cross herrschte.

Der Schnee knirschte unter Raganricks Tritten, weißer Dampf entwich bei jedem Atemzug. Mit vor Kälte brennenden Lungen rannte der Magier auf das Licht zu, das vom Ende der Gasse herab drang und von einer Gaslaterne stammte, deren Schein sich Dunkelheit und Schneefall tapfer widersetzte. Von Panik getrieben, wollte Raganrick schreien, aber seine Stimme versagte ihren Dienst, und so konnte er nur weiter laufen, immer weiter, während er das Gefühl hatte, dass ihm jemand – oder vielmehr etwas – auf den Fersen war.

Er wagte nicht, sich danach umzudrehen, sondern lief, so schnell seine vor Furcht weichen Beine ihn trugen – und erreichte endlich das Ende der Gasse. Als wäre damit auch der Bann über seine Stimme gebrochen, entrang sich ein heiserer Schrei seiner Kehle.

»Hilfe! Helft mir …!«

Nur mit Hose und Hemd bekleidet, die abgefeuerte Pistole noch in der Hand, stürmte er in die Brick Lane hinaus, die um diese späte Stunde aber menschenleer war.

»Hilfe!«, brüllte Raganrick noch einmal, und seine Stimme überschlug sich dabei – aber natürlich hörte niemand sein Geschrei. Nicht nur, dass sich niemand auf den verschneiten, von Gaslaternen beleuchteten Straßen von Charing Cross aufhielt; die Menschen in den Häusern waren in dieser Nacht auch mit anderen Dingen befasst. Hier fiel der flackernde Schein eines wärmenden Kaminfeuers auf die Straße, dort waren die Silhouetten feiernder Menschen zu sehen, wieder andernorts wurde fröhlich gesungen und getanzt.

»Bitte«, stieß Raganrick hervor, während er die Straße hinab hetzte und das Gefühl hatte, dass ihn etwas schnaubend und mit kaltem Atem verfolgte, »helft mir doch!«

Niemand hörte ihn – dafür war er nun sicher, dass sein Verfolger ihn fast erreicht hatte. Einem jähen Impuls gehorchend, warf er sich der Länge nach zu Boden – worauf eine mörderische Reptilienklaue nur wenige Fingerbreit über seinen Kopf hinweg wischte. Bäuchlings in Schnee und Matsch liegend, hörte Raganrick ganz dicht zu beiden Seiten stampfende Schritte – dann war das Ungetüm auch schon über ihn hinweg. Rasch blickte er auf.

Im Licht der Gaslaternen sah der Drachenmann noch um vieles tödlicher und gefährlicher aus als im Theater – keine Illusion, keine Einbildung, sondern wutschnaubende, von schiefergrauen Schuppen überzogene Muskelmasse, deren einziger Daseinszweck Raganricks Vernichtung zu sein schien. Mit einem Ächzen, das wie knirschende Kiesel klang, fuhr das Reptilienwesen herum. Erneut ließ Raganrick einen Schrei vernehmen, als sich die Glutaugen des Ungeheuers auf ihn richteten und sich die steinerne Faust drohend ballte.

Blitzschnell sprang er auf und wandte sich zur Flucht – unmittelbar hinter ihm fiel die Rechte der Kreatur wie ein Vorschlaghammer nieder, ließ den Boden erzittern und Matsch nach allen Seiten spritzen. Erneut rannte der Große Raganrick um sein Leben und suchte den mörderischen Pranken zu entkommen.

Er hörte hinter sich stampfende Schritte, und ohne sich umzudrehen, wusste er, dass sein Verfolger ihm dicht auf den Fersen war. Das Drachenwesen ächzte abermals und holte zu einem weiteren Schlag aus – und in seiner Not wusste sich Raganrick nicht anders zu helfen, als in eine schmale Seitengasse einzubiegen, ähnlich der, aus der er zuvor geflüchtet war.

Das Monstrum folgte ihm.

Unaufhaltsam setzte es durch den Schnee, die Krallen zu Fäusten geballt und das Maul weit aufgerissen – und im nächsten Moment endete Raganricks wilde Flucht vor einer schmutzigen Backsteinwand.

Eine Sackgasse!

Erschrocken blieb er stehen und fuhr herum – nur um den Drachenmann zu erblicken, der ihn an Größe um einen ganzen Kopf überragte und mit beängstigender Geschwindigkeit einen Klauenfuß vor den anderen setzte. Unbändige Kraft sprach aus jeder seiner Bewegungen – dass es der Körper eines alten Mannes gewesen war, aus dem die Kreatur hervorgegangen war, war kaum noch vorstellbar.

Zitternd und mit vor Entsetzen weit aufgerissenen Augen wich Raganrick zurück, bis er gegen die kalte Steinmauer stieß. Ihm war klar, dass es kein Entkommen mehr gab, und auch der Drachenmann schien das zu wissen. Mit zu engen Schlitzen verengten Augen, aus denen feurige Glut drang wie bei einem Kohlenofen, taxierte er den erfolglosen Zauberer, der an diesem Abend fraglos seine letzte Vorstellung gegeben hatte.

»B-bitte nicht«, flehte Raganrick mit versagender Stimme, aber es war nicht das Monstrum, an das er sich in seiner Not wandte, sondern jene Mächte, die seit fast zweitausend Jahren in dieser Nacht wirkten, an die zu glauben er jedoch verlernt hatte.

»Ich will niemals wieder zweifeln«, schwor er hastig, »und ich will glauben, dass es zwischen Himmel und Erde mehr gibt, als die Illusion eines Theaters schaffen kann ...«

Gut gesprochen, sagte plötzlich eine Stimme, die nicht etwa aus dem Rachen des Reptils drang, sondern einfach in seinem Kopf war. *Endlich gebrauchst du deinen Verstand ...*

»Wer hat das gesagt?«, entfuhr es Raganrick panisch, während die monströse Kreatur noch immer vor ihm stand und langsam den Kopf senkte, um ihn zu verschlingen. Unwillkürlich ging er in die Knie, rutschte an der kalten Backsteinwand herab.

Wer wohl?, fragte die Stimme, die Raganrick trotz seiner Panik als die des alten Mannes erkannte, der vor seinen Augen sein Leben gelassen und sich in das schreckerregende Ungetüm verwandelt hatte. *Ich bin dein Geschenk ...*

»W-wie ist das möglich?«, kreischte Raganrick und hob schützend die Arme über den Kopf, obwohl er wusste, dass es ihm herzlich wenig nützen würde, wenn der zähnestarrende Schlund ihn erst verschlang.

Du willst glauben?, fragte die Stimme. *Dann glaube – an die Macht des Überirdischen und daran, dass jede Kreatur auf Erden einzigartig und mit besonderen Fähigkeiten ausgestattet ist. Vergiss deine Zweifel und hör auf dein Innerstes! Tu, wozu es dir rät …!*

Raganrick stieß bittere Verwünschungen aus, während er im hintersten Winkel der Sackgasse zusammensank, ein wehrloses Häufchen Elend vor der bedrohlichen Kreatur. Die Pistole hatte er längst fallen gelassen, sie war nutzlos geworden. Am ganzen Körper zitternd klammerte er sich an die letzten Augenblicke, die ihm auf Erden blieben, während er entsetzt in den stinkenden Rachen blickte und darauf wartete, dass er sich auf ihn stürzte.

Ein gellender Schrei entwand sich seiner Kehle, der von den Ziegelwänden zurückgeworfen wurde und als Echo widerhallte. Dadurch verwirrt, hielt das Monstrum für einen winzigen Augenblick inne – und Raganrick unternahm einen letzten, verzweifelten Versuch, sein Leben zu retten.

Hör auf dein Innerstes! Tu, wozu es dir rät …!, hatte die Stimme gesagt – und Raganrick handelte.

»*Levitas ex machina!*«, rief er laut und streckte die Arme aus, um seinen Worten Nachdruck zu verleihen. Dann, noch einmal und im Brustton der Überzeugung: »*Levitas ex machina!*«

Da schnappte das Maul des Drachenwesens zu.

Aber die grässlichen Kiefer durchtrennten weder Fleisch und Sehnen noch zermalmten sie Knochen – sondern schnappten nur leere Luft! Ungläubig schaute Raganrick auf und sah, wie das Monstrum ungeachtet seines tonnenschweren Gewichts zu schweben begann.

Als würde eine riesige unsichtbare Klaue sie packen, wurde die Kreatur in die Höhe gehoben, zunächst nur ein paar Fuß, dann zwei Yards, drei … und immer noch weiter hinauf. Staunend sah Raganrick zu – bis er begriff, dass er es war, der dies bewirkte. Mit dem ausgestreckten rechten Arm, die Finger weit abgespreizt, hielt er das furchterregende Wesen in der Luft, das sich kreischend wand und aus dem unsichtbaren Griff zu befreien suchte.

Raganrick jedoch hatte nicht vor, es so rasch wieder zu entlassen. Immer höher hob er die Hand, worauf auch das Monstrum immer weiter an Höhe gewann, bis es schließlich hoch über der Gasse schwebte, an die sechs Stockwerke hoch. Einige Augenblicke lang hielt Raganrick das Wesen dort oben fest, berauscht vom Machtgefühl, das ihn durchströmte. Dank seiner Willenskraft schwebte die tonnenschwere Kreatur in der Luft – und da waren keine Fäden, die sie hielten!

Jäh ballte Raganrick die Hand zur Faust, und was immer das Ungetüm hoch in der Luft gehalten hatte, verlor seine Wirkung. Senkrecht fiel das Monstrum zum Boden zurück, schlug wie ein Geschoss in die Gasse und krachte auf den gepflasterten Boden. Der Schnee milderte den Sturz nur unwesentlich – der Drachenmann traf mit furchtbarer Wucht auf und brach sich das Rückgrat.

Geifernd versuchte er, sich noch einmal auf die Beine zu raffen, aber seine Kräfte hatten ihn bereits verlassen. Mit einem heiseren Schnauben sank er zurück auf den Boden und blieb in grotesker Verrenkung und mit offenem Maul inmitten der Gasse liegen.

Einige Augenblicke lang hegte Raganrick die Befürchtung, die Kreatur könnte sich regenerieren und erneut zum Leben erwachen, aber nichts dergleichen geschah. Der schuppenbedeckte Körper lag völlig reglos, und schon im nächsten Moment begann sich der herabfallende Schnee darüber zu breiten.

Die Gefahr war gebannt …

Ungläubig betrachtete Raganrick seine bebende Rechte, die solch Unglaubliches vollbracht hatte. Wie es dazu gekommen war, konnte er nur vermuten. Er erinnerte sich an den Alten, an den Handschlag und an das seltsame Gefühl, das er dabei verspürt hatte. Sollte dies das Geschenk sein, von dem der Greis gesprochen hatte …?

Wenn es so war, dann konnte Raganrick damit berühmt werden.

Niemals wieder würde er sich auf der Bühne billiger Tricksereien bedienen müssen oder versoffener Assistenten, niemals wieder als Betrüger und Scharlatan entlarvt und verlacht werden. Mit einer Gabe wie dieser konnte er höchste Ehren erringen und nicht nur in den großen Theatern Londons gastieren, sondern auch in Paris, Wien und St. Petersburg – und er würde unvorstellbar reich werden. So reich, dass er sich nie mehr um sein Auskommen zu sorgen brauchte und seine geheimen Wünsche in Erfüllung gehen würden …

Er wollte niedersinken, um auf den Knien für dieses Geschenk, diese wunderbare Weihnachtsgabe zu danken, als er abermals die Stimme in seinem Kopf vernahm.

Der Geist jener, die schon damals um das Schicksal der Menschheit fochten, hat die Jahrhunderte überdauert, sagte sie, *genau wie der Kampf, den sie sich liefern, bis zum heutigen Tag. Bringe zu Ende, was andere vor dir begonnen haben. Finde neue Gefährten und bekämpfe das Böse, wo immer du es …*

»Nein«, sagte er entschieden und schüttelte den Kopf.

Du musst aber.

»Ich will nicht«, erwiderte Raganrick trotzig. »Nicht jetzt, da ich alles haben könnte, was ich mir je erträumt habe …«

Dazu wurde dir das Geschenk nicht anvertraut. Nicht um deiner selbst willen hast du es bekommen, sondern damit du es sinnvoll gebrauchst, im Dienst für das Gute …

»Für welches Gute? Wovon sprichst du, verdammt noch eins?«

Von dem Pfad, den andere vor dir beschritten haben. Der allen bestimmt ist, die das Geschenk erhalten haben in dieser Nacht, die unser Leben verändert hat.

»Und wenn ich diesem Pfad nicht folgen will?« Raganrick spähte nach dem Drachenwesen – er verspürte kein Verlangen danach, noch mehr von diesen Kreaturen zu begegnen, geschweige denn, selbst zu einer von ihnen zu werden, wie es dem Alten widerfahren war.

Du hast die Wahl bereits getroffen. Das Geschenk gehört nun dir. Es verleiht dir große Macht, aber es bürdet dir auch große Ver-

antwortung auf. Mit beidem wirst du nur zurechtkommen, wenn du auf mich hörst.

»Warum? Wer bist du?«

Was viele vor dir waren, lautete die rätselhafte Antwort. *Was auch du nun sein wirst bis ans Ende deiner Tage.*

»Damit kann ich nichts anfangen. Dein Name! Wie ist dein Name?«

Im Lauf der Jahrhunderte haben wir viele Namen benutzt. Aber wahrscheinlich kennst du diesen einen, der von nun an auch dein Name sein wird, Großer Raganrick.

»Wie lautet er?«

Merlin, mein Freund. Wir nennen uns Merlin. Und dies wird von nun an auch dein Name sein. Und deine Bestimmung.

Thomas Plischke

Horch, was kommt von draußen rein

Leonie saß im Dunklen, doch sie fürchtete sich nicht. Es musste schließlich dunkel sein, sonst würde er sie entdecken. Außerdem war es sowieso nie völlig dunkel, da die Nachbarn in den Häusern links und rechts ihres Hauses Fenster und Türen mit vielen Lichtern geschmückt hatten. Die ganze Straße leuchtete so hell, dass Leonie richtig gut sehen konnte. Und das, obwohl der Vorgarten voller Sträucher und Büsche war. Leonie war wieder einmal sehr stolz auf ihre scharfen Augen.

Langsam wurde ihr das Warten langweilig. Noch eine Stunde? Vielleicht sogar zwei? Sie war schon so gespannt darauf, was er für sie brachte. Ihr Wunschzettel war dieses Jahr ziemlich lang geworden. Stundenlang hatte sie am Rechner ihres Vaters gesessen und Internetseiten durchsucht. Zuerst hatte sie die kleinen Wünsche aufgeschrieben, und dann, einen nach dem anderen, die großen: ein neues Mäppchen von Hello Kitty zum Beispiel (am besten in weiß und rosa) und eine Jeans von Miss Sixty (mit Stickereien auf den Taschen). Ein Gameboy DS (mit *Nintendogs* oder *Meine Tierarztpraxis – Einsatz auf dem Land*) und schließlich ein schwarzes Pony (das sie Luzifer nennen wollte, um ihre Eltern ein wenig zu ärgern). So brav, wie sie das ganze Jahr über gewesen war, rechnete sich Leonie zumindest auf den Gameboy und die Jeans gute Chancen aus. Mit Luzifer sah das anders aus, aber das Pony hätte wohl auch kaum in einen Sack gepasst.

Leonie war kein dummes Kind mehr. Sie wusste, dass er zweimal in jedes Haus kam. Einmal am Anfang des Monats mit kleineren Geschenken, und einmal am Ende des Monats mit den großen Überraschungen. Beim ersten Besuch kam er zu Fuß, beim zweiten nicht. Deshalb glaubte sie auch, ihn überraschen zu können – er war bestimmt nicht mehr sonderlich schnell, so alt wie er war.

Sie hatte alles genau geplant: Anstatt ihren Teller vor die Haustür zu stellen, wie ihre Eltern es ihr aufgetragen hatten, stand der Teller nun im Wohnzimmer, direkt hinter der offenen Terrassentür. Jetzt musste er zu ihr hereinkommen, und dann konnte sie ihn alles fragen, was sie ihn fragen wollte.

Ein kalter Wind wehte Schneeflocken ins Haus, aber Leonie fror fast nie. Sie war unter den Wohnzimmertisch gekrochen, von wo aus sie die Terrassentür genau im Auge behalten konnte. Ihre Mutter hätte bestimmt mit ihr geschimpft, wenn sie das mitbekommen hätte, doch ihre Eltern waren gerade nicht zu Hause.

Es knirschte leise wie von schweren Stiefeln, die den verschneiten Garten durchquerten. Das musste er sein!

Und wirklich: Ein Schatten huschte durch den Garten. Leonie wunderte sich: Für einen Mann, der so alt war, bewegte er sich ziemlich schnell. Als sie ihn so in der Terrassentür stehen sah, war Leonie ein bisschen enttäuscht: Er sah gar nicht rund und weich aus wie ein Teddy. Er war viel zu dünn. Und soweit sie es erkennen konnte, trug er nicht mal einen roten Mantel, sondern nur eine langweilige, schwarze Jacke. So eine Jacke hätte auch ihrem Vater gehören können. Die Mütze mit dem weißen Bommel fehlte auch noch!

Der Mann ging einfach an ihrem Teller vorbei, als hätte er ihn nicht einmal bemerkt. Er stapfte quer durchs Zimmer auf die Tür zum Treppenhaus zu. Das konnte doch wohl nicht wahr sein!

»Wo willst du denn hin?«, platzte es aus Leonie heraus.

Er erschrak und wirbelte herum, wie sie es tat, wenn Mama oder Papa sie dabei erwischten, dass sie an die Schränke im Keller ging.

»Hier bin ich«, piepste Leonie und krabbelte unter dem Tisch hervor. »Du hast meinen Teller übersehen.«

Er machte erst einen Schritt auf die Terrassentür zu, blieb dann aber wieder stehen, als wüsste er nicht so recht, ob er gehen oder bleiben sollte.

Leonie musterte sein Gesicht. Sie hatte ihn sich viel, viel älter vorgestellt. Sogar noch älter als ihre Eltern, und die waren schon schrecklich alt. Er hatte nicht einmal einen Bart, aber Augen so groß wie Zwei-Euro-Stücke und einen Mund, der so breit war wie der eines Froschs.

»Wo ist dein Sack geblieben?«, wollte Leonie wissen.

»Bist du allein zu Hause?«, flüsterte er als Antwort und warf einen raschen Blick über die Schulter.

»Ja.« Leonie nickte aufgeregt. »Meine Eltern sind essen gegangen. Sie haben gesagt, wenn ich brav bin, bringen sie mir etwas von dem Essen mit.«

»Ach so ...« Er atmete laut aus.

»Ich habe ein Gedicht für dich gelernt«, fiel Leonie plötzlich ein, und sie hüpfte unruhig auf und ab.

»Ein Gedicht?«

»Ja. Du magst doch Gedichte, oder?«

Er sagte nichts.

Leonie hatte eine schlimme Idee. Was, wenn dieser Mann gar nicht der war, auf den sie wartete? Was, wenn er ein anderer Mann war? Jemand, der nicht so lieb zu Kindern war?

Sie schluckte und schielte zu ihm nach oben. »Bist du ... bist du ... der Knecht Ruprecht?«, hauchte sie.

»Was?« Er lachte, und dabei gab es an ihrer Frage doch nichts zu lachen.

»Ich bin das ganze Jahr über kein einziges Mal ungezogen gewesen«, plapperte Leonie und blickte auf die Pfütze geschmolzenen Schnees, die sich um seine Stiefel bildete. Das, was sie gerade behauptet hatte, war zwar eine Lüge gewesen, aber Mama hatte ihr beigebracht, dass man lügen durfte, wenn einem keine andere Wahl blieb. Dass man manchmal sogar unbedingt lügen musste, um nicht erwischt zu werden! Außerdem war es doch nicht ihre Schuld gewesen, was mit der Frau passiert war, die diesen Sommer so spät abends an der Tür geklingelt hatte. Die Sonne war bereits untergegangen. Die Frau hatte ihr Angst gemacht, weil Leonie sie überhaupt nicht kannte. Und wenn sie Angst hatte, passierten Dinge, die ihr hinterher leid taten. Sie konnte nichts dafür.

»Hör mal, Kleine. Ich muss leider wieder gehen«, sagte er mit heller, dünner Stimme.

In Leonies Kopf ging alles durcheinander. Er durfte nicht gehen. Wenn er doch Knecht Ruprecht war, würde er sie beim Weihnachtsmann verpetzen, dass sie ihm aufgelauert hatte. Und dann bekäme sie wahrscheinlich nicht einmal das Hello Kitty-Mäppchen. Nein, er durfte ganz bestimmt nicht gehen. Blitzschnell rannte sie zur Terrassentür und schlug sie so heftig zu, dass die Scheibe zitterte.

»Geh nicht weg!«, rief Leonie.

Er blickte von der Stelle, an der Leonie eben noch gestanden hatte, zur Terrassentür und wieder zurück. »Scheiße, bist du schnell!«

Leonie verschränkte die Arme vor der Brust. »Scheiße sagt man nicht«, erklärte sie. Sie versuchte so zu klingen wie ihre Mutter, wenn sie mit Leonie schimpfte, und sah ihn dabei auch genauso streng an. Wenn man mit jemandem schimpfte, musste man ihm in die Augen sehen. Leonie spürte, dass er wegschauen wollte, aber das ließ sie nicht zu.

»Bist du nun der Knecht Ruprecht?«, bohrte sie nach.

»Nein, bin ich nicht«, gab er zu. Er streckte die Hand nach einer Sessellehne aus, fand das weiche Polster, an dem Leonie so gern ihre Wange rieb, und zog den Sessel zu sich heran. »Wie kommt es denn überhaupt, dass du so spät noch wach bist?«

»Es ist noch gar nicht so spät«, gab Leonie zurück. Konnte sie ihm glauben, dass er nicht Knecht Ruprecht war? Vielleicht log er sie an – so, wie sie ihn zuvor angelogen hatte.

Er setzte sich vorsichtig und drückte auf einen Knopf an seiner Armbanduhr. Ein grünlicher Schimmer ließ sein junges Gesicht mit einem Mal ganz krank aussehen. »Noch nicht spät? Auf meiner Uhr ist es halb zwölf.«

»Und?«

»Wie lange sind deine Eltern denn schon weg?«

Leonie blieb stumm. Wollte er hier warten, um ihren Eltern zu verraten, dass sie ungezogen gewesen war?

»Länger als eine Stunde?«

Sie nickte. »Und sie kommen auch so schnell nicht wieder. Wenn sie Essen gehen, bleiben sie manchmal die ganze Nacht fort.«

»Das ist gut.« Er lächelte. Er hatte schmale, blasse Lippen, hinter denen Leonie lange, weiße Zähne sah.

»Wieso ist das gut?«

»Weil uns dann niemand stören kann, wenn wir uns unterhalten«, erklärte er. »Ist dir eigentlich nicht kalt?«

»Was?«

»Ich will wissen, ob du nicht frierst in deinem dünnen Nachthemdchen.«

Leonie blickte an sich herunter. »Ich habe kein anderes Nachthemd.«

»So?« Er zog eine Augenbraue nach oben. »Es kommt mir aber gar nicht so vor, als wärt ihr so arm, dass sich deine Eltern es sich nicht leisten können, dir noch ein paar Nachthemden mehr zu kaufen.«

Leonie zuckte die Schultern. »Ich brauche nur das eine.«

»Wenn das so ist …« Er winkte ab. Sah so aus, als wartete er auf irgendetwas, aber Leonie wusste nicht, worauf.

»Bist du denn kein bisschen müde?«, erkundigte er sich freundlich. »Wenn du willst, kann ich dich ins Bett bringen.«

»Müde? Warum sollte ich müde sein? Das ist viel zu aufregend für mich. Und außerdem bin ich um diese Zeit noch nie ins Bett gegangen.«

Er rutschte ein Stück im Sessel nach hinten. »Möchtest du dich denn wenigstens auf meinen Schoß setzen?«

Leonie schöpfte neue Hoffnung. Eventuell war dieser Mann doch der Weihnachtsmann. Genau so eine Frage hatte sie nämlich vom Weihnachtsmann erwartet. »Ja, gern.«

Sie kletterte auf seinen Schoß und machte es sich bequem. Wie sie befürchtet hatte, war es nicht richtig weich dort, und seine Knie waren ziemlich spitz.

Er legte eine Hand um ihre Schulter. »Und du bist sicher, dass du gar nicht frierst?«

»Wieso?«

»Na, weil du ganz kalt bist«, stellte er fest. »Das spüre ich sogar durch meine Handschuhe.«

Leonie tatschte an ihren eigenen, nackten Füßen herum. »Das ist doch nicht schlimm, oder?«

»Ich meine ja nur. Nicht, dass du dir eine Erkältung holst.«

Sie kicherte. Der Weihnachtsmann machte sich also doch Sorgen um sie. »Wo du wohnst, ist es auch immer total kalt. Und du hast keinen Schnupfen.«

»Wo ich wohne?«, wunderte er sich.

»Am Nordpol eben«, sagte Leonie. Sie wollte nun endlich wissen, ob sie es mit dem zu tun hatte, auf den sie eigentlich wartete. »Bist du der Weihnachtsmann?«

Sie spürte, wie er zusammenzuckte, als hätte sie ihn mit einer Nadel gestochen.

»Der Weihnachtsmann? Ja … ja, klar bin ich der Weihnachtsmann.« Etwas an seinem Tonfall gefiel Leonie ganz und gar nicht.

»Wie lange hast du vom Nordpol hierher gebraucht?«, wollte sie wissen.

»Nicht sehr lange«, antwortete er. »Mit dem Schlitten geht das ruckzuck. Wenn die Rentiere erst einmal richtig in Fahrt sind, fliegen wir schneller als der Wind. Ich lasse die Peitsche knallen und –«

»Moment!« Sie setzte sich auf. »Wieso habe ich den Schlitten nicht gehört? Er hat doch lauter kleine Glöckchen.«

»Äh … es war so kalt draußen, dass die Glöckchen eingefroren sind.«

»Ach so.« Sie grinste zufrieden. »Da hätte ich ja selber dran denken können.«

»Man kann nicht immer an alles denken.« Er strich ihr zärtlich übers Haar. »Und du bist dir wirklich hundertprozentig sicher, dass deine Eltern nicht gleich wiederkommen?«

»Großes Ehrenwort«, gab Leonie zurück. Ehrlich gesagt hoffte sie darauf, dass ihre Eltern heute Nacht vielleicht doch nicht gar so lange wegbleiben würden. Erstens hatte sie großen Hunger, und zweitens wollte sie ihnen den Weihnachtsmann zeigen.

Ihr fiel etwas ein. »Das ist schon komisch.«

»Was?«

»Dass du mit dem Schlitten gekommen bist. Beim ersten Mal, am Anfang des Monats, kommst du doch sonst gelaufen. Und du hast Knecht Ruprecht dabei.«

Er lächelte wieder sein seltsames Lächeln. »Einer muss doch auf den Schlitten aufpassen. Wir haben dieses Jahr so viel zu tun, dass wir es uns nicht erlauben können, jedes Haus zu Fuß abzuklappern. Du bist nicht das einzige Kind, bei dem wir vorbeischauen müssen.«

»Aber ich bin ein besonderes Kind«, sagte Leonie stolz. »Das sagt Mama immer, und Papa sagt es auch.«

»Das habe ich schon gemerkt, dass du etwas Besonderes bist«, gab der Weihnachtsmann zu.

»Und weißt du, was noch ziemlich komisch ist?«, fragte Leonie weiter.

Er seufzte. »Ich höre?«

»Dass du so jung bist. Und keinen Bart hast. Und keinen Mantel. Und keinen Sack dabei. Und –«

»Ich muss mich doch wohl verkleiden«, unterbrach er sie. »Sonst erkennt mich gleich jedes Kind auf den ersten Blick.«

»Helfen dir die Elfen beim Verkleiden?«

»Die Elfen?«

Leonie wusste einen Augenblick lang nicht, was sie sagen sollte. Gab es die Elfen am Ende nicht? »Die Elfen, die in der Fabrik die Geschenke basteln.«

Er lachte, doch es klang nicht sehr ehrlich. »*Die* Elfen meinst du … sag das doch gleich. Logisch, die helfen mir bei meiner Verkleidung. Was wäre ich ohne meine Elfen?« Er kratzte sich am Kinn. »Aber wo du mir so viele Löcher in den Bauch fragst, will ich doch auch mal etwas fragen.«

Leonie glaubte zu wissen, was nun kommen würde. »Ich habe alles, was ich mir wünsche, auf meinen Wunschzettel geschrieben. Und ich war immer brav. Das habe ich dir ja schon gesagt.« Sie hatte endgültig beschlossen, ihm besser nichts über die Sache mit der Frau im Sommer zu verraten.

»Ich weiß, ich weiß. Ich wollte dich auch etwas anderes fragen.«

Sie schaute ihn stumm an.

»Ich wollte wissen, was dein Papa so arbeitet.«

»Er schreibt Bücher.«

»Bücher?« Der Weihnachtsmann klang enttäuscht.

»Über Sachen, die voll lange her sind. Und die verkauft er dann.«

»Hat er denn schon viele dieser Bücher verkauft?«

»Weiß nicht. Ich glaube schon.« Was interessierte sich der Weihnachtsmann nur so sehr für ihren Vater? Sie war doch die, die die Geschenke kriegen sollte.

»Lass es mich anders versuchen.« Er hob sie vom seinem rechten Knie auf das linke. »Wenn ich in einen Buchladen gehe und den Namen deines Papas sage, kriege ich dann ein Buch von ihm zu kaufen?«

Leonie schüttelte den Kopf.

»Nicht? Das ist aber schade.«

»Das liegt daran, weil sein Name nicht auf den Büchern steht«, sagte Leonie. »Er will nicht, dass die Leute wissen, wie er richtig heißt.«

»Wieso das denn?«

»Weil er meint, die Leute müssten nicht wissen, wer er ist. Es wäre gefährlich, wenn das jemand herausfinden würde.«

»Ich verstehe.« Der Weihnachtsmann nickte. Er grinste breit, und seine Zähne waren tatsächlich ungewöhnlich lang und weiß. »Sag mal…«, setzte er an, verstummte kurz und fragte danach: »Wie heißt du überhaupt?«

»Leonie Kürten.« Seltsam. Der Weihnachtsmann sollte doch ihren Namen kennen.

»Leonie, würdest du gern einmal eine Runde in meinem Schlitten mitfahren?«

Diese Frage ließ sie alles vergessen. Dass sie sich gewundert hatte, dass der Weihnachtsmann nicht so aussah, wie sie ihn sich vorgestellt hatte. Dass sie sich Gedanken gemacht hatte, dass er sich am Ende doch noch als Knecht Ruprecht herausstellte. Sogar ihren großen Hunger, der sie ganz unruhig machte.

»Schrecklich gerne«, jubelte sie. »Schlittenfahren.«

»Eine Sache noch«, bremste sie der Weihnachtsmann. »Holst du mir rasch einen Stift und ein Blatt Papier?«

Leonie sprang von seinem Schoß, raste hinaus in den Flur neben das Telefon und schnappte sich einen Kuli und einen Zettel.

Als sie wieder neben dem Weihnachtsmann auftauchte, der inzwischen aus dem Sessel aufgestanden war, fuhr ihr Gast zusammen. »Du bist wirklich abartig schnell«, murmelte er vor sich hin. »Da muss ich mir was einfallen lassen, um dich ruhig zu stellen.«

»Hier, der Stift! Der Zettel!«, flötete Leonie. »Und ich verspreche dir, dass ich im Schlitten ganz still sitze, damit ich nicht rausfalle.«

»Du wirst todsicher nicht rausfallen«, meinte der Weihnachtsmann, ging zur Stehlampe in der Ecke und tippte mit dem Fuß auf den Schalter. Leonie schaute ihm dabei zu, wie er im sanften Licht der Lampe ein paar Zeilen auf den Zettel kritzelte und diesen dann gut sichtbar auf den Wohnzimmertisch zwischen die Fernbedienung und das Heft legte, in dem Papa immer nachschaute, was gerade in der Glotze lief.

»Ist das ein Brief an meine Eltern?«, fragte Leonie und machte ein paar Schritte auf den Zettel zu.

Er fasste sie an den Schultern und drehte sie zu sich. »Ja, ganz genau.«

»Was steht denn da drin?«

»Na, hör mal.« Er schob sie ein Stück auf die Terrassentür zu. »Deine Eltern müssen doch wissen, wo du abgeblieben bist, sonst machen sie sich ja Sorgen.«

»Fahren wir denn so lange in deinem Schlitten herum?« Sie hatte keine Ahnung, ob das ihren Eltern recht war.

»Das kann schon ein Weilchen dauern«, antwortete er und schob sie ein wenig kräftiger.

»Aber ich dachte, dein Schlitten ist so schnell.«

»Ist er auch, ist er auch.« Er seufzte und wollte sie weiter hinausdrängen. »Für ein Kind, dem der Weihnachtsmann eine Fahrt in seinem Schlitten anbietet, stellst du dich echt bockig an.«

Leonie duckte sich, krabbelte zwischen seinen Beinen hindurch und huschte hinter den Sessel. Sie konnte es nicht leiden, wenn man sie durch die Gegend schob. Sogar dann, wenn es sich um den Weihnachtsmann handelte. Zum Glück war er viel langsamer als sie. Und das, obwohl er gar nicht so alt und langsam aussah.

Er fuhr herum, als sähe er einer Fliege beim Fliegen zu. »Wo steckst du?«

»Hier!« Sie streckte den Kopf über die Sessellehne.

»Warum läufst du denn vor mir weg?«

»Ich mag es nicht, wenn man mich durch die Gegend schubst.«

»Ach so.« Er ging auf den Sessel zu. »Tut mir leid.«

»Du kannst das leicht wieder gutmachen«, sagte sie und sprang aus ihrem Versteck hervor.

»Und wie?« Er stellte sich so dicht vor sie, dass sie riechen konnte, was er zuletzt gegessen hatte. Anscheinend gab es auch am Nordpol Currywurst. Beim Gedanken an Essen knurrte ihr Magen.

»Du musst mir verraten, wo dein Sack ist.«

»Wo wohl? Im Schlitten natürlich.« Er streckte langsam die Hand nach ihr aus, wie ihre Mutter die Hand nach ihr ausstreckte, wenn sie gemeinsam hinausgehen wollten. »Komm, ich zeig ihn dir.«

Leonie verschränkte die Arme vor der Brust und steckte die Hände unter ihre Achseln. »Ist da auch was für mich drin?«

»Aber sicher doch.« Seine Hand kam näher.

»Was denn?« War es ungezogen von ihr, so viele Fragen zu stellen? Egal. Schlittenfahren hin oder her, sie wollte wissen, ob es sich lohnte, mitzugehen.

»Naja …«, machte er. »Ich glaube, ich habe da eine hübsche Puppe für dich.«

Leonie war baff. »Eine Puppe? Was soll ich denn mit einer Puppe? Sehe ich so aus, als würde ich noch mit Puppen spielen? Du musst doch wissen, was ich mir gewünscht habe! Ich habe dir extra einen Brief geschrieben.«

»Nun reg dich nicht gleich so auf.« Er zog die Hand zurück, aber nur ein kleines Stück. »Da hab ich dich wohl mit einem anderen Mädchen verwechselt, Leonie. Ich weiß schon, was du dir wünschst, und wenn du –«

»Und was von den Sachen, die ich mir gewünscht habe, hast du dabei?« Irgendwie wollte sie die Sache mit der Verwechslung nicht so recht glauben. Der Weihnachtsmann verwechselte doch keine Kinder. Dann würde er seine Arbeit ja herzlich schlecht machen.

»Jetzt reicht's«, knurrte er, packte sie und zog sie an sich.

»Nicht!«, sagte Leonie erschrocken. Was sollte das? Sie hatte ihm gesagt, dass sie es nicht mochte, wenn man sie durch die Gegend schubste. Und sie mochte es noch viel weniger, so grob angefasst zu werden. Er tat ihr weh!

»Lass mich los«, schrie sie.

»Halt endlich die Klappe!«, zischte er böse. Ja, das war er: böse. Als er sie in Richtung Terrassentür zog, wurde Leonie einiges klar. Warum er so jung war. Warum er eine schwarze Jacke und keinen roten Mantel trug. Warum er behauptet hatte, mit dem Schlitten gekommen zu sein. Warum er sie verwechselt hatte. Er war nicht der Weihnachtsmann. Und er war auch nicht Knecht Ruprecht. Er war einfach nur ein böser Mann. Und sie hatte ihn hereingelassen. Obwohl ihre Eltern immer zu ihr gesagt hatten, dass keine fremden Leute ins Haus durften. Nur Mama, Papa und sie durften im Haus sein. Weil sonst furchtbare Dinge passieren konnten. Der böse Mann musste raus aus dem Haus!

Leonie knurrte wild, riss seinen Arm zu sich heran und biss so fest hinein, wie sie nur konnte. Einmal, zweimal. Sie hörte ihn schreien, und es gefiel ihr. Sie biss wieder zu.

»Hör auf! Hör verdammt noch mal auf!«, brüllte er. Einen Arm hatte er noch frei, und er schlug ihr mit der Faust auf den Kopf. Ein anderes Kind wäre vielleicht umgefallen, aber nicht Leonie.

Sie zog und zerrte weiter an seinem Arm. Die Schläge machten sie wütend. Wenn sie zornig war, passierten noch schlimmere Dinge, als wenn sie nur Angst verspürte.

»Verrücktes Scheißkind!«, schrie er. Nein, das konnte nicht der Weihnachtsmann sein!

Mit einem Mal war Essen in ihrem Mund. Warmes, leckeres Essen. Gierig schluckte sie es hinunter. Sie hatte so großen Hunger. Für Leonie gab es nichts Schöneres als Essen.

Der Mann wollte zur Terrassentür fliehen, doch sie stemmte sich mit aller Kraft dagegen.

»Nein, du gehst nicht weg«, fauchte Leonie.

Sie zog noch fester an seinem Arm, wie damals, als sie im Sommer an der Frau gezogen hatte. Dann gab es ein Geräusch wie von einem T-Shirt, das auseinanderreißt, weil man es sich zu schnell über den Kopf zieht. Er schrie noch lauter. Überall um sie herum prasselte warmes Essen auf den Boden. Große Spritzer, kleine Tröpfchen …

Er wollte vor ihr weglaufen. Hinaus in den Garten. Jetzt kam er ja von ihr weg, weil sein Arm nicht mehr an ihm war. Aber ihr Hunger war immer noch da. Erst wollte sie seinen Arm zur

Seite werfen, als ihr eine bessere Idee kam. Warum hatte sie nur so viel Angst vor ihm gehabt? Das war töricht gewesen. Er war schwach. Langsam. Und voller Blut.

»Du bleibst hier«, kreischte sie und machte einen gewaltigen Satz, noch weiter als der Löwe gesprungen war, den sie einmal gesehen hatte, als sie mit ihrem Vater nachts im Zirkus gewesen war. Sie schwang den Arm wie eine Keule und ließ ihn von hinten auf seinen Schädel niedersausen.

Er ging stumm in die Knie. Plötzlich war er nicht mehr so groß. Die ganze Scheibe der Terrassentür war mit dem Essen verschmiert, das aus seiner Schulter spritzte.

Er schluchzte etwas, das sich wie »Bitte ... bitte ... nicht« anhörte.

»Du warst sehr, sehr ungezogen«, grollte Leonie. Sie wollte nicht mehr wütend sein – ganz ehrlich –, aber es fühlte sich einfach so gut an. Viel zu gut. Wie Weihnachten und Ostern zugleich. Ehe er sich versah, schlug sie ihre Fänge in seinen Nacken.

»Meine Güte, Leonie! Was ist denn hier los?«, hörte sie ihre Mutter rufen. Sie rührte sich nicht. Mama würde bestimmt mit ihr schimpfen. Da blieb sie lieber im Vorratsschrank sitzen.

»Ich fürchte, das ist ein Bein.« Das war Papas Stimme. Er war viel ruhiger als Mama.

Es polterte im Wohnzimmer. Papa hatte wohl den Mann gefunden. Dabei hatte sie seine Teile so gut versteckt. Das eine Bein unter dem Sofa, das andere auf dem Regal hinter den Lexika. Die Arme im Topf des Gummibaums. Sie hatte sogar versucht, die Essensreste aufzuwischen, und die Lappen hatte sie gleich in die Waschmaschine gesteckt.

»Leonie!« Mama war sehr aufgeregt. »Leonie!«

Sie hielt sich die Ohren zu, aber die Stimme ihrer Mutter wurde nicht leiser. Sie kam eher näher.

»Reg dich bitte nicht auf, mein Schatz.« Das war wieder ihr Vater.

»Ich soll mich nicht aufregen? Weißt du denn nicht, was das heißt? Wir müssen schon wieder umziehen. Und alles nur, weil sich deine Tochter nicht benehmen kann.«

»Sie ist auch deine Tochter.« Er war jetzt auch ein bisschen aufgeregt. »Du wolltest ja unbedingt ein Kind, weil dir etwas fehlte. Weil die Nächte so lang und einsam sind. Das waren exakt deine Worte.«

Die Schritte kamen ganz, ganz nahe.

»Leonie. Bist du da drin?«

Leonie machte keinen Mucks.

»Ich weiß, dass du da drin bist. Und eines will ich dir sagen, mein liebes Fräulein. Deine Geschenke kannst du dir abschminken. Weihnachten fällt dieses Jahr aus!«

Thomas Finn

Meister Calamitas' erstaunliche Kuriositäten

»Bitte, Großvater. Erzähl uns noch einmal, warum wir hier in Tannfurt jeden Winter das Lichterfest feiern.«

»Du meine Güte«, brummte der alte Mann in gespielter Entrüstung. »Langweilt euch die Geschichte nicht bereits?« Ohne sich von seinen Enkelkindern beirren zu lassen, entzündete er die letzte von zwölf bernsteinfarbenen Kerzen. Die schlanken Gebilde steckten in einer mit Sand gefüllten Schale auf der Fensterbank und tauchten die Wohnstube mit ihren Flammen in einen heimeligen Schein.

»Bitte«, bettelte Rowen. Der Siebenjährige trat mit flehendem Gesichtsausdruck neben den Greis. »Keiner im Ort erzählt die Geschichte so wie du, Großvater.«

»Ach, ist dem so?« Der Alte fuhr seinem Enkel amüsiert durch das zerstrubbelte Haar und warf einen letzten Blick durch die Butzenscheiben. Überall in Tannfurt wurde in dieser Nacht das Lichterfest gefeiert. Selbst in den Fenstern des nahen Rathauses war Kerzenschein zu sehen. Die vielen kleinen Flammen brachten den Schnee auf den Wegen zum Glitzern, brachen sich dutzendfach in den langen Eiszapfen, die wie gläserne Tropfsteine von den Dachfirsten herabhingen, und ließen soeben zwei Nachtschwärmer innehalten, die sich verzückt zu den flackernden Lichtinseln umblickten. »Ich habe euch die Geschichte doch schon letztes Jahr erzählt. Und auch all die Jahre zuvor.«

»Pah, Ira ist doch viel zu klein.« Rowen deutete hinter sich zu seiner fünfjährigen Schwester, die ihre Hand ertappt aus einer Keksdose zog. »Die kann sich daran doch gar nicht mehr richtig erinnern.«

»Stimmt gar nicht«, krähte die Kleine beleidigt. »In Opas Geschichte geht es um Lampen und Zauberer. Deswegen feiern wir das Lichterfest.«

»Oh Mann. Typisch Mädchen.« Rowen tippte sich theatralisch gegen die Stirn. »Ich sag doch, die weiß es nicht mehr.«

»Schon gut, schon gut.« Der alte Mann hob beschwichtigend die Hand, da seine Enkelin kurz davor stand, beleidigt in Tränen auszubrechen. »Natürlich erzähle ich euch die Geschichte. Welche Nacht wäre auch besser dazu geeignet als diese?«

Rowen stieß einen Freudenschrei aus und hüpfte gemeinsam mit seiner Schwester auf die Eckbank des Esstisches, wo Ira und er in gespannter Erwartung zusammenrückten. Der Alte warf den Holzspan, mit dem er die Kerzen entzündet hatte, in den Kamin und nahm mit knackenden Gliedern zwischen den Kindern Platz. Die kleine Ira kuschelte sich an ihn und im Kerzenschein war zu sehen, dass ihre Wangen vor Aufregung bereits glühten.

»Tja, wo beginne ich bloß?«, hub ihr Großvater langatmig an.

»Na, wo wohl?«, unterbrach ihn Rowen ungeduldig. »Bei dem Dieb natürlich. Die Geschichte fängt doch immer mit dem Dieb an.«

»Richtig. Bei dem Dieb«, stimmte ihm der Alte zu und senkte verschwörerisch die Stimme. »Aber der Junge, von dem die Geschichte handelt, war kein gewöhnlicher Dieb. Die Not zwang ihn zu stehlen. Denn in jener Nacht vor nunmehr 67 Jahren, als sich jenes Ereignis zutrug, dessen wir heute noch gedenken, herrschte großes Elend im ganzen Land. Der König hatte einige Jahre zuvor zu den Waffen gerufen, um seinen jüngeren Bruder niederzuzwingen, der gemeinsam mit einigen Reichsverrätern den Thron an sich reißen wollte. Noch heute gilt der

›Krieg der zwei Könige‹ als der schlimmste Konflikt seit dem Einfall der Riesen vor 300 Jahren. Beide Seiten warben Zauberer, Söldner und trickreiche Handwerker aus allen Teilen des Landes an, um den Krieg – wenn schon nicht mit roher Gewalt – so doch mit List, Magie und Erfindungsreichtum zu gewinnen. In Tannfurt selbst wurde zwar nie eine Schlacht ausgetragen, doch die Auswirkungen des Krieges waren auch hier zu spüren. Die Nahrungsmittel wurden von Jahr zu Jahr knapper, Flüchtlinge aus fremden Provinzen drängten in die Stadt und immer wieder verschwanden von einem Tag zum anderen Familienväter, darunter gleichermaßen kräftige Burschen wie talentierte Handwerksmeister. Einige vermuteten, sie seien heimlich von der einen oder anderen Kriegspartei angeworben worden, doch die meisten waren davon überzeugt, dass sie schlicht entführt worden waren. Die Familien verarmten und die Straßen füllten sich zunehmend mit Bettlern.« Der Alte blickte hinüber zu den vielen Kerzen auf der Fensterbank und sann seinen eigenen Worten nach. »Der Junge, von dem die Geschichte handelt«, fuhr er unvermittelt fort, »nennen wir ihn der Einfachheit halber Ivo, gehörte zu den Verlierern in Tannfurt. Sechzehn Sommer zählte er damals. Sein Vater hatte sich bereits wenige Jahre nach seiner Geburt aus dem Staub gemacht und seine Mutter, die Ivo und dessen jüngere Schwester all die Jahre über mit Näharbeiten durchgebracht hatte, war drei Jahre zuvor an einem schlimmen Fieber gestorben. Und so war es nun an Ivo allein, für sich und seine Schwester zu sorgen. Immerhin war Ivo nicht auf den Kopf gefallen.« Ein feines Lächeln kräuselte die Lippen des Greises. »Vielmehr zeigte es sich, dass ihn die Schicksalsmächte mit einem Geschick versehen hatten, wie es allein die echten Meister des Diebeshandwerks besitzen. Doch mit der zunehmenden Armut in Tannfurt wurden die Geschäfte auch für Leute wie ihn schwerer. In jenem Winter, von dem nun die Rede ist, begab es sich, dass Ivos Schwester an dem gleichen Fieber erkrankte wie dereinst ihrer beider Mutter. Es gab zwar einen Arzt in Tannfurt, doch dessen Dienste waren teuer. Sehr teuer, genau genommen. Und so beschloss der Junge in seiner Verzweiflung, dem reichsten Bürger der Stadt einen heimlichen Besuch abzustatten.«

»Meister Calamitas, der Zauberer!«, platzte es unheilvoll aus Rowen heraus.

»Richtig.« Der Alte nickte. »Meister Calamitas war nicht nur ein Zauberer, sondern auch ein unheimlicher Kunsthandwerker, der mit seltsamen Kuriositäten handelte, die er für viel Geld an die Vornehmen und anderen gut Betuchten im Land verkaufte, von denen es selbst zu Kriegszeiten stets genügend zu geben scheint. Seine Spezialität waren filigrane Miniaturen aller Art. Darunter kunstvoll beschriftete Bücher, kaum größer als der Ballen einer Hand, die man nur mit einer Lupe lesen konnte. Aber auch meisterhaft ausgearbeitete Porträtbilder, wie sie die Adligen gern in kleinen Schmuckmedaillons mit sich herumtragen, Schneekugeln mit winzigen Skulpturen und vieles andere mehr. Auf diese Weise hatte es Meister Calamitas im Laufe der Zeit zu einem ansehnlichen Vermögen gebracht, um das ihn viele Tannfurter beneideten. Doch natürlich wagte es niemand, sich mit diesem Mann anzulegen.«

»Hatte Ivo keine Angst vor Meister Calamitas?« Ira sah ihren Großvater mit aufgerissenen Augen an.

»Doch, hatte er.« Der alte Mann seufzte. »Aber Ivo war verzweifelt. Auf jeden Fall beschloss Ivo in jener Nacht das Undenkbare: Er wollte einen Zauberer berauben. Und hier beginnt unsere Geschichte erst richtig …«

Schneeflocken wirbelten durch die Luft, und die Kälte, die sich über Tannfurt wie der Odem eines Frostriesen gelegt hatte, ließ den Atem vor Ivos Lippen zu einer eisigen Wolke gefrieren. Der junge Dieb fröstelte. Zehn Stunden war es inzwischen her, seit er das letzte Mal etwas gegessen hatte. Die verbliebenen Nahrungsmittel hatte er am Nachmittag zu einer dünnen Suppe aufgekocht und seiner Schwester eingeflößt, die in einem Versteck draußen vor der Stadt mit dem unheimlichen Fleckfieber kämpfte. Die Krankheit hatte das Mädchen inzwischen so ausgezehrt, dass es Ivo Angst und Bange um sie wurde. Was seine Schwester brauchte, war ärztliche Behandlung. Essen und Medizin. Doch die abgezehrten Gestalten, die sich dieser Tage durch die verschneite Stadt schleppten, besaßen kaum mehr, um die nächsten Tage selbst zu überstehen. Der Einzige, den die Zustände in der Stadt scheinbar nicht anfochten, war der unheimliche Besitzer jenes Ladens, den Ivo bereits seit Sonnenuntergang ausspähte. Das Geschäft befand sich im Erdgeschoss eines alten Fachwerkhauses, das sich von den gedrungenen Nachbargebäuden durch seine schlanke, hochstrebende Hausfassade abhob. Der weit in die Gasse hineinreichende Dachfirst ächzte unter dicken Lagen Schnees und die Kälte hatte Eisblumen auf den vergitterten Fenstern wachsen lassen. Selbst der geschwungene Schriftzug auf dem gusseisernen Schild, das über dem Eingang baumelte, war vor lauter Frost kaum mehr zu lesen. Ivo wusste dennoch, was darauf stand: *Meister Calamitas' erstaunliche Kuriositäten.*

Ivo hatte sich schon oft vor das vergitterte Schaufenster des Geschäfts geschlichen, um die wundersamen Miniaturen in der Auslage zu bewundern. Doch Meister Calamitas hasste Kinder und verprügelte sie, wann immer er sie vor seinem Laden erwischte. Erst vor einem Jahr machte in Tannfurts Unterwelt das Gerücht die Runde, dass zwei der Ihren es gewagt hatten, Meister Calamitas um Schutzgeld zu erpressen. Drei Tage darauf wurden die Überreste der beiden Schlagetots bestialisch zerfleischt im Stadtgraben gefunden.

Ivo schauderte. Die unheimlichen Gerüchte um den Zauberer trugen nicht gerade dazu bei, seine Aufregung zu mindern. Und doch wollte er heute aus Liebe zu seiner Schwester in das Haus einsteigen, das Geld des Zauberers und vielleicht einige der wertvollen Miniaturen im Laden abgreifen und wieder weg sein, bevor Meister Calamitas überhaupt wusste, dass er Besuch erhalten hatte. Die Gelegenheit war günstig. Vor zwei Stunden waren im Haus die Lichter ausgegangen, was bedeutete, dass sich Meister Calamitas zur Ruhe gelegt hatte. Inzwischen sollte er tief und fest schlafen. Der dichte Schneefall würde das Seine dazu beitragen, alle etwaigen Geräusche zu dämpfen.

Ivo rieb sich die steif gefrorenen Finger und überprüfte noch einmal sein Einbruchswerkzeug. Der Satz Dietriche in der Gürteltasche war mit Stoff gedämpft und würde selbst bei einem Sprung nicht klimpern, von seinem Gluttopf ging noch immer eine angenehme Wärme aus und sein Stemmeisen steckte fest im Gürtel. Längst hatten sich seine Augen auch an die Dunkelheit gewöhnt, die nur vom schalen Schein einer Laterne am hinteren Gassenende erhellt wurde. Es konnte losgehen.

Vorsichtig verließ er den Schutz des Hinterhofs, wo er nun schon den halben Abend geduldig ausgeharrt hatte, und schlich durch den Schnee hinüber auf die andere Straßenseite. Sein Ziel war ein schmaler Durchlass zwischen dem Laden von Meister Calamitas und dem Nachbargebäude, gerade breit genug, um einen Hund durchzulassen – oder eben einen schmalen Jungen wie ihn. Bereits am Nachmittag hatte er festgestellt, dass der Schacht zwischen den Häusern mit Dreck und Unrat aus mehreren Jahrzehnten angefüllt war. Das würde ihm heute zum Vorteil gereichen. Ivo atmete noch einmal tief durch, quetschte sich seitlich zwischen die Hauswände und drückte sich in verrenkter Haltung den steif gefrorenen Abfallberg hinauf, der nahezu unbemerkt von den Hausbewohnern bis zu einem schmalen Fenster knapp unterhalb des Dachfirsts von Meister Calamitas' Haus reichte. Hin und wieder blieb der Stoff seiner Kleidung an einem Riss im Mauerwerk hängen und ihm war, als würden die beiden Gebäude seinen Körper wie Pressobst zusammendrücken. Warum die Erbauer des Hauses ausgerechnet dort oben ein Fenster eingelassen hatten, wusste er nicht. Doch es war das einzige, das Meister Calamitas nicht hatte vergittern lassen. Endlich gelang es ihm, das wurmstichige Fensterkreuz zu berühren. Das Glas war kalt und es lag Schnee auf dem schmalen Fensterbrett. Wenn dieses Windauge überhaupt zu etwas diente, dann dazu, Hausmüll in den Häuserspalt zu werfen.

Ivo kramte umständlich nach einem gebogenen Draht und

führte ihn in verrenkter Haltung zwischen Fensterrahmen und Hauswand ein. Es quietschte leise, als die Läden aufschwangen, und sogleich zwängte er sich hinein in einen dunklen Raum, in dem es nach Staub und alten Möbeln roch.

Er befand sich nun auf dem Dachboden von Meister Calamitas' Haus. Ivo griff zu seinem Gluttopf, mit dessen Hilfe er einen fingerlangen Holzspan gerade so weit entzündete, dass er im roten Schein ausrangierte Truhen, Körbe, Kleiderständer und Schränke ausmachen konnte. Sie standen unter den Dachschrägen und waren zum Teil mit alten Laken und Decken verhüllt. Ein jedes der Fundstücke machte den Anschein, schon Jahrzehnte hier oben herumzustehen.

Noch einmal prüfte der Junge die Nachgiebigkeit der Dielen zu seinen Füßen, dann schlich er hinüber zu der niedrigen Raumtür auf der gegenüberliegenden Seite des Speichers. Sie war mit einem Riegel abgesperrt, den Ivo ebenfalls leicht auszuhebeln vermochte. Er zog die Tür leise auf und blickte auf ausgetretene Treppenstufen, die tiefer hinab zu den unteren Stockwerken des Hauses führten. Ivo löschte den glühenden Holzspan und tastete sich Stufe für Stufe lautlos nach unten. Bloß nicht daran denken, dass hier irgendwo ein Zauberer schlief. Denn wenn er sich heute Nacht eines nicht erlauben durfte, dann waren es Fehler.

Endlich erreichte er den Flur des oberen Stockwerks. Er lauschte und vernahm hinter einer der beiden dortigen Türen ein Geräusch, das ihm ein zufriedenes Grinsen auf die Lippen zauberte: Schnarchlaute.

Zauberer waren eben auch nur Menschen. Es wurde Zeit, dass auch ein Meister Calamitas an diesen Umstand erinnert wurde. Ivo ignorierte die Schlafzimmertür geflissentlich und warf einen verstohlenen Blick in den Nachbarraum, in dem es säuerlich nach Leder und Schweiß roch. In der Dunkelheit waren schemenhaft Truhen und Kleiderständer zu erkennen, auf denen abgegriffene, dunkle Kleidungsstücke lagen. Die schlichte Garderobe erinnerte Ivo wieder an den Geiz des Ladenbesitzers. Jeder im Ort wusste, dass Meister Calamitas in Geld schwimmen musste, doch er zeigte seinen Reichtum ausschließlich, wenn er mit solventen Kunden im Rathauskeller einkehrte, dem besten Gasthaus der Stadt. Jedenfalls war es das vor dem Krieg gewesen. Seine besseren Kleider bewahrte Meister Calamitas offenbar im Schlafzimmer auf. Und mit etwas Pech traf das auch auf sein Vermögen zu, wenn er dieses nicht irgendwo unten im Erdgeschoss verborgen hatte. Zumindest würde Ivo dem Schlafzimmer erst dann einen Besuch abstatten, wenn ihm keine andere Wahl mehr blieb.

Der Junge wollte auf der Treppe bereits weiter nach unten schleichen, als er besorgt innehielt. Auf der obersten Stufe stand ein Katzenkorb. Zwar war er leer, aber eine herumstreunende Katze im Haus hatte ihm gerade noch gefehlt. Einen Moment lang haderte Ivo mit sich, ob er den Raubzug nicht lieber abbrechen sollte, doch der Gedanke an seine kranke Schwester trieb ihn dazu, fortzufahren.

So erreichte er ein dämmriges Gangstück im Erdgeschoss, von dem aus gleich drei Zugänge abzweigten. Links der Treppenflucht fiel sein Blick auf eine verschlossene Zimmertür, direkt gegenüber der Treppe war ein halb offen stehender Zugang auszumachen, aus dem ein leichter Geruch nach Suppe drang. Zu seiner Rechten versperrte ein Vorhang aus schlichten Holzperlen die Sicht. Vorsichtig lüpfte Ivo die Perlenketten und entdeckte direkt hinter ihnen den verschatteten Verkaufstresen des Kuriositätenladens. Weiter vorn, durch das vergitterte Schaufenster hindurch, sickerte graues Zwielicht in den Ladenraum und er konnte sogar vage einige Schneeflocken ausmachen, die vor dem Haus vom Himmel rieselten. Ivos Entscheidung war gefallen. Lautlos schlüpfte er durch den Perlenvorhang und sah sich um. Auf Schautischen und Regalen waren allerlei Miniaturen aufgereiht, die er noch nie aus einer solchen Nähe hatte bewundern dürfen. Sein staunender Blick glitt über winzige Folianten, die unter großen Lupen standen und deren Buchdeckel allenfalls so groß wie die Flügel von Rempelkäfern waren. Nicht weit entfernt standen Regale mit detailverliebten Miniaturen aus Speckstein, die Männer und Frauen bei allerlei Verrichtungen zeigten, hölzerne Dioramen, die – winzig klein – Szenen aus der jüngeren Reichsgeschichte zeigten, kaum handgroße Fuhrwerke, die viel zu kostbar wirkten, als dass sie je einem Kind zum Spielen anvertraut werden dürften, ja, sogar kunstvolle Musikinstrumente, die kaum größer als eine Fingerkuppe waren und die doch den Anschein erweckten, als könne man ihnen echte Melodien entlocken. Die kleinen Schaustücke zeugten allesamt von einer künstlerischen Finesse, die Ivo dem unheimlichen Besitzer des Ladens kaum zugetraut hätte.

Leider entdeckte er nirgendwo eine Kasse. Geld. Hier im Haus musste doch irgendwo Geld zu finden sein.

Kurzerhand stahl er sich durch den Perlenvorhang zurück in das kurze Gangstück und warf einen knappen Blick durch die Tür gegenüber der Treppe, hinter der es nach kaltem Essen roch. Der Raum barg eine verdreckte Küchen- und Waschzeile, von deren Wänden der Putz bröckelte. Das wenige Licht im Raum fiel durch ein verschneites Gitterfenster, das im unteren Teil mit einer Katzenklappe ausgestattet war. Direkt darunter stand ein Hocker. Ivo hoffte inständig, dass sich das Tier irgendwo draußen befand und ihm keinen Ärger machen würde. Immerhin, von dem Raum ging eine angenehme Wärme aus, doch der allgegenwärtige Suppengeruch brachte seinen Magen zum Knurren. Ob er hier vielleicht eine kleine Wegzehrung finden würde? Auf einem wackeligen Holztisch stand zu seinem Bedauern ein leerer Teller, auf dem erloschenen Ofen thronte ein rußverschmutzter Suppentopf und gleich daneben, auf den Rändern einer steinernen Spülwanne mit gusseisernem Pumphahn, türmte sich angeschlagenes Schmutzgeschirr. Unmittelbar neben dem Geschirrstapel lehnte ein halbblinder Spiegel an der Wand, der vormals über dem Spülbecken gehangen hatte, wie man deutlich an dem quadratischen hellen Fleck dort erkannte. Erst auf den zweiten Blick entdeckte Ivo das dunkle Mauseloch in der Wand, das Meister Calamitas auf diese Weise freigelegt hatte. Zwischen dem Geschirr stand sogar eine gespannte Mausefalle, die mit einem Stück Käse versehen war. Leider war dieses Käsestück das einzig Essbare, das sich auf die Schnelle ausmachen ließ.

Ivo beschloss schweren Herzens, die Küche einstweilen links liegen zu lassen. Er wollte sich bereits der verschlossenen Eichentür neben der Treppe zuwenden, als ihm eine schmale Holztür unter der Treppenschräge hinauf zum ersten Stockwerk auffiel. Die Tür hatte er in der Dunkelheit völlig übersehen. Besaß das Haus etwa einen Keller? Interessanterweise war der Zugang mit einem aufwendigen Türschloss gesichert, das Ivos Dietrichen allerdings keinen nennenswerten Widerstand leistete. Hinter der Tür befand sich lediglich ein dunkler, leerer Verschlag.

Doch was war das? Der junge Dieb bückte sich und brachte mithilfe seines Gluttopfs einen weiteren Span zum Glühen. Unmittelbar hinter der Türschwelle fiel der Boden fast eine Elle lang in eine düstere Grube ab, die so lang und breit wie die Treppenflucht war. Der rote Lichtschein enthüllte zu seiner Verwunderung Dutzende weiterer Miniaturen, die über die ganze Grube verteilt standen. Doch die Modelle wirkten irgendwie … seltsam. In der Senke standen winzige Werkbänke, Töpferscheiben, Webrahmen, Leinwände und vieles andere mehr. Zwischen ihnen lagen wundersame Miniaturwerkzeuge verstreut, von denen das längste einer Holzfällersäge glich, die kaum größer als ein Streichholz war. Alles machte den unwirklichen Eindruck, in Gebrauch zu sein.

Hatte Meister Calamitas hier unter der Treppe die reizloseren seiner Miniaturmodelle gelagert? Kopfschüttelnd erhob sich Ivo wieder und machte sich nun an der verschlossenen Zimmertür am Gangende zu schaffen. Dem Raum dahinter galt seine ganze Hoffnung. Würde er dort kein Geld finden, war er gezwungen, Meister Calamitas in seinem Schlafzimmer einen Besuch abzustatten. Ivo konnte sich kaum etwas Unerfreulicheres vorstellen.

Diesmal stellte ihn das Türschloss vor einige Probleme, doch schließlich gelang es ihm, auch dieses Hindernis zu knacken. Mit dem glühenden Span voran drückte er die Tür auf und gelangte so in einen düsteren Raum, in dem es nach Leder, Tinte und Firnis roch. Ein Studierzimmer! Es war relativ geräumig und Ivo lächelte zufrieden, während er seinen Blick über die Einrichtung schweifen ließ. Das hier war schon mehr nach seinem Geschmack. Die Zimmerwände wurden von Regalen gesäumt, die sich unter der Last von Büchern, Flaschen, Tontöpfen und kleineren Truhen bogen. Neben der Tür stand ein mehrfach geflickter Lehnsessel, an den Wänden waren zwei angelaufene Messinglampen angebracht und direkt gegenüber, unter dem vergitterten Zimmerfenster zum Hinterhof, dessen Vorhänge halb zugezogen waren, erhob sich ein wurmstichiges Schreibpult, auf dem große Unordnung herrschte. Ivo trat leise an das Pult heran und durchsuchte das wilde Durcheinander an Pergamenten und Büchern, zwischen denen halb leere Tintenfässer, benutzte Federkiele, ein Nadelkissen, Papierschaber und sogar Dinge zur Körperpflege wie ein Handspiegel und eine alte Haarbürste zu finden waren. Ivo zog das zuoberst liegende Buch zu sich heran, schlug es an der Stelle mit dem Leseband auf und entdeckte Eintragungen, die er für Monats-, Wochen- und Tagesangaben hielt. Direkt darunter befanden sich Kolonnen von Zahlen und weitere Notizen. Ivo konnte nicht besonders gut lesen, doch allem Anschein nach handelte es sich bei dem Wälzer um ein Kassenbuch, in das Meister Calamitas schon seit Jahren penibel all seine Einnahmen eintrug. Sogar am Seitenrand hatte der Zauberer Berechnungen durchgeführt. Ivo drehte das Buch auf den Kopf, und die Summe, die er am Ende der schlangenförmigen Zahlenreihe entdeckte, verschlug ihm schier den Atem. Da war von vielen zehntausend Goldmünzen die Rede. Bei allen Schattenmächten, Meister Calamitas war noch viel reicher, als er gedacht hatte!

Ivo kümmerte sich nicht weiter um das Buch, sondern öffnete hastig die Schubladen des Pults und durchwühlte sie. In ihnen lagen ganze Stapel aufgerissener Briefe, Garnrollen, Schnitzmesser, Reste von Siegelwachs und andere Dinge, die über die Jahre hinweg ihren Weg dorthin gefunden hatten. Darunter war leider nichts von Wert. Verärgert wollte er sich bereits den Regalen an der Wand zuwenden – als er alarmiert innehielt. Was war das? Der Raum war von einem seltsamen Summen erfüllt. Oder war das ein leises Zwitschern? Argwöhnisch versuchte er das Zwielicht zu durchdringen und entdeckte über sich, an einem Seil von der Raumdecke baumelnd, einen klobigen, halbrunden Gegenstand, der mit Tüchern verhängt war. Ein Vogelkäfig?

Er beschloss, der Sache auf den Grund zu gehen, als vorn im Laden lautes Glockengeläut ertönte, das ihn unwillkürlich zusammenzucken ließ. Herrje, hatte er etwa einen Alarmmechanismus ausgelöst? Ivo sah sich panisch nach verborgenen Drähten um, als jemand dumpf gegen die Ladentür klopfte. Ein Kunde? Was, in aller Schicksal Namen, brachte zu dieser späten Stunde einen Kunden dazu, dem Laden einen Besuch abzustatten? Über ihm an der Zimmerdecke knarrten die Holzbohlen. Jetzt war auch noch Meister Calamitas erwacht. Ivo löschte seinen Holzspan, zog die Zimmertür vorsichtig zu und sah sich verzweifelt nach einem Versteck um. Im Obergeschoss klappte bereits die Tür zum Schlafzimmer, kurz darauf waren Schrittgeräusche auf den Treppenstufen zu hören.

»Wer, zum Henker, ist da?«, bellte eine griesgrämige Stimme durchs Haus. »Es ist weit nach Mitternacht!«

Abermals klopfte es an der Ladentür. Ivo wurde schlecht vor Angst und Aufregung. Er konnte hören, wie der Perlenvorhang zum Laden aufgerissen wurde, und einen Moment lang fasste er die dunkle Ecke hinter dem Lehnsessel als Versteck ins Auge. Schließlich entschied er sich für einen Sprung auf den Fenstersims. Mit etwas Glück konnte er sich hinter den Vorhängen verbergen.

»Einer von euch Hungerleidern? Ich gebe nichts!«, wütete Meister Calamitas vorn im Verkaufsraum. Ivo hörte undeutlich eine gedämpfte Männerstimme antworten.

»Der Graf?«, rief Meister Calamitas erstaunt und seine Stimmlage nahm unvermittelt einen honigsüßen Klang an. »Entschuldigt bitte, aber Euer Kommen wurde mir erst für übermorgen angekündigt. Wartet einen Moment, ich lasse Euch herein.«

Die Ladentür wurde aufgezogen, und Ivo lauschte, wie der späte Gast seine Schuhe von Dreck befreite. »Es tut mir leid, dass ich Euch zu solch später Stunde aus dem Schlaf reiße, Meister Calamitas«, ertönte eine raue Stimme, »aber ich muss bereits morgen vor Sonnenaufgang weiter nach Eichenburg. Ihr wisst ja sicher, wie ungeduldig mein Herr ist. Der Graf trifft sich dort mit dem König und seinen Rittern und es mag sein, dass sie schon bald wieder in die Schlacht reiten.« Der Unbekannte lachte. »Auf das prächtige Kleinod, das Ihr ihm versprochen habt, möchte er aber nur ungern verzichten.«

»Sicher, das verstehe ich nur zu gut«, flötete Meister Calamitas. »Ihr habt das Sümmchen, das ich mit dem Grafen vereinbart hatte, doch dabei?«

»Selbstverständlich.«

»Dann wartet einen Moment, ich bringe Euch das Gewünschte. Seht Euch in der Zwischenzeit ruhig in der Auslage um. Wer weiß, vielleicht findet Ihr etwas, das Ihr selbst gern erwerben möchtet? Gerüchten zufolge erfreuen sich meine Preziosen bei Hofdamen und bürgerlichen Landestöchtern gleichermaßen großer Beliebtheit. Und schon mancher meiner Kunden hat mit ihrer Hilfe nicht nur das Herz seiner Favoritin, sondern auch die Tür zu ihrem Schlafgemach geöffnet, wenn Ihr versteht, was ich meine …«

Abermals wurde der Perlenvorhang im Gang zur Seite geschoben. Schritte näherten sich, ein Schlüsselbund klirrte und jemand machte sich am Türschloss zu schaffen. Hastig presste sich Ivo zwischen Vorhang und Fensterrahmen und flehte alle Schutzgeister an, dass ihn der löchrige Stoff vor Entdeckung schützen möge. Dennoch trieb ihn die Neugier dazu, durch einen schmalen Riss im Vorhang zu spähen. Die Tür ging auf und Licht flutete das Zimmer. Meister Calamitas betrat den

Raum gänzlich mit einem rubinfarbenen, seidenen Schlafrock bekleidet. Über seiner Hand schwebte ein goldener Lichtball, geschaffen aus reiner Magie, dessen Schein ein hageres Gesicht mit Hakennase und stechenden Augen enthüllte. Die langen schwarzen Haare hatte Meister Calamitas zu einem Zopf geflochten, der ihm weibisch auf die Brust fiel.

»Merkwürdig«, murmelte der Zauberer misstrauisch, »ich dachte, ich hätte den Raum abgeschlossen.«

Ivo hielt gespannt den Atem an und ignorierte die Kälte, die durch die Fensterscheiben hindurch in seine Kleidung sickerte. Reglos sah er dabei zu, wie der Zauberer den Sessel zur Seite rückte und einen abgewetzten Läufer beiseite zog. Eine eiserne Luke im Boden kam zum Vorschein, die gleich mit drei Schlössern gesichert war. Dort also verbarg der Zauberer seine Schätze.

Meister Calamitas hatte die Schlösser gerade geöffnet, als eine belustigte Stimme erklang. »Für einen Zauberer und Künstler, wie Ihr es zu sein vorgebt, Meister Calamitas, umgebt Ihr Euch mit erstaunlich wenig Lebensart. Dabei heißt es doch, dass man von der Umgebung eines Mannes auf dessen Charakter schließen kann.«

Ebenso wie Meister Calamitas zuckte auch Ivo erschrocken zusammen. Der nächtliche Besucher war völlig lautlos in der Zimmertür erschienen. Unter der Fellmütze des Fremden schimmerten helle Haare hervor und auf dem Schnauzbart, der an den Seiten vornehm hochgezwirbelt war, klebte noch immer etwas Schnee. Der Fremde schlug seinen Wintermantel zur Seite, sodass nicht nur das weißgrüne Wappen eines Adligen, sondern auch der Griff eines Schwertes sichtbar wurden.

Meister Calamitas funkelte den Mann wütend an und hielt plötzlich einen spitz zulaufenden Stab von der Länge eines Unterarms in der Hand. »Verflucht, ich sagte Euch, dass Ihr im Laden auf mich warten sollt! Raus mit Euch, oder ich vergesse mich!«

»Ach, sieh an? Dann habt Ihr in der Zwischenzeit also etwas geübt?« Der Fremde zeigte nicht den leisesten Anflug von

Furcht. »Euer alter Lehrmeister, Erzmagister Rubinos von der königlichen Zauberakademie in Greifenberg, berichtete mir nämlich, dass Ihr der untalentierteste Zögling wart, mit dem er es je zu tun bekommen hatte. Seine exakten Worte waren: ›Ein Stümper sondergleichen‹. Und wie ich hörte, auch ein äußerst undankbarer und gieriger!«

Meister Calamitas wurde bleich und erhob sich mit flackerndem Blick. Noch immer zielte er mit seinem Zauberstab auf den Fremden. »Wer seid Ihr? Unmöglich steht Ihr im Dienst des Grafen.«

»Nein, in der Tat diene ich einem höher gestellten Herrn.« Der Fremde lächelte, ohne dass dieses Lächeln seine Augen erreichte, und hob unmerklich seine beringte Hand. »Ich bin hier, weil mich der König geschickt hat. Ich lebe davon, gesetzloses Gelichter wie Euch einzufangen. Vielleicht erinnert Ihr Euch? Als Ihr damals mit Schimpf und Schande von der Akademie ausgestoßen wurdet, habt Ihr etwas mitgehen lassen, das Euch nicht gehört.«

Meister Calamitas schrie zornig auf und stieß seinen Stab nach vorn. Fauchend raste ein rötlicher Flammenstrahl auf den Fremden zu. Der brachte im selben Augenblick seine Rechte zwischen sich und die Zauberlohen. Der Feuerstrahl, der ihn hätte treffen sollen, schlug in einen großen Saphirring an seiner Hand ein. Der flammende Lichtbogen zwischen Stab und Ring wurde immer heller. Unentwegt knisterte und prasselte es im Zimmer. Ivo konnte sehen, wie Meister Calamitas verzweifelt versuchte, den Zauberstab abzuschütteln und den Zauber zu beenden. Doch immerzu sprudelten weitere Flammen aus dem Stab hervor und gingen in den Saphir über. Endlich knackste es, der Stab zersprang und der Flammenstrahl verebbte. Dafür glühte der Saphir des Rings nun in einem intensiven Grün. Meister Calamitas sank ächzend zu Boden.

»Entschuldigt«, höhnte der Fremde, »offenbar vergaß ich Euch mitzuteilen, dass mir Erzmagus Rubinos ein nützliches Hilfsmittel mit auf den Weg gab. Den Ring des Abends. Ein hübscher Name für ein Kleinod, das seinem Opfer nicht nur die Zauberkräfte entreißt, sondern diese überdies in sich aufnimmt. Seht nur, selbst ein Laie wie ich kann sich Eurer abgezapften Kräfte bedienen, und das allein kraft meines Willens. Etwa so!« Die beringte Hand des Kopfgeldjägers stieß nach vorn und sofort löste sich eine neuerliche Flammenzunge aus dem Saphir, die diesmal auf eine der Öllampen an der Wand zielte. Das Glas barst unter dem Ansturm der Glut und der Docht entzündete sich. Im Zimmer wurde es hell. Der Fremde lachte. »Oder so!« Jetzt zielte er mit dem Ring auf den Rockschoß von Meister Calamitas, der schlagartig in Flammen aufging. Der gedemütigte Zauberer schrie vor Schmerzen auf und schlug panisch die Glut aus.

»Was wollt Ihr?«, wimmerte er.

»Euch, Euer Vermögen und natürlich das Artefakt, das Ihr der Akademie vor vier Jahren geraubt habt.«

Ivo glaubte einen Moment lang, dass sich auf dem Gesicht des Zauberers ein verschlagenes Grinsen abzeichnete. Doch der Eindruck verflog so rasch, wie er gekommen war.

»Wisst Ihr überhaupt, nach welchem Artefakt Rubinos suchen lässt?« Stöhnend kam der Zauberer wieder auf die Beine. Sein Gegenüber zog das Schwert und setzte es Meister Calamitas an die Kehle. »Ich weiß genug darüber, dass ich es erkennen werde, wenn es vor mir steht. Und jetzt her mit der Lampe.«

Meister Calamitas funkelte den Fremden wütend an und griff zu der eisernen Klappe am Boden. Mühsam wuchtete er sie hoch. Ivo sah, dass darunter Dutzende Geldsäcke übereinander gestapelt lagen.

»Wie ich es mir gedacht habe«, kommentierte der Fremde den Anblick. »Ihr seid in der Zwischenzeit also zu Reichtum gelangt. Nun, der König wird sich sicher darüber freuen. Vielleicht hättet Ihr etwas von dem Geld für Euer neues Zuhause hier ausgeben sollen. Jetzt ist es zu spät dafür.«

»Ich spare«, fluchte der Zauberer. »Eines Tages wird mir ein Schloss gehören, so wie es die vornehmsten Adligen besitzen.«

»Wohl kaum.« Der Kopfgeldjäger trat einen Schritt vor, ohne das Schwert zu senken. »Und jetzt genug geschwätzt!«

Meister Calamitas fischte zwischen den Säcken eine Laterne aus purem Gold hervor, deren Gestell von unzähligen Sternendarstellungen geziert wurde. Ivo erkannte trotz seiner Aufregung, dass der Zauberer mit dem Daumen unauffällig den Riegel der Klappe löste. Ganz so wie vorhin ertönte von der Raumdecke abermals ein eigenartiges Summen. Es wirkte aufgebracht.

»Diese Zauberlaterne brachte dem Reich vor 300 Jahren den Sieg über die Riesen!«, erklärte der Zauberer laut. »Kobolde haben sie gefertigt und in ihr das Licht der Sternengeister eingefangen. Die höchste Zaubermacht in der Natur. Aber in den Jahren wurde vergessen, wie sie funktioniert und welche Macht sie zu entfesseln vermag. Angeblich bedarf es dafür eines geheimen Zauberwortes, aber das gilt als verschollen. Ich frage mich daher, warum Rubinos die Laterne unbedingt zurück haben will?«

»Nun, dann freut es Euch vielleicht zu erfahren, dass die Akademie einige aufschlussreiche Bücher aus der Zeit des Riesenkrieges gefunden hat. Der Rest muss Euch nicht interessieren.« Der Fremde entriss Meister Calamitas die Lampe. Die Klappe der Blende schwang auf und silberhelles Licht flutete in das Zimmer. Der herrliche Schein reichte bis zu Ivos Versteck und umhüllte den überraschten Kopfgeldjäger mit einer silbernen Aura. Meister Calamitas hingegen trat einen Schritt zurück in den Schatten.

»Im Gegensatz zu Rubinos, dem alten Narren, habe ich das Zauberwort auch so gefunden: Contraxiones!« Meister Calamitas lachte gehässig, als unvermittelt ein Ruck durch die Gestalt des Fremden ging. Innerhalb weniger Augenblicke begann sein Körper zu schrumpfen. Panisch warf der Mann die Laterne fort, die scheppernd gegen eines der Regale krachte und sich sofort wieder verdunkelte. Doch die unheimliche Verwandlung setzte sich unvermittelt fort. Auch Ivo, den der helle Lichtschein gestreift hatte, spürte jetzt ein seltsames Kribbeln auf seinem Körper und jäh verschwand der Spalt im Vorhang aus seinem Gesichtsfeld. Nein, der Riss im Stoff wuchs vielmehr weit über ihm empor. Auch er schrumpfte. Starr vor Entsetzen bekam er mit, wie der immer kleiner werdende Fremde mit seinem Ring einen weiteren Feuerstrahl auf den Zauberer schleuderte, doch Meister Calamitas warf sich kurzerhand zur Seite.

Ivo hatte inzwischen genügend mit sich selbst zu tun. Er versuchte mit einem verzweifelten Sprung den Boden zu erreichen, doch er war jetzt kaum noch mausgroß. Er plumpste ohne Erfolg gegen den Stoff des Vorhangs und rutschte wieder auf den Sims zurück. Endlich kam die unheimliche Magie zum Stillstand. Ivo war jetzt nur noch so groß wie ein halber Finger. Um ihn herum ragten Fensterfront und Vorhänge wie die Wände steiler Felsschluchten empor und all der Dreck, der sich in den Jahren auf dem Fensterbrett angesammelt hatte, war jetzt gespenstisch groß. Angeekelt zog sich Ivo vor dem riesigen Kadaver einer toten Stubenfliege zurück, die mit emporgestreckten Beinen neben ihm lag. Und er fand erst wieder in die Wirklichkeit zurück, als im Zimmer das laute Triumphgeschrei des Zauberers ertönte. »Na, wie steht es jetzt, elendes Großmaul!«

Ivo kämpfte sich zu einer Stelle des Fensterbretts vor, von der aus er über das Schreibpult hinweg in den Raum blicken konnte. Von dort aus sah er mit an, wie sich Meister Calamitas ein leeres Wasserglas von einem der Regale schnappte, es umdrehte und über den geschrumpften Fremden am Boden stülpte. »Wer ist jetzt der Stümper?! Nun? Ich werde Euch zeigen, wie ich mit anmaßenden Eindringlingen verfahre. Und glaubt mir, Ihr seid nicht der Erste. Abraxas, komm sofort her. Es gibt Fressen!« Der Zauberer stürmte wild lachend aus dem Zimmer hinüber zur Küche. »Verflucht, du räudiges Katzenvieh. Wo bist du, wenn man dich braucht?«

Ivo schluckte. Noch immer konnte er nicht fassen, wie klein er geworden war. Der einzige Vorteil, den er besaß, war, dass

Meister Calamitas nicht auf ihn aufmerksam geworden war. Doch was konnte er in einer solchen Größe schon ausrichten? Er musste dem Fremden helfen. Irgendwie. Vielleicht schafften sie es gemeinsam, ihre natürliche Größe wiederzuerlangen?

Hastig schaute sich Ivo auf dem Schreibpult um, das etwas unterhalb des Fenstersims gegen die Wand stieß. Die Arbeitsfläche war jetzt mit hausgroßen Büchern, riesenhaften Pergamenten und anderen gewaltig wirkenden Arbeitsutensilien übersät. Schließlich entdeckte er einen Federkiel, der schräg gegen das Fensterbrett lehnte. Ivo stürmte hinüber zu dem Schreibinstrument, das zusammen mit drei Federn in einer Holzdose steckte. Ohne groß zu überlegen, klammerte er sich an dem dicken Schaft fest und rutschte auf ihm rittlings nach unten.

»Abraaaaxas!«, tönte es jenseits der Zimmertür. Ivo spürte endlich wieder Grund zu seinen Füßen. Der Dosenrand war erreicht. Doch dieser befand sich noch immer gute zwei Körperlängen über der Pultfläche. Er griff daher beherzt nach einer der neben ihm aufragenden Schreibfedern, klammerte sich an den Halmen fest und stieß sich ab. Wie erwartet bog sich die Feder unter seinem Gewicht sanft zur Tischfläche durch. Ivo ließ sich fallen und kam sicher neben der kutschengroßen Haarbürste von Meister Calamitas auf. Sofort stürmte er über einige beschriftete Papiere hinweg und dann am großen Kassenbuch entlang auf die abfallende Kante des Schreibpultes zu. Als er das Pultende erreichte, hielt er mit rudernden Armen inne. Jenseits der Tischkante ging es steil abwärts. Mehr noch, der Zimmerboden erschien ihm von seinem Standpunkt aus so fern wie der Grund einer tiefen Gebirgsschlucht. Dennoch entdeckte er auf dem Zimmerboden das umgestülpte Wasserglas. Hinter der Glaswand war schemenhaft eine Gestalt zu erkennen, ebenso winzig wie Ivo selbst. Der Fremde wehrte sich mit seinem Ring. Ein-, zweimal flackerte es hinter der Glaswand rot auf und mit einem lauten Knacks bekam das Glas an der getroffenen Stelle einen Riss. Jäh kam der Fremde ins Taumeln, kippte mit an die Ohren gepressten Händen um und rührte sich nicht mehr. Ivo schluckte. Wie laut mochte der Knacks innerhalb des Glases erklungen sein? So laut, dass es einen erwachsenen Mann von den Füßen riss?

Ein schneller Blick zur Zimmertür gab Ivo die Gewissheit, dass Meister Calamitas noch immer nach seinem Schoßtier suchte. Inzwischen rief er vorn im Laden nach seiner Katze. Er musste hier runter. Irgendwie.

Sein Blick fiel wieder auf die Haarbürste mit den hoch aufragenden Borsten. Wie ein Wald wuchsen sie aus dem Holz empor. Beherzt rannte er zu ihr zurück und fischte nach Meister Calamitas' langen Haaren, die sich darin verfangen hatten. Ivo griff sich eines und zerrte an ihm. Doch erst beim vierten Versuch erwischte er ein Haar, das sich nicht unwiederbringlich in der Bürste verheddert hatte. Der improvisierte Strick schien ihm lang genug. Ohne sich die Mühe zu machen, das lange Haar aufzuwickeln, lief er mit dem einem Ende des Haars in der Hand hinüber zum aufgeschlagenen Kassenbuch, in dem er vorhin noch arglos geblättert hatte. Noch immer lag es umgedreht auf der Arbeitsfläche. Ivo klemmte das Haarende in seinen Gürtel, erklomm ächzend den Buchrücken und eilte quer über die aufgeschlagenen Buchseiten hinweg auf das Leseband zu. Das Stoffband war breiter als sein Oberschenkel und dementsprechend schwer. Als er es anhob, fühlte es sich an, als würde er einen schweren Teppich anheben. Der junge Dieb zerrte so lange an dem Leseband, bis das ausgefranste Ende vor ihm lag. Verzweifelt löste er das Haarende vom Gürtel und verknotete es zwischen den Fransen des Bandes, bis er sich sicher war, dass es sich auch unter starker Belastung nicht lösen würde. Die Rufe von Meister Calamitas ertönten jetzt aus noch größerer Entfernung. Offenbar suchte er in der Straße vor dem Haus nach seiner Katze. Ivo war es egal. Er war vielmehr damit beschäftigt, das schier endlos lange Haar zu sich auf die Buchseiten zu ziehen. Eine Arbeit, die ihm den Schweiß auf die Stirn trieb. Wütend band er sein Stemmeisen am anderen Ende des Haarseils fest, schleppte sich zur zimmerwärts gewandten Buchkante und warf den schweren Gegenstand nach unten. Rasend schnell fiel das Haarseil in die Tiefe, schließlich ging ein Ruck durch das Leseband und auch dieses folgte. Ivo rang sich gerade zum gefahrvollen Abstieg durch, als Meister Calamitas wieder in der Zimmertür auftauchte und Ivos Vorhaben zunichte machte. Panisch warf sich der Junge in den Spalt zwischen den aufgeschlagenen Buchseiten und verharrte dort reglos.

»Sehr bedauerlich«, höhnte der Zauberer. »Aber mein Abraxas ist offenbar gerade dabei, Mäuse zu jagen. Dabei schlägt er ein feines Fresschen wie Euch nur äußerst ungern aus.« Grinsend hockte sich der Zauberer vor das Wasserglas und legte den Kopf schief. Als er den Sprung in der Glaswand bemerkte, verschatteten sich seine Gesichtszüge. »Tja, aber so wie es aussieht, hättet Ihr meiner Katze vielleicht weh getan. Na, dann muss es wohl anders gehen.«

Meister Calamitas erhob sich mit knackenden Gliedern, wandte sich böse lächelnd einer Kurbel an der Wand zu und drehte diese. »Aufwachen, ihr elenden Dreckszwerge!«

Ruckelnd setzte sich der seltsame Vogelkäfig an der Zimmerdecke in Bewegung und ein aufgebrachtes Summen erfüllte den Raum. Der Käfig hatte kaum den Boden berührt, als der Zauberer auch schon das Tuch von den Streben zog. Ivo riskierte einen vorsichtigen Blick und musste an sich halten, um nicht entsetzt aufzuschreien. Das war kein Vogelkäfig. Hinter dem Drahtgespinst tummelten sich Dutzende kleiner Gestalten, kaum größer als er selbst. Die Winzlinge waren halbnackt und von Furcht erfüllt. Endlich begriff Ivo, woher das seltsame Summen stammte. Das waren in Wahrheit Stimmen aus unzähligen kleinen Kehlen gewesen. Mehrere der Winzlinge versuchten sich unter alten Lappen zu verstecken, die ihnen offenbar als Schlaflager dienten, andere traten schicksalergeben an die Käfigwand heran.

»Aber nicht doch, meine Süßen. So kostengünstig, wie ihr in der Haltung seid, möchte euch euer geliebter Meister Calamitas endlich einmal etwas Zerstreuung gönnen.« Der Zauberer klopfte gegen das Wasserglas am Boden und hob es grinsend an. Der Fremde lag noch immer da und rührte sich nicht. »Was soll das, Kopfgeldjäger. Erhebt Euch gefälligst. Vorhin habt Ihr Euer Maul doch auch so weit aufgerissen.«

Der geschrumpfte Fremde mühte sich benommen hoch und hob schwach den Arm mit dem Saphirring. Meister Calamitas zückte eine Fliegenpatsche. »Offenbar wird das eine sehr kurze Vorstellung.«

Mit klatschendem Laut ließ er das Mordinstrument niedersausen. Ivo würgte angesichts des roten Flecks am Boden und auch aus dem Käfig drang ein klagendes Summen.

»Ihr anderen lasst euch das eine Warnung sein«, schnaubte der Zauberer. »Denn so ergeht es jedem, der sich auflehnt oder die Arbeit verweigert.«

Ivo hatte längst begriffen, wer all die wundersamen Miniaturen für den Zauberer anfertigte. Nur verstand er nicht, warum der Kerl seine Wunderwerke nicht direkt mittels der magischen Laterne verkleinerte. In diesem Moment war ein lautes Maunzen zu hören und ein orangegestreifter Kater schlüpfte in den Raum.

»Abraxas!«, rief der Zauberer erfreut. Im Käfig brandete abermals ein entsetztes Summen auf und die Winzlinge flohen panisch unter die Lappen. »Wo warst du denn?«

Die Katze schnupperte an den zerquetschten Überresten des Kopfgeldjägers, doch Meister Calamitas drückte das Tier beiseite. »Noch nicht, mein Lieber. Ich verspreche, du bekommst ihn, wenn ich den Ring habe.«

Unvermittelt ruckte der Katzenkopf zum Pult hoch und zwei schräg stehende Augen suchten die Arbeitsfläche ab. Der Kater sträubte sein Fell und fauchte. Ivo wusste sogleich, dass ihn das Drecksvieh gesehen hatte.

»Abraxas, was hast du?«, fragte der Zauberer erstaunt und sah nun ebenfalls zum Pult hinüber. Die Katze kletterte mit einem schnellen Satz am Nachtgewand des Zauberers zu dessen Schulter empor und machte sich zum Sprung bereit. Ivo ergriff schreiend die Flucht.

»Was… Was ist das denn?«, brüllte der Zauberer zornig, als er die Bewegung auf dem Buch sah. »Los, Abraxas. Schnapp ihn dir!«

Ivo stürzte kopfüber von den Buchseiten, kam auf einem nachgiebigen Blatt Papier auf und kollerte von dort aus auf den Handspiegel des Zauberers, der halb verdeckt unter einigen Pergamentrollen lag. Schon wurde das Pult von einem schweren Schlag erschüttert. Panisch rappelte sich Ivo auf und erblickte den Kater, der auf die Schreibfläche gesprungen war. Das Ungeheuer ragte schwarz wie ein Berg über ihm auf, fletschte die Reißzähne und sprang nach vorn. Ivo hechtete zur Seite. Dort wo er eben noch gestanden hatte, schrammten Krallen über die Spiegelfläche. Glas knackste und das schwere Kassenbuch erhielt einen solchen Stoß, dass es nun bedenklich wackelnd über der Pultkante hing.

Ivo, der sich zitternd bis zu einem Nadelkissen geflüchtet hatte, riss verzweifelt eine der Nadeln heraus und hielt diese wie einen Spieß erhoben. Die Katze fauchte und schlug ein weiteres Mal nach ihm. Eine gewaltige Pranke raste heran und Ivo spürte, wie ihm die improvisierte Waffe mit Riesengewalt aus den Händen geprellt wurde. Auch er selbst wurde von dem Schlag von den Füßen gerissen und kollerte nun hilflos auf eine Pergamentrolle zu. Die Katze winselte und schnappte mit den Zähnen nach der Nadel, die jetzt tief in ihrer Pfote steckte. Ivo stemmte sich mühsam hoch, taumelte auf eine der Pergamentrollen zu und sprang in die schützende Röhre hinein, bevor der Kater nachsetzen konnte.

Fauchend fegte das Tier allerlei Hindernisse vom Pult. Ivo hörte, wie der Handspiegel auf dem Zimmerboden aufschlug und zerbarst. Da wurde auch die Pergamentrolle von einem schweren Schlag getroffen. Die Welt um Ivo herum drehte sich in einem fürchterlichen Wirbel und er fühlte, dass er samt seinem Röhrenversteck in hohem Bogen durch die Luft flog. Ein heftiger Aufprall folgte, der ihn schwer gegen die Pergamentwände warf. Zu seiner eigenen Verwunderung blieb er bei Bewusstsein. Dennoch spürte er jeden einzelnen Knochen im Leib. Außer einigen Prellungen war ihm nichts geschehen. Wankend schleppte er sich auf den Ausgang der Röhre zu und hörte, wie die verdammte Katze irgendwo über ihm noch immer fauchte.

Ivo streckte vorsichtig seinen Kopf aus der Pergamentrolle und sah, dass diese nun auf dem Zimmerboden lag und vor eines der Regale gerollt war. Nicht weit von ihm entfernt zeichnete sich Meister Calamitas' gewaltiger Schatten ab. Der riesige Zauberer stand noch immer nahe dem Pult und sah sich in diesem Augenblick zum Zimmerboden um.

»Da, Abraxas. Da vorn!« Zornig deutete der Zauberer mit der Fliegenpatsche auf ihn. Der Kater sprang vom Pult und setzte elegant auf dem Boden auf. Ivo hingegen rannte so schnell er konnte unter das Regal und entdeckte gleich neben einer haushoch aufragenden Truhe eine gespannte Mausefalle. Wo aber eine Mausefalle war, musste es verdammt noch einmal auch ein Mauseloch geben.

Ivo stürzte über einen großen Staubballen und hetzte weiter auf die Falle zu. Kaum hatte er sie erreicht, als sich hinter ihm die Front zum Zimmer verdunkelte. Instinktiv schlug er einen Haken und entging so nur knapp vier ausgefahrenen Katzenkrallen, die wütend nach ihm hieben. Ein scharfer Schmerz an seiner rechten Kopfseite ließ Ivo fast besinnungslos werden. Der metallische Knall eines Schlagbügels war plötzlich zu hören, dem klagendes Jaulen folgte. Mit einem Ruck wurde die komplette Mausefalle aus Ivos Gesichtsfeld gezogen, die nun an Abraxas Pfote hing.

»Abraxas, was machst du denn da? Na warte, das wird uns dieser kleine Dreckskerl heimzahlen.«

Sich die schmerzende Kopfseite haltend, taumelte Ivo auf das nahe Mauseloch zu, das hoch wie ein Scheunentor vor ihm aufragte. Er stolperte mit letzter Kraft in das Loch an der Wand und folgte der Gangwindung, bis er gänzlich im Dunkeln stand. Ivo spürte, dass ihm das Blut in Strömen über den Hals floss. Und so griff er rasend vor Schmerzen zu seinem Gluttopf, der all die Ereignisse seltsamerweise unbeschadet überstanden hatte. Er öffnete ihn mit fahrigen Griffen und sogleich erfüllte ein roter Schein den Mäusetunnel, der mit Holzwolle, Fellresten und zerbissenen Nussschalen übersät war. Die rechte Seite seines Kopfes schien in Flammen zu stehen. Vorsichtig tastete Ivo nach der Wunde und entdeckte, dass ihm der elende Kater das halbe Ohr abgerissen hatte. Mit fahrigen Händen verband er die Wunde. Dennoch dauerte es etwas, bis der Schmerz nachließ und er wieder klarer denken konnte. Jenseits der Wand zum Studierzimmer waren derweil die gedämpften Flüche von Meister Calamitas zu hören. »Hörst du mich, Kleiner? Du hast nicht den Hauch einer Chance. Schon vergessen, dass rund ums Haus Schnee liegt? Du kommst hier nicht weg. Wir kriegen dich und dann wirst du deinem Herrn Gesellschaft leisten.«

Offenbar dachte der Zauberer, dass er und der Fremde unter einer Decke steckten.

Der Junge biss wütend die Zähne aufeinander. Er hatte auch nicht vor zu flüchten. Jedenfalls nicht ohne zuvor die anderen geschrumpften Opfer des Zauberers befreit zu haben. Mühsam stemmte er sich wieder hoch und marschierte im schwachen Schein des Gluttopfes den Mäusetunnel entlang. Zweimal teilte sich der Gang und stets lauschte er auf Geräusche. Der Mäusetunnel schraubte sich innerhalb der Hauswand immer höher hinauf, und Ivo schien es irgendwann, als würde er zu der Plattform eines Turms aufsteigen. Seine erschöpften Beine schmerzten, als er vor sich einen schalen Lichtschein ausmachte. Ein weiteres Mauseloch. Ivo atmete erleichtert aus und wollte schon darauf zueilen, als der Boden zu zittern begann. Die Bewohnerin des Tunnels!

Schon war die Maus zu sehen. Das Tier war um einige Ellen höher und breiter als Ivo und fixierte ihn aus tückisch schwarzen Knopfaugen, die aus seiner Perspektive die Größe von Wandtellern hatten. Doch viel mehr ängstigten Ivo die langen Reihen scharfer Nagezähne, die im roten Schein des Gluttopfs wie mit Blut übergossen wirkten. Ivo rannte um sein Leben. Er erreichte das rettende Mauseloch, stürzte in die Freiheit und entdeckte viel zu spät, dass er unvermittelt auf dem Rand des Spülbeckens in der Küche herausgekommen war. Schon prallte er gegen die andere Mausefalle, die er vorhin gesehen hatte. Ein heftiger Luftzug wischte dicht an seinem Körper vorbei, als der Schlagbügel der Falle zuschnappte. Polternd rutschte die Falle ins Becken und von irgendwoher war ein aggressives Maunzen zu hören. Ivo, der erst jetzt begriff, wie knapp er dem Tode entronnen war, taumelte weiter und warf sich schwer atmend unter den Stapel dreckigen Geschirrs, der burghoch vor ihm aufragte. Keinen Augenblick zu spät, denn schon sauste sein mausgrauer Verfolger aus dem Loch in der Wand und sah sich mit zuckenden Barthaaren nach ihm um. Der große Nager hatte ihn gerade entdeckt, als jenseits des Spülbeckenrandes ein gewaltiger Schatten mit verbundener Pfote heranjagte. Abraxas!

Bevor die Maus wusste, wie ihr geschah, biss das Katzenungeheuer auch schon zu. Ivo schloss die Augen und hörte, wie Knochen brachen und die Maus einen letzten, verzweifelten Pfeiflaut ausstieß. Hinter der Katze fielen nun zwei Teller in die Tiefe, die laut krachend auf dem Küchenboden aufschlugen.

Es dauerte nicht lang und Meister Calamitas stand im Raum. Die Fliegenpatsche hatte der wütende Zauberer mittlerweile gegen eine Hacke eingetauscht. »Verdammt, Abraxas«, herrschte er sein Schoßtier an. »Jetzt ist keine Zeit für Mäuse. Du sollst diesen winzigen Herumtreiber finden.«

Wütend scheuchte er den humpelnden Kater aus der Küche in den Verkaufsraum, musterte dann aber selbst noch einmal misstrauisch das Mäuseloch. Ivo versuchte sich noch kleiner zu machen, als er ohnehin schon war. Meister Calamitas setzte ein gehässiges Grinsen auf, tränkte einen alten Spüllappen mit scharfem Essig und stopfte ihn in die Vertiefung. Anschließend nahm er seine Hacke wieder auf und eilte zurück zur Studierstube. Dumpfe Schlaggeräusche kündeten davon, dass er das Mauseloch in der Wand unter dem Regal nun mit roher Gewalt aufzuhacken versuchte.

Ivo wartete, bis sich sein Herzschlag beruhigt hatte. Der Essiggeruch, der von dem Lappen im Mauseloch aufstieg, benebelte zwar selbst unter dem Tellerberg seine Sinne, doch das war noch immer noch besser als die dreifache Todesgefahr, der er eben entronnen war. Der Weg zurück war nun versperrt. Stattdessen nahm er die steil abfallende Tiefe jenseits des Beckenrands in Augenschein. Ganz so wie vorhin, als er die Räumlichkeiten des Hauses inspiziert hatte, fiel ihm wieder der Spiegel auf, der unmittelbar neben dem Spülbecken gegen die Wand lehnte. Er war leicht zu erreichen. Doch bei der Aussicht, die glatte Fläche ungebremst hinunterzuschliddern, wurde Ivo flau zumute. Zu hoch, zu steil. Er würde unten aufschlagen und sich alle Knochen brechen. Ivo dachte schon daran, sich geschlagen geben zu müssen, als er im Schatten des Pumphahns ein zerbrochenes Stück Seife erblickte. Die gebirgige Masse schimmerte feucht und roch selbst angesichts des allgegenwärtigen Essiggeruchs nach Lauge.

Ja, so sollte es gehen. Ivo hielt die Luft an, rannte zu dem Seifengebirge hinüber und hob einen großen Seifenbrocken auf. Dann eilte er zurück und fasste abermals die glatte Spiegelfläche ins Auge. All seinen Mut zusammen nehmend, wuchtete er den schmierigen Seifenbrocken über den Kopf und sprang auf den Spiegel. Wie erwartet ging es rasch abwärts, doch die klebrige Masse verhinderte, dass aus der Rutschpartie ein Sturz ins Bodenlose wurde. Einen schmierigen Streifen hinter sich herziehend glitt Ivo rasch nach unten zum Küchenboden.

Schwer atmend eilte er weiter zum Gang vor der Küche. Direkt gegenüber dem Eingang lag die Treppe mit der Miniaturwerkstatt des Zauberers, in der, wie Ivo inzwischen ahnte, all die gefangenen Winzlinge tagsüber Frondienste verrichten mussten. Links von ihm ragte der gewaltige Vorhang aus Perlenketten in die Höhe und rechts von ihm befand sich das halb offene Studierzimmer. Dort, vor dem inzwischen abgerückten Regal, hockte noch immer Meister Calamitas, der mit der Hacke wüst auf die Wand mit dem Mauseloch einschlug. Putz bröckelte immerzu zu Boden. »Na warte, du Wurm«, zischte er. »Ich erwische dich. Und wenn ich dafür jeden Mäusegang in diesem Haus einzeln freilegen muss!«

Da von dem verletzten Kater des Zauberers nichts zu sehen war, schlich Ivo an der Gangwand entlang zurück zum Studierzimmer. Er huschte hinter dem Rücken des beschäftigten Zauberers in den Raum, versteckte sich kurz hinter den Stuhlbeinen des Lehnsessels und machte bewusst einen weiten Bogen um die blutigen Überreste des Kopfgeldjägers, dessen flach gequetschte Silhouette bereits ausreichte, ihm den Magen umzudrehen.

Endlich stand er vor dem zum Gefängnis umgebauten Vogelbauer. Dort schlug ihm der strenge Geruch von Schweiß und anderen körperlichen Ausscheidungen entgegen. Offenbar kümmerte sich der Zauberer nicht oft um die Reinigung des Winzlingsverlieses. Darauf vertrauend, dass seine Stimme auch für Meister Calamitas nicht mehr als ein lästiges Summen war, trat er an das Gittergeflecht heran. Drei Dutzend abgerissener Gestalten hockten auf Tüchern und Holzstreben und sahen dem Zauberer niedergeschlagen bei seinem Treiben zu.

»Hey, ihr da!« Ivo machte winkend auf sich aufmerksam und überrascht drehten sich einige der Gefangenen zu ihm um.

»Das gibt es doch nicht. Da ist der Junge!«, rief einer von ihnen. Es handelte sich um einen dürren Greis mit nacktem Oberkörper, dem die dünnen, verfilzten Haare wie Rinnsale über die Schultern fielen. Ivo erkannte ihn ihm den alten Wagnermeister Bernhold wieder, der vor über zwei Jahren spurlos verschwunden war. »Wer bist du?«, wollte der Alte wissen. »Und wie zum Henker kommt es, dass du da draußen noch immer frei herumläufst?«

Immer mehr der gefangenen Winzlinge drängten zu ihm und Ivo erklärte ihnen hastig, was er bisher an Gefahren überstanden hatte. Er erfuhr, dass Meister Calamitas die Männer im Laufe mehrerer Jahre eingefangen hatte. Nicht nur in Tannfurt selbst, sondern auch in den Ortschaften der Umgebung.

»Warum dieser Aufwand?«, wollte Ivo wissen. »Dieser Mistkerl könnte doch jeden Gegenstand, den er verkaufen will, ebenso gut verkleinern.«

»Nein«, korrigierte ihn der Alte niedergeschlagen. »Nur lebende Wesen wie wir bleiben dauerhaft verflucht. Tote Objekte erlangen nach zwei bis drei Tagen wieder ihre normale Größe zurück. Alles, was wir an Werkzeugen und Kleidungsstücken in dieser Größe besitzen«, er klopfte auf seine verdreckte Hose, »mussten wir eigens anfertigen.«

Ivo schüttelte fassungslos den Kopf. »Egal, jetzt müssen wir euch erst einmal aus dem Käfig rausschaffen.«

»Und was dann?«, meinte ein hohlwangiger Mann mit roten Haaren, der den Greis sanft beiseite schob. »Selbst wenn es eine Möglichkeit hier raus gäbe, was dann? Da vorn hockt der Zauberer, seine Katze ist hier irgendwo unterwegs und draußen liegt meterhoch Schnee. In unserer Größe haben wir keine Chance auf Flucht. Wir müssten schon unsere normale Größe zurückerlangen.«

Die Männer warfen ängstliche Blicke zum Zauberer.

»Gut, dann gehen wir unsere Rückverwandlung als Erstes an.« Der junge Dieb deutete mit dem Kopf hinüber zur Koboldslaterne, die noch immer unbeachtet vor einem der Regale auf dem Boden lag. Die ganze Zeit über hatte er bereits über sein Problem nachgedacht und nur eine folgerichtige Lösung gefunden. »Ich denke, dafür müssen wir bloß die Zauberlampe zerstören. Überlegt doch: Wenn es die Magie dieser Lampe ist, die uns zu dem gemacht hat, was wir jetzt sind, dann kehrt sich der Prozess vielleicht wieder um, wenn wir die Quelle des Zaubers kaputt machen.«

Murmeln machte sich im Käfig breit.

»Und wie willst du das schaffen? Die Laterne besteht schließlich aus Gold«

»Ja, aber die Lampe hat doch vorn eine Klappe, hinter der dieses Zauberlicht aufleuchtete. Also muss dort so etwas wie ein Glas- oder Kristallfenster sein, meint ihr nicht?«

Der Rothaarige stieß einen leisen Pfiff aus und nickte Ivo anerkennend zu.

»Allerdings gebe ich zu«, gestand Ivo leise ein, »dass ich noch nicht weiß, wie ich das hinkriegen soll.«

Der Greis winkte einen kräftigen Kerl weiter hinten heran. »Olof, reich dem Jungen, was wir an Werkzeug in den Käfig geschmuggelt haben. Wir setzen heute alles auf eine Karte.«

»Du musst wissen«, wisperte der Wagnermeister, »dass wir schon länger über einen Ausbruch nachdenken. Unser Plan sah vor, das Schloss des Käfigs zu zerstören. Doch der Zauberer zieht den Käfig immer so hoch an die Decke, dass eine Flucht selbst dann unmöglich ist.«

Ivo wurde ein Hammer und eine Spitzhacke gereicht, die beide aus Nagelköpfen gefertigt waren.

»Keine Ahnung, ob du damit was ausrichtest«, brummte der Rothaarige.

»Ich werde mein Bestes geben.« Ivo nickte den Männern ernst zu, umrundete die vielen Scherben des Schminkspiegels, den der Kater vorhin vom Pult geschleudert hatte, und schlich hinüber zu der goldenen Laterne.

Noch immer war Meister Calamitas damit beschäftigt, die Wand rund um das Mauseloch mit der Hacke aufzustemmen. »Ich kriege dich, du kleiner dreckiger Bastard«, zürnte er wie im Fieber. »Ich lass mir von niemandem mein Geschäft kaputt machen.«

Ivo ignorierte den Riesen und trat an die goldene Lampe mit den Sternenapplikationen heran. Die Klappe war längst wieder zugeschlagen und deckte das Licht im Innern des Artefakts ab. Was hatte der Zauberer zuvor gesagt? In der goldenen Laterne waren Sternengeister eingesperrt? Vielleicht waren auch sie froh darüber, wenn jemand sie befreite?

Er versuchte die goldene Klappe der Laterne mit aller Kraft aufzustemmen, doch das Metall war einfach zu schwer. Wieder und wieder stemmte er sich dagegen, doch alles, was er erreichte, war, den Hammer samt Stiel zwischen Klappe und Laternenwand zu klemmen. Ein silberheller Lichtstreifen fiel schräg auf den Fußoden und einen Moment lang glaubte Ivo jenseits des Kristallglases hinter der Klappe Hunderte grell leuchtender Lichtfunken ausmachen zu können. Verflucht, da war einfach nicht genügend Raum, um die Spitzhacke anzusetzen.

So als habe er etwas gehört, hielt Meister Calamitas plötzlich in seinem Tun inne und wirbelte zur Laterne herum. Zornig heftete sich sein Blick auf Ivo, der soeben zu der Spitzhacke griff und nun wie festgefroren in der Bewegung innehielt.

»Da bist du also!« Der Zauberer fixierte das Werkzeug in Ivos Händen und etwas in seinem Blick sagte dem Jungen, dass Meister Calamitas seinen Plan durchschaut hatte. »Schlau. Aber eben nicht schlau genug. Glaubst du ernsthaft, du könntest die Laterne mit diesem Zahnstocher beschädigen? Diese Lampe ist zur Gänze von Magie durchdrungen, kleiner Narr. Und es bedarf schon Magie, um ihr auch nur einen Kratzer zuzufügen.«

Der Zauberer erhob sich, ließ die Hacke fallen und griff böse lächelnd zu der Fliegenpatsche, die auf einem Regalbrett über ihm lag. Ivo wusste, dass er dem Zauberer diesmal nicht würde entkommen können. Es sei denn … Abermals kam ihm eine verzweifelte Idee. Hastig griff er nach einer der Spiegelscherben am Boden, wuchtete diese hoch und warf sich mit ihr in den hellen Lichtstreifen, der schräg aus der Laterne fiel. Das Licht der Sternengeister blendete ihn, doch Ivo schirmte sich mit der Spiegelscherbe ab und lenkte etwas von dem magischen Schein auf Meister Calamitas. Der war bereits einen Schritt auf ihn zugetreten und entdeckte erst jetzt den Lichtfleck auf seiner Brust. »Das wagst du nicht!«

»Contraxiones!«, flüsterte Ivo das Zauberwort.

Der winzige Lichtfleck auf der Brust des überrumpelten Zauberers breitete sich schlagartig aus und umhüllte den Körper des Mannes mit einem silbernen Glanz. Schon begann der Schrumpfungsprozess einzusetzen. Meister Calamitas brüllte vor Zorn: »Du elender, kleiner Bastard. Abraxaaaas, komm sofort hierher …!«

Ein leises Knistern erfüllte das Zimmer. Der Zauberer sprang vor und schlug mit der Fliegenpatsche zu. Doch noch in der Bewegung sank seine Gestalt so weit in sich zusammen, dass er Ivo nicht mehr gefährlich werden konnte. Der silberne Lichtflor erlosch, Meister Calamitas stolperte und zu der Größe eines halben Fingers geschrumpft lag er nun eine knappe Sesselbreite von Ivo entfernt auf den Dielen. Ungläubig starrte der Zauberer zu den gewaltigen Raumwänden und Möbeln des Zimmers auf. Ivo ließ die Spiegelscherbe fallen und packte die Spitzhacke. Er wusste, dass ihm jetzt ein Zweikampf auf Leben und Tod bevorstand.

»Na, wie gefällt Euch der Ausblick von hier unten, Meister Calamitas?«, spottete er. »Mal sehen, wie Ihr Euch auf Augenhöhe schlagt.«

Der Zauberer rappelte sich auf und warf die Fliegenpatsche fort, die nun mehr als deplatziert wirkte. Aus dem Käfig drang derweil begeistertes Johlen. »Mach ihn platt, Junge!«

Ivo ging kampfbereit auf den Zauberer zu, doch der lächelte abfällig. »Glaubst du wirklich, Kleiner, ich mache mir selbst die Hände schmutzig?« Längst waren im Gang zum Zimmer tappende Schritte von Krallen auf Holz zu hören. Ivo blickte bestürzt zum Zimmereingang auf, in dem die riesenhafte Gestalt der verletzten Hauskatze erschien. Der Kater fauchte gereizt, als er Ivo erblickte, und wollte schon zum Sprung ansetzen, als er seines geschrumpften Herrn gewahr wurde. Ein lauernder Ausdruck schlich sich in den Blick des Katers.

Meister Calamitas bemerkte erst jetzt, dass seine derzeitige Größe nicht unbedingt dazu angetan war, um seiner Katze Befehle zu erteilen. »Abraxas, verdammt, du wirst mir gehorchen. Hast du mich verstanden!« Bleich wich er vor dem Riesentier zurück, stolperte über seinen eigenen Rocksaum und rappelte sich entgeistert wieder auf. Der Kater fauchte argwöhnisch und umkreiste den Winzling, der immer weiter zurückwich.

»Ich befürchte, Ihr gebt die bessere Beute ab, Zauberer!«

Ivo warf die schwere Spitzhacke zu Boden und nutzte die Ablenkung, um außer Reichweite der Katze zu flüchten.

Der Kater fuhr die Krallen seiner verletzten Pranke aus und schlug spielerisch nach dem Zauberer, ganz so, als wollte er erst testen, ob er sich wehrte. Meister Calamitas wich dem Hieb schreiend aus und stürzte unvermittelt hinüber zu dem blutigen Leichnam des Kopfgeldjägers. Ohne Scheu griff er zwischen die zerschlagenen Überreste des Mannes und riss einen grünlich leuchtenden Gegenstand empor.

»Na warte, undankbares Mistvieh!« Meister Calamitas steckte sich den Zauberring auf den Finger und feuerte eine Flammenlanze auf den Kater ab, bevor dieser erneut nach ihm schlagen konnte. Gequält jaulte das Tier auf und wich vor dem kleinen Mann zurück. Meister Calamitas verlieh seinen Worten mittels eines weiteren Flammenstrahls Nachdruck und mit rauchendem Fell sauste der Kater endgültig aus dem Zimmer.

»Und nun zu dir.« Der Zauberer wandte sich mit verschlagenem Gesichtsausdruck zu Ivo um, der nicht begreifen konnte, wie sich sein Glück so schnell ins Gegenteil hatte verkehren können. »Du hattest dir wohl schon Hoffnung gemacht, dass Abraxas heute seinen Speiseplan ändert, wie? Nun, mein Freund, falsch gedacht …« Mit selbstzufriedenem Grinsen ging Meister Calamitas auf ihn zu, während im nahen Vogelkäfig enttäuschte Schreie laut wurden. Ivo wich ängstlich in Richtung Pult zurück und hielt verzweifelt nach einem Versteck Ausschau. Doch da war keines.

»Ich werde dich braten, Junge«, fuhr ihn der Zauberer an und hob die Ringhand. »Und wenn ich erst meine Zauberkräfte zurückerlangt habe, dann werde ich diese undankbaren Plagegeister da drüben im Käfig allesamt ersäufen und mir neue Sklaven besorgen.«

Ivo hatte das Pult fast erreicht, als er über einen Gegenstand am Boden stolperte. Verflucht, das war sein Stemmeisen. Wie kam das denn hierher? Der Zauberer lachte über Ivos Ungeschick, doch der Junge erkannte seine Chance und bleckte böse die Zähne. »Sehen wir doch mal, wer hier wen zuerst platt macht, Meister Calamitas.«

Ivo griff geschwind nach Meister Calamitas' langem Haar, das noch immer straff gespannt bis zu dem Leseband des Kassenbuchs weit über seinem Kopf reichte, und hängte sich mit seinem ganzen Körpergewicht daran. Der Zauberer warf einen entsetzten Blick nach oben und sah nun ebenfalls, dass der dicke Band in einem fragilen Gleichgewicht über die Pultkante hing. Kreischend riss er die Ringhand nach oben, um das Leseband des Buches mit einem Flammenstrahl zu durchtrennen, als das Buch bereits kippte. Ein gewaltiger Schatten stürzte in die Tiefe. Der Zauberer stieß einen gellenden Schrei aus, Ivo wurde von einem gewaltigen Windstoß erfasst und im nächsten Augenblick erbebte der Zimmerboden …

»… tja, und da endet unsere Geschichte«, schloss der alte Mann und streichelte seiner Enkelin über den Kopf, die ihn mit offenem Mund anstarrte. »Ivo, der dem Tod selbst nur knapp entrann, hatte den gierigen Zauberer mit seinem eigenen Kassenbuch erschlagen. Und ich denke, man darf mit Fug und Recht von einem verdienten Schicksal sprechen.«

»Wow!« Rowen rutschte aufgeregt auf der Sitzbank herum. »Aber du hast vergessen, uns zu erzählen, warum wir heute noch immer das Lichterfest feiern.«

»Ach ja, natürlich.« Der Alte schmunzelte. »Ivo gelang es natürlich, all die anderen Winzlinge aus ihrem Käfig zu befreien. In einer gemeinsamen Anstrengung schafften sie es, das schwere Buch, unter dem Meister Calamitas begraben lag, fortzuziehen und ihm den magischen Ring abzunehmen. Mit seiner Hilfe schmolzen sie die seltsame Laterne ein und befreiten all die Sternengeister, die einst darin eingesperrt worden waren. Das aber führte zu einem Ereignis, das man überall in Tannfurt sehen konnte. Denn in dieser Nacht stiegen erst über dem Haus des Zauberers und dann über der ganzen Stadt Hunderte, ach was sage ich, Tausende von winzigen Lichtern zum Himmel auf, die sich mit dem fallenden Schnee zu einem Glanz vereinten, wie ihn noch nie ein Mensch zuvor gesehen hatte. Das Schönste aber war, dass mit der Befreiung der Sternengeister auch der magische Bann brach, der auf den Opfern von Meister Calamitas lag. Es ist der Zauber dieser Nacht, dessen die Tannfurter gedenken, wenn sie wie heute Kerzen entzünden und diese in die Fenster stellen.«

»Und was wurde aus all den Männern?«, fragte Ira.

»Nun ja«, ihr Großvater lächelte breit. »Da war ja noch das viele Geld in Meister Calamitas' Versteck. Die befreiten Männer nahmen es an sich und teilten es unter sich auf, bevor sie wieder zu ihren Familien zurückkehrten. Da solch ein Schatz aber bekanntlich schnell Neider auf den Plan ruft und die Männer aus dem Gespräch zwischen dem Fremden und Meister Calamitas wussten, dass sogar der König auf den Reichtum des Zauberers aufmerksam geworden war, beschlossen sie, Stillschweigen über alle Ereignisse zu bewahren und niemandem etwas über all die Geschehnisse zu verraten. Natürlich haben sich gewisse Einzelheiten später dann doch herumgesprochen, aber die meisten der Männer hielten sich an die Vereinbarung. Trotzdem, auch den übrigen Bewohnern Tannfurts erschien diese Nacht wie ein einziges Wunder. Und viele Bewohner der Stadt glauben heute noch, dass die vielen Sternengeister nur erschienen waren, um all die verschwundenen Männer im Ort zurückzubringen. Auch die beiden Kriegsparteien erfuhren natürlich von dem wundersamen Ereignis. Doch sie hielten das Phänomen für das Eingreifen rätselhafter Schutzmächte, weswegen sie es bis zum Kriegsende nicht wagten, einen Fuß in die Stadt zu setzen. Das Schönste aber war sicherlich, dass mit dem vielen Geld der Hunger in der Stadt ein Ende fand.«

»Und was wurde aus Ivo und seiner Schwester?«, bohrte Ira nach.

»Ivos Schwester wurde geheilt, mein Liebes. Ivo hatte nämlich den größten Anteil des Schatzes erhalten, womit ihrer beider Not ein Ende fand. Doch da Ivo ein Dieb war und viele Bürger der Stadt beraubt hatte, traute er den Tannfurtern nicht so recht. Er zog mit seiner Schwester vorsichtshalber in die Fremde und wartete dort, bis Gras über die Angelegenheit gewachsen war. Es heißt aber, dass beide als Erwachsene wieder zurück nach Tannfurt zogen, Familien gründeten und sehr glücklich wurden. Und wenn sie nicht gestorben sind, dann leben sie wohl heute noch unter uns.«

Der Alte zwinkerte seinen Enkeln zu und erhob sich schwerfällig. »Und jetzt genug der Geschichten. Ich muss den Braten aus der Küche holen. Eure Eltern müssten nämlich bald zurück sein. Und wenn das Essen nicht gleich auf dem Tisch steht, dann heißt es wieder, ich würde mich nicht ordentlich um euch kümmern. Ihr könnt ja schon mal den Tisch decken.«

Einen letzten Blick zu den flackernden Kerzen im Fenster werfend, schlurfte der alte Mann in die Küche. Dort roch es bereits köstlich nach gebratener Gans. Doch erst als er den Braten aus dem Ofen genommen und diesen auf dem Küchentisch abgestellt hatte, bemerkte er, dass Rowen in der Tür stand. Der Junge sah ihn nachdenklich an.

»Sag mal Opa, wie kommt es eigentlich, dass dein rechtes Ohr verstümmelt ist? Du hast uns nie erzählt, wo du dir die Verletzung zugezogen hast.« Der Kleine deutete nachdenklich zu dem knorpeligen Stumpen am Kopf des Alten, den dieser stets unter seinem Haar zu verbergen suchte. Doch je lichter es wurde, desto schwieriger wurde das mit den Jahren. Der alte Mann blickte den Jungen überrascht an, griff verschmitzt lächelnd in die Hosentasche und legte dann einen Finger auf die Lippen. Rowen riss die Augen weit auf, als er den prachtvollen Ring mit dem grünen Saphir entdeckte, der die Hand zierte.

»Ich wusste es. Ich wusste es schon die ganze Zeit über!« Rowen lachte und schlug sich begeistert in die Faust. Dann stürmte er vor und umarmte seinen Großvater mit aller Kraft. »Frohes Lichterfest, Opa!«

»Frohes Lichterfest, mein Junge. Frohes Lichterfest euch allen!«

Charlotte Kerner

Vierundzwanzig Hahnenschreie

Palmen und Pinien stehen im Nieselregen und wirken ebenso fehl am Platze wie der dürre, blinkende Weihnachtsbaum im Schaufenster eines Geschäfts, das geschlossen ist. Was dort einmal angeboten wurde oder im nächsten Sommer wieder verkauft werden wird, bleibt unsichtbar. Graue Wolken hängen tief über der sandigen Bucht. Hier im Süden ist jetzt kein Süden mehr und auch kein Norden, der Winter ist kein richtiger Winter, der Dezember ein kühles Dazwischen.

Das sind die Tage, an denen nicht einmal Nebensaison, sondern gar keine Saison ist. Nichts los hier, denkt der Mann, der alleine die Strandpromenade von *Port de Pollensa* im Nordosten Mallorcas entlangschlendert.

Er geht vorbei am Hotel *Sis Pins*, Sechs Pinien, und blickt hoch zu den geschlossenen grünen Fensterläden der Gästezimmer. Die großen Kassettenfenster im Erdgeschoss sind von Steinplatten eingefasst, die weißen Vorhänge seit Langem zugezogen und verstaubt. Die Eingangstür wurde von innen mit Stoffbahnen verhängt, deren milchige Farbe durch die Glasscheiben schimmert und den einsamen Spaziergänger an tote oder blinde Augen erinnert.

Von hinten betrachtet wirkt der Mann alterslos, er könnte zwanzig oder auch sechzig sein. Vor einem plötzlichen, heftigen Regenschauer flüchtet er unter die Arkaden des *Sis Pins*. Mit den Händen streift er sein feuchtes Haar nach hinten. Überrascht stellt er fest, dass er an dem Ort Schutz sucht, wo sich vor Jahrzehnten Agatha Christie gemeine Morde ausdachte. An einem der Rattantische, die sich im Sommer genau hier – im Schatten der überbauten Veranda – drängeln, schrieb sie ihre Kurzgeschichte *Problem in Pollensa Bay.*

Ihn fröstelt, weil die dicke Jacke weit weg in seinem Auto liegt. Der Mann verschränkt die Arme, als wolle er sich zusammenhalten, während er über die breite gepflasterte Promenade auf das trübe und stille Meer blickt, dessen Sandsaum nur zehn Meter entfernt ist. Er sieht das Meer hinter einem Eisentor liegen, über dem der Hotelname in metallenen Lettern prangt, eingespannt zwischen zwei Stangen, die aus den zementierten Türpfosten ragen.

Er zählt die Buchstaben, von links nach rechts und von eins bis zwölf. Und zwei mal zwölf ergibt vierundzwanzig, rechnet er und schmunzelt über diesen Zufall, während er sich mit den Handflächen die Oberarme warm rubbelt.

Ein verdammt komischer grauer Tag ist das, und bald ist auch noch Heilige Nacht, und still ist es sowieso. Er summt das alte Lied, erinnert sich nicht mehr an den vollständigen Text, nur wenige Worte fallen ihm ein: *Chor der Engel erwacht … freue dich … Christkind kommt bald!*

Hier erwacht heute niemand mehr und freut sich, denkt der Mann und blickt nach rechts und links auf die leere Promenade. Er zählt mehr als sechs Pinien: große und kleine, gekrümmte und aufrechte, die uralten wie die kleinen zerzausten, die vor einigen Jahren nach einem Orkan neu gepflanzt wurden.

Plötzlich hat er das Gefühl, nicht mehr allein zu sein. Hinter ihm und an den Seiten seines Unterstandes raschelt es, seltsame Gebilde ragen aus den Wänden. Es sind die fünf großen Wandlampen, die für den Winter mit schwarzen Plastikplanen umwickelt und mit Seilen verschnürt wurden. Sie erinnern ihn an abgeschlagene, schwarzfellige Stierköpfe. Manche haben bedrohliche Fortsätze, die Hörnern ähneln, andere sind auf die Schädelform reduziert. Augen haben diese Wesen keine, dennoch scheinen sie ihn zu beobachten. Auch wenn sie über kein Maul verfügen, hört er doch ein Schnaufen und Schnauben. Zwei große Straßenköter rennen hechelnd über die Promenade, der Mann zuckt zusammen, zum Glück beachten die Hunde ihn nicht.

Unwohl fühlt er sich nun, umzingelt und eingekreist auch von den großen Buchstaben, die schwarz auf weiß auf die Hausmauer gesprayt wurden und vor seinen Augen auf und ab tanzen. Mit dem Rücken zum Meer liest er und versteht, dass die Graffiti *los putos cibiles*, die Scheißpolizisten, beschimpfen, allen Hurensöhnen, *ijos des puta*, den Tod wünschen, und überhaupt allen *Muerte Bombas Sangre* – Tod, Bomben und Blut – androhen.

Nicht nur die klamme Kälte, auch die schwarzen Un-Worte, Un-Tiere und blinden Fenster machen ihm eine Gänsehaut. Er blickt unter sich auf die schwarzen und weißen quadratischen Kacheln, die Spitze auf Spitze in Reihen verlegt sind. Während er auf das Schachbrett starrt, wird ihm schwindelig. Er hebt den Kopf, blickt wieder hinaus ins reizarme Grau und aufs dunkle Meer, dessen Oberfläche plötzlich bedeckt ist mit einem flirrenden Schwarz-Weiß-Muster. Das Schachbrett vollführt hypnotische Wellenbewegungen.*

* Wer mit offenen Augen träumt, hat Halluzinationen: Dann gewinnen innere Bilder die Oberhand über das, was man normalerweise mit dem Auge sieht. Trugbilder und -töne entstehen nicht nur bei Hirnerkrankungen, auch gesunde Menschen können in Zusammenhang mit Drogen und Schlafentzug oder in psychischen Ausnahmezuständen halluzinieren. Wenn die Wachheit nachlässt, kann der visuelle Cortex »träumen«, das visuelle Gedächtnis entleert sich unkontrolliert und erzeugt innere, oft verrückte (Traum-) Bilder. Auch etwas gerade Gesehenes kann noch einmal (griechisch *palin*) auftauchen und sich als Nachbild an einem falschen Ort breitmachen, ein Phänomen, das *Palinopsie* genannt wird. Ein Augenschließen kann Halluzinationen sowohl beenden, aber diese – zum Beispiel bei Migränepatienten – auch erst freisetzen.

Der Mann schließt kurz die Augen und verscheucht das unpassende Wellenmuster, das Meer ist wieder angenehm trübe. Er lehnt sich an den Pfeiler des mittleren Rundbogens und saugt die nach Tang riechende Seeluft ein. Ein Windstoß, der unter die Arkaden fährt – sie sind von außen mit Efeu bewachsen –, lässt die trockenen alten Blätter rascheln. Die heftige Bö treibt ihm noch andere Geräusche zu: das Gekreische von Möwen, und aus der Ferne der stolze laute Schrei eines mächtigen Hahnes.

Wenn der Hahn dreimal kräht … und seine Tochter ist acht Jahre alt, und drei mal acht ist vierundzwanzig. Er rechnet schon wieder, während er weiter dem Wind lauscht.

Auch ein zufriedenes Kichern meint er nun hinter einem der geschlossenen Fensterläden zu hören. Das passt zu ihr, denkt er, die genau unter diesen Arkaden an der Geschichte *Problem in Pollensa Bay* feilte und sich dabei ins Fäustchen lachte. Sie hätte heute Grund sich lächelnd zu erinnern, denn der Hochzeitstag mit ihrem ersten Ehemann, dem englischen Flieger Archibald Christie, jährt sich morgen. Sie hat ihn auf seinem Heimaturlaub an Weihnachten geheiratet, am 25. Dezember 1924. Ob ihr Liebster ihr damals Rosen geschenkt hat?

Es ist ein Ros entsprungen …

Der Mann streckt seinen Kopf weit aus dem Unterstand und in den auffrischenden Wind und schließt die Augen. Es regnet nicht mehr.

Er ist Mitte dreißig, höchstens vierzig Jahre alt und sieht gut aus. Trotzig reckt er sein unrasiertes Kinn vor, wie ein zorniger und etwas verwegener Junge.

Ich sollte weitergehen, besser noch nach Hause gehen, überlegt er.

Er dreht sich um zu den schwarzen Plastiktrophäen an den Wänden, die er zum ersten Mal vorsichtig berührt, um ihnen dann – einer nach der anderen – einen heftigen Klaps zu versetzen, während er an ihnen vorbei schreitet und immer wieder *Adiós* ruft. Einmal, zweimal … fünfmal.

Er muss etwas essen, merkt er, er hat viel zu wenig gegessen an diesem Tag, dessen heiliger Abend bald anbricht, und Schlaf hat er in den letzten Tagen auch kaum gefunden. Deshalb taumelt er hier herum in diesem kalten Wachtraum. Eigentlich sollte er im Ort sein bei seiner Familie, seiner Frau und der Tochter, die gerade einen trockenen, aber wenigstens echten Weihnachtsbaum schmücken.

Ganz in Rot gehalten ist der Schmuck, rot wie Blut die Kugeln aus Plastik, und die passenden Schleifen haben einen Goldrand. Rotgolden gefärbt sind die Zapfen, und dunkelrote Wachskerzen sitzen auf glänzenden Haltern. Alles ist so perfekt aufeinander abgestimmt! Genau deshalb ist er ans Meer geflohen, weil Weihnachten und Mittelmeer für ihn nicht zusammenpassen. Trotzdem denkt er an nichts anderes als an dieses verdammte Fest, als er wieder auf der Promenade geht und unwillkürlich summt: *Ihr Kinderlein kommet, oh kommet doch all…*

Seine Stimme klingt nicht sanft, sondern wütend, als er einem Licht zustrebt. Es ist nicht der Weihnachtsstern, trotzdem geht er darauf zu. Es ist der hell erleuchtete Wintergarten eines Lokals, das als Einziges auf die wenigen Gäste wartet, die im Laufe eines unheiligen Abends und einer noch unheiligeren Nacht vielleicht hierher gespült werden. Gefühlsstrandgut wie er.

Ihr Kinderlein kommet, o kommet doch all…

Der Mann betritt das Restaurant und setzt sich an den erstbesten Tisch. Die erwärmte Luft wird in dieser verkehrten Winterwelt von einer Klimaanlage auspustet, die im Sommer wieder ihre Not haben wird, alles herunterzukühlen. Er bestellt eine Pizza *extra large* und ein Glas Rotwein. Die Kellnerin mit dem chinesischen Gesicht lächelt ihn mitleidig an, als er das in der Mikrowelle aufgeheizte Essen verschlingt und sogleich ein zweites Glas, *un vino tinto más*, bestellt. Das Glas ist randvoll, er leert es auf einen Zug.

Erst jetzt bemerkt er die Frau am Nebentisch. Auch sie ist allein, aber älter, viel älter, uralt, wie von den Toten auferstanden. Die Frau spürt seinen Blick und dreht sich nach ihm um. Sie ist bestimmt über hundert Jahre alt. Und sie kommt ihm bekannt vor.

Do you have any problems?, fragt ihn die alte Dame freundlich und mit vornehmem britischen Akzent, planen Sie auch einen Mord? Brauchen Sie einen Tipp?

Am Nebentisch sitzt tatsächlich Agatha Christie, geboren 1890. Sie trägt eine vierteilige Perlenkette um den Hals, auf dem Kopf ein Filzhut, geformt wie eine umgedrehte Schüssel. Sieht genauso aus wie auf den für sie typischen Porträtaufnahmen, bei deren Betrachten er sich immer schon gewundert hat, warum sich gerade eine solche bieder aussehende, ondulierte Dame derart hinterhältige Mordgeschichten ausdenken konnte.

Äußerlich harmlos ist auch er, doch in seiner Phantasie hat er schon viele ermordet, besonders an Weihnachten, immer an Heiligabend.

Kein Problem in Pollensa Bay, antwortet er höflich, fast ehrfurchtsvoll, nur der Wein hat komisch geschmeckt, finden Sie nicht?

Hoffentlich war er nicht vergiftet, lächelt die *Dame of the British Empire* süffisant.

Er reibt sich die Augen und bleibt dennoch gefangen in diesem Wachtraum. Er hält Agathas misstrauischem Blick stand und schüttelt seinen Kopf, während er weiterspricht: Kein Mord in Pollensa! Seien Sie ganz beruhigt! *No problem in the bay!* Kein Gift, nur viel zuviel Weihnachten!

Der Mann hebt seinen rechten Arm und reibt den Zeigefinger am Daumen, signalisiert der Kellnerin mit dieser schnellen Geldzählbewegung, dass er die Rechnung möchte: *La cuenta por favor*. Seine Lippen formen stumm diese Worte, während er sich suchend umblickt. Agatha Christie ist verschwunden. Seine profane Geste hat die Besucherin wohl vertrieben.

I'm dreaming of a white Christmas, summt die Kellnerin auf dem Weg zur Kasse.

Jetzt kann er die Schriftstellerin nicht mehr fragen, ob es auch ihr zu Weihnachten genauso ergangen ist wie dem anderen von ihm verehrten Mordspezialisten, dem Filmregisseur Alfred Hitchcock. Wenn er beim weihnachtlichen Festschmaus in die Runde sehe, so soll er behauptet haben, fielen ihm die besten Morde ein.

Feliz Navidad, Merry Christmas!, wünscht ihm die Bedienung mit dem asiatischen Aussehen und dem fremden Akzent, als sie das abgezählte Geld einsteckt, das er mit einem großzügigen Trinkgeld auf genau vierundzwanzig Euro aufgerundet hat!

Jingle bells, jingle bells, tönt es aus dem Lautsprecher im Lokal.

Auf dem Kassenbon hat er es nun schwarz auf weiß: Heute ist der 24. Dezember, Heiligabend.

O du selige ...!

Der Mann geht denselben Weg zurück, vorbei am *Hotel Sis Pins*, und biegt dann links ab. Sein Auto parkt in der dritten Reihe. Nach Pollensa sind es nur sechs Kilometer.

Als er nach zehn Minuten den großen Kreisel erreicht, dessen Mitte das Wahrzeichen der kleinen Stadt, ein metallener roter Hahn – hoch wie ein Haus – besetzt hält, ist es bereits dunkel. Er beschließt, nicht gleich nach Hause zu gehen. Er ist noch nicht bereit für den blutroten Weihnachtsbaum und die Horror-Gemütlichkeit. Er schließt sein Auto ab und geht Richtung Ortszentrum. Findet den Weg traumwandlerisch sicher im dunklen Gassendschungel.

Er mag diese Stimmung: Wenn der Regen die großen Pflastersteine rein gewaschen hat und sie noch stärker glänzen lässt im Schein der alten Straßenlaternen. Leer gefegt die kleinen, dunkel lackierten Sträßchen mit den verschlossenen Türen und Fensterläden. Als ob die Pest gewütet hätte. Die perfekte Filmkulisse für *Nosferatu*, der in jedem Torbogen lauern könnte. Der Mann fühlt sich wie Friedrich Murnau in dem Film

Shadow of the Vampire und überlegt, wie der Regisseur wohl das Graffito aus Puerto Pollensa – Tod, Bomben, Blut – in die Filmhandlung eingebaut hätte.

Eine Ratte rennt quiekend die rechte Hausmauer entlang und verschwindet in einem Regenrohr. Eine graue, fast unsichtbare Katze schreit in einer Einfahrt. Seine Schritte klingen laut und hohl. Der Mann geht immer schneller, bis er vor dem Hahnbrunnen steht, mitten auf der *Placa de Font des Gall.* Doch der gusseiserne Hahn, der normalerweise dort oben thront, seinen rechten Fuß graziös angehoben und die Kralle fast neckisch gebeugt, ist verschwunden. Auf der Steinkugel klebt nur noch die linke Kralle samt einem kleinen Stumpf. Das städtische Wappentier ist fortgeflogen. Oder geflohen vor der Weihnachtsstimmung. Vielleicht wurde es aus Liebe getötet oder aus Habgier geraubt:

Tot ist der Hahn! Der Hahn ist tot! Nie mehr wird er schrei'n cocodi cocoda. Früher wurde dieses Mitmachlied im Kino, aber nicht an Weihnachten gesungen.

Der Mann rüttelt an dem verblieben Stück Hahn, das sich nicht rührt.

Rasch geht er weiter, links und rechts und links, bis er vor dem Seiteneingang der Großen Pfarrkirche *Nostra Senyora dels Àngels* steht. Die Tür ist nur angelehnt, Licht schimmert aus dem Mittelschiff. Er drückt mit der Schulter die Holztür auf. Über dem Hauptaltar *Unserer Heiligen Maria der Engel* öffnet sich eine kitschig-blaue Riesenmuschel, bereit zuzuschnappen. In den verborgenen Räumen hinter dem Hauptaltar rücken und richten Menschen Gegenstände, probt ein Chor. Wahrscheinlich Vorbereitungen für die Mitternachtsmesse: *Welt ging verloren, Christ ward geboren …*

Der Mann setzt sich in die Bank, die vor dem zweiten Seitenaltar steht, auch Blutkapelle genannt. Der gefolterte Christus am Kreuz ist übersät mit blutenden Wunden: *Muerte y Sangre.*

Er starrt auf den Boden, die hellbraunen Fliesen sind durchsetzt mit gemusterten Kacheln, schwarzen Olivenzweigen, und in der Mitte jeder floralen Raute prangt auf einer Fliese der gemalte Hahnenkopf. Alle ein bis eineinhalb Meter sieht er einen gelben Schnabel, schwarze Federn und den roten Kamm.

Der Hahn ist tot, tot ist der Hahn!

Der Mann rutscht auf dem hölzernen Sitz bis zum Mittelgang und tritt dann aus der Bank heraus. Er geht in Richtung des verschlossenen Portals, die blaue Monstermuschel sitzt ihm im Genick. Am Ende des Ganges dreht er sich um und schreitet zurück durch das hohe Mittelschiff, über alle Hahnenköpfe hinweg wie über Gräber, wieder hinaus durch die Seitentür in den kühlen Weihnachtsabend.

In den Fenstern sieht er sie plötzlich überall sitzen: die roten Hähne, doch niemand schreit Feuer, nur das Federvieh kräht immer wieder das eine, dasselbe Wort: Kikeriki, das einzige Wort, das sie kennen … Er zählt die Hahnenschreie und es sind bereits dreiundzwanzig, als er atemlos vor der Kalvarientreppe steht.

365 Stufen führen auf den Berg, den *Puig des Calvari*, die großen und kleinen Steine alle nass und glitschig, Laternen säumen den steinernen Weg nach oben. Hier kann der Reuige am Karfreitag auf jeder Stufe für jeden Tag des Jahres seine Abbitte leisten. Doch heute ist keine *Semana Santa*, keine Kapuzenmänner mit Fackeln steigen herab in der *stillen Nacht, heiligen Nacht, Chor der Engel erwacht …* Aber er sieht etwas anderes, er sieht Sterne.* Sie fallen von oben nach unten, die ganze Treppe

* Eine Migräne kündigt sich oft durch eine Aura an, z. B. ein komisches Körpergefühl oder Gerüche. Auch seltsame optische Erscheinungen sind klassische Vorsymptome. Innerhalb des Gesichtsfelds entwickelt sich häufig ein stark flimmernder Fleck, Flimmerskotom genannt, das sich eher langsam, mit einer Geschwindigkeit von 3–3,5 Millimeter pro Sekunde ausbreitet. Solche optischen Auren können äußerst vielfältige Formen haben, weil positive Reize und Ausfallerscheinungen ineinander greifen. Zacken und Sterne gehen dabei sehr oft einem blinden Fleck voraus.

hinunter. Golden glänzen sie und dann goldrot, schließlich rotschwarz, und am Ende stürzen sie pechschwarz in einen Abgrund, der sich am Fuße der Treppe vor ihm auftut. *Muerte, Bombas, Sangre.*

Der vierundzwanzigste, der lauteste Hahnenschrei ruft den Mann in die Wirklichkeit zurück. Er erinnert sich, dass Frau und Tochter auf ihn warten an diesem Heiligen Abend. Er rennt die Jesusgasse entlang, die *Carrer Monte Sion* hinunter und biegt schließlich in die Engelsgasse ein. In der *Carrer Angel* haben sie wie jedes Jahr ein Haus gemietet.

»Wo warst du bloß?«, seine Frau umarmt ihn erleichtert.

»Die besinnlichen Tage haben schon manchen um die Besinnung gebracht«, flüstert er ihr ins Ohr,

Sie kennt dieses Zitat von Ringelnatz, das ihr Mann – *alle Jahre wieder* – aus seinem Gedächtnis hervorkramt.

Dann fragt er laut: »Was macht die Weihnachtsgans?«

»Dieses Jahr gibt es Hühnchen, Papa!«

»Vorhin frisch geschlachtet, von unserer Nachbarin! Stell dir vor, gleich nebenan in ihrem Patio!«

»Der Hahn hat schrecklich gekräht«, erklärt die Tochter, »als es der Henne an den Kragen ging!«

»Waren es vierundzwanzig Schreie?«, will er wissen.

»Meinst du wirklich«, fragt seine Frau zurück, »jemand kümmert sich darum, wie oft ein Hahn schreit?«

»Der Hahn vom Brunnen ist verschwunden«, sagt er, »vermutlich gestohlen!«

»Wir haben ihn nicht gestohlen, in unserem Topf ist er nicht gelandet«, lächelt seine Frau, trägt den Braten aus der Küche und stellt ihn auf den gedeckten Tisch.

Der Mann starrt den rot geschmückten Weihnachtsbaum an. Statt der Schleifen sieht er rote Hahnenkämme an den nadeligen Zweigen hängen. Doch der Baum gefällt ihm trotzdem.

Draußen prasselt jetzt wieder der Regen. Immer lauter heult der Wind, der Agathas Lachen vom Hafen herüber bis vor seine Haustür trägt. Dazu singt ein Knabenchor *Stille Nacht, Heilige Nacht*. Seine Tochter hat diese CD mit den weihnachtlichen Gassenhauern eingelegt, die seine rasenden Kopfschmerzen nur noch verstärken.

Der Mann starrt die roten Hahnenkämme an, die in den Zweigen hängen. Er zählt sie und zählt sie erneut. Immer wieder endet er bei vierundzwanzig.

Er bekommt keine Luft mehr, deshalb reißt er die Haustür auf und rennt hinaus. Immer lauter krähen in seinem Kopf die vierundzwanzig Hähne ohne roten Schopf: *Muerte Bombas Sangre.*

Florian Straub

Das Ritual

»Nicht so ungeduldig«, mahnte die Dämonenmutter mit brüchiger Stimme und schlug Vara, ihrer Jüngsten, auf die Klauen.

»Schon gut«, fauchte Vara, »ausgepackt wird erst nach dem Ritual, nicht wahr?«

Die Dämonin senkte schwankend ihr meterlanges Haupt. »Ja, mein Schatz. Nach dem Ritual.« Ihre Stimme war tränenerstickt.

Vara stieß ein gurgelndes Keuchen aus und trollte sich widerwillig von den Geschenken davon, die sich unter dem Festbaum auftürmten. Der Baum war wie jedes Jahr von den Eltern festlich geschmückt worden. An den Ästen der vom Blitz geborstenen Eiche hingen blankgefressene Schädel von Elfentöchtern. Im Innern schimmerte das stimmungsvolle Licht der Herzkerzen. Es spiegelte sich in den dunklen Pupillen der Dämonenkinder, die staunend seit Tagen um den Baum schlichen, um herauszufinden, ob genug Geschenke für sie bereitlagen.

Vara liebte diese Jahreszeit. Die Dämonen trieb nichts anderes um als die Vorbereitung auf das Fest. Überall wurden die Höhlen gesäubert, Katzen an drei Beinen über den Eingängen aufgehängt (darunter küsste man sich traditionell zum neuen Jahr), Büffel für den allseits beliebten Glühpunsch ausgeweidet und der eigene Körper mit allerlei Brandmarken verziert. Der verführerische Duft von flüssigem Eisen und verbrannten Fußnägeln lag über dem Dorf. Kurzum: Es war eine herrliche Zeit, die Vara und die anderen Dämonenkinder in einen rauschhaften Zustand der Freude versetzte und alles vergessen ließ, was das harte Dämonenleben das Jahr über mit sich gebracht hatte.

Was die Ungeduld aller ins Unermessliche steigerte (und mitunter dazu führte, dass die Kinder sich vor Aufregung die Hörner ausrissen), war das Ritual. Es fand vor der Bescherung statt und dauerte für jüngere Dämonen gefühlte hundert Jahre, obwohl die eigentliche Länge nur eine gute Stunde betrug, je nach Muße der Eltern, die das Ritual stets selbst ausführten, während die Kinder mit einer Mischung aus Unruhe und Faszination darumstanden. Das Ritual gehörte zu den ältesten Feierlichkeiten der Dämonen, war aber zunehmend von der Modernisierung der Gesellschaft verdrängt worden. Nicht jede Familie beging heute noch das Ritual, stopfte lieber bereits am Nachmittag Essensberge in sich hinein oder glotzte stumpfe Wiederholungen zweitklassiger Scherenschnitttheater (für viele Dämonen eine willkommene Ablenkung von ihrem beschwerlichen Alltag), doch Varas Familie war traditionsbewusst. Das Ritual war der Mittelpunkt des Festtags. Vor dem Ritual keine Geschenke. Vor dem Ritual nichts zu essen. Ordentliche Kleidung war ein Muss, Blut und Gedärm auf Hemdskragen wurde nicht geduldet. Ein Albtraum für Vara und ihre Geschwister. Und die Aussicht auf umso größere Belohnung danach.

Doch dieses Jahr war alles anders. Vara konnte es sich nicht erklären, aber sie spürte, dass ihre Eltern etwas belastete. Etwas, das mit diesem Fest in Zusammenhang stand. Und es hatte, wenn sie sich richtig erinnerte, mit der Versammlung im Dorf begonnen, zu der ihre Eltern gerufen worden waren. Hatte der Rat der Dämonen eine seiner gefürchteten Entscheidungen gefällt? Der Rat galt als unberechenbar, als unbestechlich, als kaltherzig. Aber was in einer Versammlung beschlossen wurde, war unantastbar. Seitdem jedenfalls schlich ihr Vater eigentümlich schweigsam umher, und ihre Mutter hatte sich mehrfach so laut in den Schlaf geweint, dass die Scheiben im ganzen Dorf zersprungen waren. Auch ihre Geschwister blickten Vara zusehends mit einer eigentümlichen Mischung aus Zuneigung und Mitleid an, die das kleine Geschöpf irritierte. Während des Abendessens war es in den letzten Tagen bedrückend still geworden. Wenn Vara fragte, was los sei, gab jeder nur ausweichende Antworten. Ihr Bruder raunte, dass es etwas mit dem Ritual zu tun hatte, aber das war schon alles, was Vara mitbekam, bevor das ohrenbetäubende Geheul ihrer Mutter erneut losbrach. Ihr Vater stapfte in solchen Momenten mit geballten Pranken in den Schnee hinaus und riss vor Wut einen der weißen Schimmel entzwei, die er als Glücksbringer züchtete.

Jetzt verbarg sich Vara hinter einem Stalakmiten und sah zu, wie ihre Mutter sich die Augen an der Lungenflügelschürze abwischte und schniefend hinüber in die Küche stampfte. Der Vater, der über den Braten wachte, murmelte etwas. Vara schlich auf den spitzen Enden ihrer Krallen näher heran.

»... das kann ich nicht über mich bringen«, schluchzte ihre Mutter gerade.

»Mein Herz zerbricht ebenfalls. Und dennoch führt kein Weg daran vorbei. Die Zeit ist für sie gekommen. Du weißt, dass wir es nicht verhindern können.«

»Aber was ... sollen wir ... ohne sie tun?« Vara bedeckte instinktiv die Ohren, weil sie erwartete, dass das Geheul wieder losging.

Varas Vater warf einen Löffel in die Spüle und fluchte. »Verdammt, mach es nicht noch schwerer. Und sprich nicht immer nur von uns. Was meinst Du, wie es Vara dabei ergeht?«

Die Mutter zischte warnend.

Vara wurde bleich. Was hatte das alles zu bedeuten? Und was hieß *ohne sie*?

Ihre kleinen Klauen zitterten.

»War da etwas ...«, begann der Vater, doch bevor er dem Geräusch nachgehen konnte, war Vara bereits im hinteren Teil der Höhle verschwunden.

Dort hielt die kleine Dämonin inne und versuchte, ihre Gedanken zu ordnen. War es das, was ihnen seit Tagen Kummer bereitete? Wollten die Eltern Vara etwas antun? Am heutigen Tag? Warum hatte der Rat eine so furchtbare Entscheidung gefällt?

Tränen stiegen ihr in die Augen, und hastig lief Vara die Steintreppe nach oben, in das Gemach ihrer Geschwister. Sie saßen auf dem Bett und zogen gerade ihre Hemdsärmel und Blusenkragen zurecht.

»Vara«, staunte ihr Bruder, als hätte er gar nicht mehr erwartet, sie überhaupt noch einmal zu Gesicht zu bekommen.

»Warum bist du noch nicht fertig?«, fauchte ihre Schwester.

»Ich … ich …«

»Hör auf zu stammeln und zieh dich an. Es klebt ja noch eine halbe Ziege an dir! Was meinst du, wie Mutter und Vater reagieren, wenn sie dich in diesem Aufzug sehen? Das Ritual beginnt gleich.«

Vara stand nur da und schwankte.

»Was hast du denn?« Ihr Bruder legte den unförmigen Kopf schief.

»Werden sie mir etwas antun?«, stammelte Vara. »Werden sie … das Ritual …«

Bevor ihr Bruder aufspringen konnte, war ihre Schwester bereits bei ihr und schüttelte sie.

»Was weißt du darüber? Hast du gelauscht?«

Vara senkte den Kopf.

»Haben sie dir etwas erzählt?«, rief die Schwester.

»Wir sind verdammt!«, schrie der Bruder.

»Hör mir zu!« Sie wurde wieder geschüttelt. »Du tust genau, was wir dir jetzt sagen, verstanden? Du wischt dir dieses Zeug vom Hemd, ziehst dich ordentlich an und gehst mit uns zusammen hinunter. Du wirst uns nicht von der Seite weichen, ist das klar? Egal, was passiert.«

Vara konnte nicht antworten. Gedanken kreisten in ihrem Kopf wie eine schwingende Axt.

»Ich hole Vater.« Ihr Bruder sprang vom Bett und lief die

Treppe hinunter. Kurz darauf hörte man Gepolter und allgemeinen Tumult. Schließlich stürmten Klauenfüße nach oben, und Varas Vater stand mit hochroten Pupillen im Türrahmen.

»Was hast du gehört? Vara, sag es mir, was hast du gehört?« Seine Stimme donnerte so laut, dass die Druckwelle das Wildschwein umwarf, das grunzend in seinem Käfig gekauert hatte.

Vara erwiderte nichts. Feuchtigkeit klebte auf ihren ledrigen Wangen. Ihr Vater ruderte mit den Armen, und sie rechnete mit einem furchtbaren Schlag, doch stattdessen riss er sie vom Boden und drückte sie so fest an sich, wie er es noch nie getan hatte.

»Vara, mein Liebes … Vara. Es tut mir so leid.«

Erstaunt stellte sie fest, dass seine Stimme tränenerstickt war. Noch nie hatte sie erlebt, dass ihr Vater weinte.

»Wir müssen es tun. Wir müssen, verstehst du?«

Sie presste sich an ihn und stimmte mit ein. Es gab nichts mehr zu sagen.

So hielten sie einander lange im Arm, bis die Tränen versiegt waren.

Schließlich drückte der Vater sie von sich weg. »Das Ritual beginnt. Mutter wartet schon. Wollen wir hinuntergehen?«

Vara nickte.

»Du bist ein tapferes Mädchen.« Er setzte Vara ab und strich den beiden anderen Kindern über den Kopf. »Seht ihr, wie tapfer Vara ist? Nehmt euch ein Beispiel an ihr.«

»Ja, sie ist tapfer«, sagte ihr Bruder, der sonst immer große Worte führte.

»Das ist sie«, murmelte sogar ihre Schwester, die sonst nie eine gute Schuppe an ihr ließ.

»Egal, was da unten geschieht«, erkärte der Vater, »du wirst weiterhin so tapfer sein wie jetzt. Versprichst du mir das?«

Vara nickte abermals.

Dann gingen sie zusammen hinunter, wo die Mutter bereits zum Essen gedeckt hatte.

Ein Stapel Geschenke türmte sich unter dem Baum, und Vara blickte sehnsüchtig dorthin.

»Für mich sind keine Geschenke dabei, oder?«, fragte Vara, doch sie kannte bereits die Antwort.

Ihre Mutter schüttelte sanft den Kopf und strich ihr durchs Haar.

»Kleines, dieses Ritual wird ein ganz besonderes sein«, erklärte sie. »Eines, das wir niemals vergessen werden. Eines, das eine ganz spezielle Bedeutung hat.«

Sie ging hinüber zum Baum und zog einen langen, blitzenden Dolch hinter dem Stamm hervor.

»Also«, sprach sie und blickte in die Runde der erwartungsvollen Gesichter. »Wollen wir beginnen?«

Alle nickten betreten, selbst Vara.

Dann hob die Mutter das Messer und legte es ihrer jüngsten Tochter in die Klauen.

»Ich überlasse es Dir, es selbst zu tun.«

Vara wog den schweren, kalten Griff.

Dann erhob sie ihn und wollte sich die Klinge in den Leib stoßen. Den anderen stockte der Atem.

Im letzten Moment hielt sie die Pranke ihres Vaters zurück.

»Meine Güte, was tust du?«

Er entriss ihr den Dolch und warf ihn zur Seite.

»Aber …«, stotterte Vara. »Ich dachte, ich …«

Nun entbrannte aufgeregtes Geschrei. Alle zogen und zerrten an Vara herum, Gläser zersprangen, Teller gingen zu Bruch, Stühle wurden nach davonstiebenden Vogelspinnen geworfen, und der tonnenschwere Baum drohte mit seinem Schwanken die ganze Höhle in Schutt und Asche zu legen, bis die Mutter schließlich aufstampfte, sodass die Wände bebten und sich auf der Straße eine Erdspalte auftat.

»Ruhe, verdammt! Was ist denn in euch gefahren? Vara, hast du den Verstand verloren? Einen Moment später, und …« Sie bückte sich zu ihr hinunter und drückte sie fest an sich. »Aber natürlich ist es unsere Schuld. Das alles muss dich völlig verwirrt und verängstigt haben. Verzeih uns bitte, aber wir … brachten es nicht über uns, es dir früher zu sagen.« Sie wandte sich hilfesuchend dem Vater zu, dann sah sie Vara fest in die kleinen Augen. »Du bist auserwählt. Der Rat der Dämonen hat entschieden.« Nun schluckte die Mutter sichtlich. »Sie wissen, dass du noch eine junge Dämonin bist. Aber auch eine außergewöhnliche Dämonin. Tapfer, wissbegierig und klug, weit mehr als viele andere Kinder.« Varas Geschwister gaben nicht einmal einen Laut des Widerspruchs ab. »Und man hat verfügt, dass du nach Norden ziehen wirst. In den Krieg. Das ist eine Ehre, verstehst du? Dir wird das zuteil, was deinen Geschwistern verwehrt wurde. Du wirst uns verteidigen. Wirst deine Heimat, das Volk der Dämonen, deine Familie, uns alle vor dem Feind beschützen. Du wirst eine Heldin werden.«

Varas Blick war leer. Sie schwankte voller Verwirrung, Freude und unendlicher Traurigkeit.

Lange Zeit war nur das Flackern der Kerzen zu hören.

»Wir alle wissen, was es bedeutet, in den Krieg zu ziehen. Es ist ein hartes Leben dort oben in den Wäldern, wo der Feind sich in jedem Dickicht verbergen kann, ein einsames Dasein, eines voller Schrecken. Und wir wollen dich nicht gehen lassen. Nicht so ein kleines Geschöpf wie dich. Aber uns bleibt keine Wahl.«

Vara nickte jetzt. Wenn sie eines in ihrem kurzen Leben verstanden hatte, dann, dass man sich dem Rat der Dämonen nicht widersetzte.

»Wann … muss ich gehen?«, fragte sie daher,

Ihre Mutter umschlang sie wieder. »Morgen früh.«

Tränen stiegen in Varas Augen.

»Aber das ist noch lange hin«, fuhr die Mutter fort und schnäuzte in eine Adlerschwinge.

»Heute sind wir alle beisammen. Heute feiern wir das Ritual. Und es wird ein rauschendes Fest werden, das schönste, das du je erlebt hast.«

Ihr Bruder hatte inzwischen den Dolch aufgehoben und gab ihn Vara zurück. Und endlich begriff sie.

»Für dich liegt kein Geschenk unter dem Baum«, erklärte

ihr Vater, »weil du das größte Geschenk bekommst, das einem Dämon zuteil werden kann.«

»Und nun hinüber in die Küche mit dir«, ergänzte die Mutter und drückte ergriffen die Pranke des Vaters. »Zeit, dass du erwachsen wirst. Zeit, dass du dem Feind zum ersten Mal als Kriegerin gegenüberstehst. Worauf wartest du noch?«

Vara stand einen Augenblick unschlüssig da, dann grinste sie und stieß ein Lachen aus, das von Glück, Erleichterung und Stolz erfüllt war.

Die anderen stimmten mit ein.

Mit geröteten Wangen schritt sie hinüber in die Küche.

Ein Stöhnen erhob sich, als sie um die Ecke bog.

Ihr Geschenk lag dort in Ketten, unbekleidet und widerlich dünn und sehnig, wie es den Menschen zu eigen war. Es war ein Mann, der sich dort auf dem kalten Boden wand, und er war nach Maßstäben dieser abscheulichen Spezies noch recht jung. Die weit aufgerissenen, blauen Augen belustigten Vara. Und erfüllten sie mit einer Kraft, die die Dämonin nie zuvor verspürt hatte. Es zählte nicht, dass sie am nächsten Tag diesen Ort verlassen und nie zurückkehren würde. Es zählte nicht, dass sie in einen ewigen Krieg zog, der seit Jahrtausenden und für alle Jahrtausende tobte. Und es war auch bedeutungslos, wie viele dieser abstoßenden Kreaturen ihr im endlosen Strom der Zeit noch zum Opfer fallen würden.

Dieser eine Moment, das spürte Vara, war der wichtigste ihres Lebens. Sie hob den Dolch mit beiden Klauen. Ihre Familie hatte ihr das größte Geschenk gemacht, das vorstellbar war. Das Geschenk, das Ritual selbst zu vollführen.

Ian Watson

Wenn Jesus durch den Kamin kommt

Also, Jamie, wenn du jetzt nicht ins Bett gehst, wie dein Vater es dir gesagt hat, dann kommt Jesus nicht durch den Kamin!

Ach, du kannst noch nicht schlafen?

Herrgott! Ich soll dir die ganze Geschichte von Jesus erzählen – und die von Santa Claus auch? Na, das kann aber eine Weile dauern.

Nun ja, wenn es unbedingt … (Nein, ich verwöhne den Jungen nicht!)

Dann setz dich doch in den Sessel am Kamin, Jamie, und hör zu. Bestimmt werde ich dich schon nach oben tragen müssen, ehe wir halb durch sind!

Also gut. Am besten fangen wir mit Santa Claus an.

Wir wissen ja alle, dass Santa in einem bescheidenen Stall zwischen Hühnern und Ziegen geboren wurde. Die meisten seiner Landsleute waren arm, und Santas Eltern bildeten da keine Ausnahme. Keine Schuhe an den Füßen, keinen Krümel feinen Kuchens in der Speisekammer. Ja, oft hatten die Leute nicht einmal eine solche Kammer! Viele von ihnen lebten in Zelten, und im Winter wurde es ziemlich kalt. Drei heilige Könige waren Tausende von Meilen gewandert, um Santas Geburt beizuwohnen. Sie waren einem leuchtenden Kometen am Himmel gefolgt und brachten einen Zaubersack als Geschenk mit. Aus diesem Sack konnte man alles ziehen, was man sich nur wünschte. Santas Mutter wollte vermeiden, dass die Nachbarn neidisch wurden, deswegen versteckte sie den Sack. Ihr Land war nämlich von der römischen Armee besetzt. Sie hatte Angst, wenn die Römer von dem Zaubersack hörten, würden sie ihn der Familie wegnehmen und für ihren grausamen, gierigen Kaiser haben wollen.

Als Santa zum Mann heranwuchs, überreichte seine Mutter ihm eines Tages das Geschenk der Magier und verriet ihm alles darüber. Auf der Stelle beschloss Santa, dass er seine Landsleute mit Geschenken beglücken würde. Er würde sie regelrecht überhäufen. Er schwor jedoch, nie etwas für sich selbst aus dem Sack zu holen.

Also zog Santa mit dem Sack über der Schulter im ganzen Land herum und erfüllte den Menschen ihre Herzenswünsche oder schenkte ihnen, was sie am nötigsten brauchten. Und er hielt seinen Schwur, nie etwas für sich selbst zu nehmen. Allerdings bat eine Witwe um einen schönen roten, mit Angorawolle abgesetzten Mantel und bestand darauf, dass Santa ihn an ihrer Stelle trug. Ein Aussätziger, dessen Füße verfault und verkrüppelt waren, bat um ein Paar stabile schwarze Stiefel und drängte sie dann Santa auf.

Und das war noch nicht alles. So viele dankbare Menschen nötigten Santa Brot und Käse aus ihren schmalen Vorräten auf, gar nicht zu reden von Fisch und Obst und Fleisch und Milch und Wein, die er aus Gründen der Höflichkeit nicht ablehnen konnte. Innerhalb von ein paar Jahren war Santa daher regelrecht stämmig geworden.

Aber schließlich verhafteten ihn die römischen Soldaten. All diese Gratis-Geschenke, die aus Santas Sack strömten, destabilisierten die Wirtschaft und schwächten die Währung. Auf dem kolonialen Arbeitsmarkt kam es zu Streiks.

Die Römer banden Santa den Sack über den Kopf. Dann stießen sie ihn einen Hügel hinauf, nagelten ihn an ein Holzkreuz und stießen ein paar Mal mit ihren Speeren durch den Sack.

Als Santa schließlich tot war, nahmen sie ihn ab, steckten

seine Leiche in den Sack, banden ihn fest zu und klebten ein offizielles Siegel darauf. Sie diskutierten, ob sie ihn in den nahe gelegenen Fluss werfen sollten, aber schließlich erhielten Santas Freunde vom Hauptmann die Erlaubnis, ihn in ein Grab zu betten.

In dieser Nacht brachen Räuber, die den Zaubersack stehlen wollten, in das Grab ein … und fanden nichts als den leeren Sack vor. Es war, als hätte dieser Leinensack Santa Claus verdaut! Als hätte er ihn in die Dimension weggezaubert, aus der all die Gratis-Geschenke kamen.

Die Diebe staunten und nahmen sich vor, nie wieder zu stehlen. Stattdessen gelobten sie einander, die Kunde von Santa in der ganzen Welt zu verbreiten und den Sack – oder Schnipsel davon – zum Beweis überall bei sich zu tragen. Zuerst reiste der Sack so nach Rom und später nach Turin, wo der größte Teil davon sich noch heute befindet.

In späteren Jahren verhießen die Nachfahren dieser ursprünglichen Diebe, eines Tages, wenn jeder auf der Welt von Santa gehört habe und ihn liebte, würde der Sack wieder beginnen, Geschenke zu verteilen. Deswegen bekommen wir an Ostern ja auch Geschenke, die in Sackleinen verpackt sind und an Santa erinnern sollen.

Jesus? Oh ja, zu ihm komme ich gleich. Natürlich, Jamie! Heute Nacht kommt es auf Jesus an.

Jesus war der Anführer der Diebe, die in Santas Grab eingedrungen waren. (Findest du nicht, dass es so eine Art Symmetrie zwischen Geschenken und Diebstahl gibt? Diebstahl ist das Produkt einer Gesellschaft, in der es nicht genug Geschenke für alle gibt – oder wo zu wenige Menschen zu viele Geschenke bekommen. Was das ist, Sym-me-trie? Es bedeutet … ach, ist ja eigentlich auch egal. Ehrlich!)

Jesus war also der Kerl, der den Sack nach Rom brachte. Dort lebte der hysterische, gierige Kaiser und wurde von seinen Soldaten mit ihren Speeren bewacht.

Als Jesus in Rom ankam, lief er direkt zum Forum. Das ist

so eine Art Treffpunkt, wie ein Senat, aber für die einfachen Leute.

Jesus stellte sich auf einen Marmorblock und rief – mithilfe eines Dolmetschers, der von Aramäisch auf Latein übersetzte: »Plebejer von Rom, ich bringe euch Geschenke!« (Ein Plebejer war ein Arbeitsloser, der von kostenlosem Brot lebte und freien Eintritt in den Zirkus hatte.)

Zuerst starrten die Plebejer, die sich auf dem Forum drängten, den Sack so gierig an, als würde sie einem Mädchen unter den Rock gucken.

Doch als sie sahen, dass der Sack leer war, johlten und spotteten viele. Andere verloren die Nerven und warfen mit Steinen.

Aber Jesus rief: »Die Geschenke, die ich euch bringe, sind dialektisch!« (Diesen Begriff hatte Jesus bei den griechischen Philosophen entliehen.) »Eure Wünsche sind die These. Dieser Sack ist die Antithese. Die Synthese ist, dass ihr all eure falschen Ziele und eitlen Träume loswerdet, diese Produkte einer kranken Gesellschaft. Leert einfach all die falschen Vorstellungen, die ihr von euch selbst habt, in diesen Sack! Er wird alles aufnehmen und die Widersprüche auflösen. Stattdessen werdet ihr erkennen, dass man Geschenke nach seinen Bedürfnissen und nicht nach seinen Wünschen bekommen sollte – aber die gegenwärtige Gesellschaft basiert ja auf legalisiertem Diebstahl, der Entfremdung der Menschen von ihrem Land, von ihrer Arbeit, ja sogar von ihrem Körper und ihrer Sexualität!«

Jesus wiederholte seine Botschaft täglich, und langsam bahnte sie sich einen Weg in die Köpfe. Bald glaubten ihm einige der Plebejer – und traten als Symbol ihrer veränderten Einstellung in den Sack hinein und wieder heraus. Nach kurzer Zeit waren es viele.

Schließlich wurde der Kaiser neugierig, denn die Plätze im Zirkus blieben leer, und die Elefanten und die dressierten Affen, die auf ihnen ritten, weinten. Außerdem schien ein weiterer Kolonialkrieg bevorzustehen, und unter seinen Soldaten brodelte es.

An der Spitze einer Gruppe von Gardisten seines Vertrauens begab sich der Kaiser persönlich zum Forum, um diesen Jesus aufspießen zu lassen. Doch unterwegs ... hier müssen wir uns an die Wahrheit halten: Der Kaiser war ein hysterischer Kerl, aber er hatte auch ein gutes Gespür dafür, dass ihm seine politische und ökonomische Infrastruktur wegbrach ... jedenfalls ereilte den Kaiser eine Vision. Er sah einen Sack am Himmel, der die Sonne verschlang. (Heute glauben wir, dass es sich um eine Sonnenfinsternis gehandelt hat.) Als er das Forum erreichte, stieg er vom Pferd – und trat in den Sack. Bald hatte sich das Imperium vollständig verändert ... und war eine Republik geworden.

Siehst du, jetzt nickst du schon ein.

Ganz leise jetzt, mhhh? Und ab ins Bett.

Heute ist die Nacht der Nächte, und Jesus wird durch den Kamin hinunterklettern und dir wegnehmen, was dir am liebsten ist. Vielleicht dein Schaukelpferd? Dein Teddybär? Oder nur deine Blechflöte?

Na, na. Wie sollen denn sonst andere Kinder, die es verdient haben, an Ostern Geschenke bekommen?

Pssst. Er nimmt jedem von uns etwas weg. Nicht nur dir, du Dummkopf. Vielleicht vermisse ich ja morgen mein Spinnrad. Oder mein lila Samtkleid.

Jesus wird all unseren Besitz umverteilen. Deswegen nennt man ihn den »guten Dieb«. Auf der ganzen Welt kommt er mit Santas leerem Sack durch den Schornstein und füllt ihn in jedem Haus.

So, da sind wir, mein Schatz. Roll dich unter die Decke, und mach die Augen zu. Nicht blinzeln, sonst kommt er am Ende nicht.

Autoren- und Quellenverzeichnis

☆ **Jonathan Barnes**, Anfang dreißig, wurde in der englischen Grafschaft Norfolk geboren. Er graduierte in Oxford in englischer Literatur und ist freier Kolumnist für mehrere britische Tageszeitungen und Magazine. Sein düster-skurriles Debüt »Das Albtraumreich des Edward Moon«, das in die Abgründe des viktorianischen Londons führt, wurde als literarische Sensation gefeiert. Jonathan Barnes' neuer Roman »Das Königshaus der Monster« erscheint im Frühjahr 2009 bei Piper.
»Mr. Coldicutts Party« © 2008 Jonathan Barnes. Aus dem Englischen von Biggy Winter.

☆ **Julia Conrad**, geboren 1950, war Ghostwriterin, bevor sie unter eigenem Namen preisgekrönte Jugendbücher, Krimis und Fantasy-Romane schrieb. Sie tritt gern bis zur Anonymität hinter ihrem Werk zurück und hält ihre Bücher für wichtiger als ihre Person. In ihren Romanen um die Drachen erzählt sie wortgewaltig und mit eindrucksvoller phantastischer Schöpfungskraft von den gewaltigsten Kreaturen der Fantasy. Julia Conrad liebt starke Hunde, schöne Katzen und zahme Ratten. Sie lebt im Herzen von Wien.
»Blüten« © 2008 Julia Conrad

☆ **Thomas Finn**, geboren 1967 in Chicago, lebt heute in Hamburg. Er studierte Volkswirtschaftslehre und arbeitete als Redakteur und freier Mitarbeiter für verschiedene Phantastik-

Magazine. Er publizierte über ein Dutzend Titel des beliebtesten deutschen Fantasy-Rollenspiels »Das Schwarze Auge« sowie Drehbücher und Theaterstücke. Bei Piper erschien der Zeitreise-Roman »Der Funke des Chronos«. Für sein Jugendbuch »Das unendliche Licht« wurde Thomas Finn mit der Segeberger Feder ausgezeichnet. Mehr zum Autor: www.thomas-finn.de
»Meister Calamitas' erstaunliche Kuriositäten« © 2008 Thomas Finn

☆ **Susanne Gerdom**, geboren 1958 in Düsseldorf, wuchs am Niederrhein auf. Nach einer Buchhändlerlehre arbeitete sie als Regisseurin und Schauspielerin an verschiedenen Düsseldorfer Theatern. Mit den Romanen »Anidas Prophezeiung«, »Das Herz der Welt« und »Die Schwarze Zitadelle« bewies sie ihr Geschick für atmosphärische und anspruchsvolle Phantastik und eroberte eine große Fangemeinde. Bei Piper erschien ihr Bestseller »Elbenzorn«. Mehr zur Autorin: www.susannegerdom.de
»Lang lebe die Königin« © 2008 Susanne Gerdom

☆ **Charlotte Kerner**, geboren 1950 in Speyer, studierte Volkswirtschaft und Soziologie in Mannheim, China und Kanada. Heute lebt Charlotte Kerner als freie Journalistin und Autorin in Lübeck. Ihr Gentechnik-Roman »Blueprint. Blaupause« wurde in elf Sprachen übersetzt und mit Franka Potente in der Hauptrolle erfolgreich verfilmt. Auch in ihrem Roman »Kopflos« geht es um ein gewagtes medizinisches Experiment, das schon in naher Zukunft Realität werden könnte. Mehr zur Autorin: www.charlottekerner.de
»Vierundzwanzig Hahnenschreie« © 2008 Charlotte Kerner

☆ **William King**, geboren 1959 in Schottland, schrieb die erfolgreichen Bücher um die ungleichen Helden Gotrek und Felix, die beliebtesten Helden der Spielewelt »Warhammer«. In seinem neuen Zyklus »Die Legende der Terrarch« führt er seine Fans in die düstere Welt Gaeia, in der dunkle Elfen die

Menschen unterjocht haben. William King verbrachte mehrere Jahre in der faszinierenden wie geheimnisvollen Stadt Prag, bis er mit seiner Familie vor Kurzem wieder nach Großbritannien zurückgekehrt ist. Mehr zum Autor: www.trollslayer.net
»Karpfen im Netz« © 2008 William King. Aus dem Englischen von Barbara Röhl.

☆ **Daniela Knor**, geboren 1972 in Mainz, studierte Anglistik, Geschichte und Psychologie. Sie lebt heute mit ihrem Mann, Pferd und Hund in der Nähe von Würzburg. Daniela Knor hat mehrere erfolgreiche Fantasy-Romane veröffentlicht, die auf dem Kontinent Aventurien, der Welt des Rollenspiels »Das Schwarze Auge«, spielen. Mit »Nachtreiter« beginnt sie bei Piper eine neue fesselnde Serie um eine von dämonischen Mächten beherrschte Welt. Mehr zur Autorin: www.daniela-knor.de
»Mittwinternacht« © 2008 Daniela Knor

☆ **Tobias O. Meißner**, geboren 1967, studierte Kommunikations- und Theaterwissenschaften und ist freier Schriftsteller. Seine Romane »Hiobs Spiel« und »Neverwake« sind Kult unter den Freunden innovativer und niveauvoller Phantastik. Jüngst wurde Meißner von der Zeitschrift »Bücher« als einer der »zehn wichtigsten Autoren von morgen« ausgezeichnet. Bei Piper erzählt er mit seinem Zyklus »Im Zeichen des Mammuts« eine ungewöhnliche Fantasy-Saga um die Rettung einer sterbenden Welt. Zuletzt erschien sein actiongeladenes High-Fantasy-Epos »Die Dämonen«. Tobias O. Meißner lebt in Berlin.
»Von draußen« © 2008 Tobias O. Meißner

☆ **John Moore**, geboren 1959, ist Diplom-Chemiker und arbeitete als Ölförderer und LKW-Fahrer, bevor er Schriftsteller wurde. Seit dem großen Erfolg seiner humorvollen Fantasy-Romane »Hauen und Stechen« und »Handbuch für Helden« wird er in einem Atemzug mit Terry Pratchett genannt, seine Bücher wurden in mehrere Sprachen übersetzt. John Moore hat

weder Kinder noch Haustiere und lebt als verantwortungsloser, verschwenderischer Single in Houston, Texas.
»Schneeschuhe« © 2008 John Moore. Aus dem Amerikanischen von Birgit Reß-Bohusch.

☆ **Michael Peinkofer**, geboren 1969, studierte Germanistik, Geschichte und Kommunikationswissenschaften, schrieb zahlreiche Krimis und Science-Fiction-Romane unter Pseudonym und arbeitete als Redakteur bei der Filmzeitschrift »Moviestar«. Mit seinen Bestsellern um die »Orks«, die die haarsträubenden Abenteuer der ungleichen Ork-Brüder Balbok und Rammar schildern, avancierte er zu einem der bekanntesten Fantasy-Autoren Deutschlands. Bei Piper erscheint 2009 sein neues Epos »Die Zauberer«, das in die Vorzeit der Welt der Orks führt. Mehr zum Autor: www.michael-peinkofer.de
»Das Geschenk« © 2008 Michael Peinkofer

☆ **Thomas Plischke**, geboren 1975 in Ludwigshafen am Rhein, absolvierte in Mannheim eine Ausbildung zum Verlagskaufmann. Danach studierte er Amerikanistik, Anglistik und Medienkultur in Hamburg. Mittlerweile ist er als Dozent tätig und arbeitet außerdem als Übersetzer, Lektor und Autor. Er hat mehrere Rollenspielbücher veröffentlicht. Sein neuer Roman »Die Zwerge von Amboss« ist in einem kalten, von Schrecken und Verschwörungen geprägten industriellen Zeitalter angesiedelt. Mehr zum Autor: www.im-plischke.de
»Horch, was kommt von draußen rein« © 2008 Thomas Plischke

☆ **Terry Pratchett**, geboren 1948 in Beaconsfield, England, erfand in den Achtzigerjahren eine ungemein flache Welt, die auf dem Rücken von vier Elefanten und einer Riesenschildkröte ruht, und hatte damit einen schier unglaublichen Erfolg: Ein Prozent aller in Großbritannien verkauften Bücher sind Scheibenweltromane. Jeder achte Deutsche besitzt ein Pratchett-Buch. Bei Piper liegen die frühen Bände um Rincewind, Ge-

vatter Tod, die Hexen und die Wachen vor sowie die exklusive illustrierte Sammlung »Der ganze Wahnsinn«.
Weiteres zum Autor: www.terrypratchettbooks.com
»Zwanzig Pence mit Umschlag und Weihnachtsgruß« © 1987 Terry Pratchett, zuvor erschienen in: »Der ganze Wahnsinn«, Piper, München 2007. Aus dem Englischen von Andreas Brandhorst.

☆ **Florian Straub**, geboren 1973, stammt aus Berlin und ist festes Mitglied der örtlichen Musikszene. Die meiste Zeit des Jahres ist er mit wechselnden Bands auf Tournee. In seinem Hauptberuf widmet sich Florian Straub ebenso den düsteren und furchterregenden Dingen wie in seinem literarischen Schaffen. Seine Erzählungen sind schockierend und erheiternd zugleich, und nicht selten halten sie uns den Spiegel vor. Florian Straubs Lieblingsbeschäftigung ist das Errechnen der Quersummen auf Nummernschildern.
»Das Ritual« © 2008 Florian Straub

☆ **Ian Watson**, geboren 1943 in England, widmet sich seit seinem 1973 erschienenen, preisgekrönten Debüt »Das Babel-Syndrom« der Science Fiction und Phantastik. Seine Werke sind verzwickt, politisch engagiert, voller kulturgeschichtlicher Bezüge und gespickt mit subtilem britischen Humor. Ian Watson veröffentlichte mehrere Erzählungssammlungen und arbeitete am Drehbuch zum Film »A.I. – Künstliche Intelligenz« mit. Zudem verfasste er Romane zur Spielewelt »Warhammer 40.000«. Ian Watson lebt in Northamptonshire.
»Wenn Jesus durch den Kamin kommt« © 1986 Ian Watson, zuvor erschienen in: Wolfgang Jeschke und Uwe Luserke, Frohes Fest, Wilhelm Heyne Verlag, München 1991. Aus dem Englischen neu übersetzt von Barbara Röhl.

☆ **David Wellington**, geboren in Pittsburgh, Pennsylvania, studierte an der Syracuse University. Seine ersten Romane veröffentlichte er zunächst in seinem Internet-Blog, bevor mehrere Verlage auf ihn aufmerksam wurden. Mit seinen Romanen um die Vampirjägerin Laura Caxton und seiner Zombie-Serie »Stadt der Untoten« avancierte Wellington aus dem Stand zum neuen Star der amerikanischen Horror- und Dark-Fantasy-Szene. Wellington ist verheiratet und lebt in New York, wo er als Archivar bei den Vereinten Nationen arbeitet. Weiteres zum Autor: www.davidwellington.net

SERIE PIPER

David Wellington

Der letzte Vampir

Roman. Aus dem Amerikanischen von Andreas Decker. 384 Seiten. Serie Piper

Die junge Polizistin Laura Claxton ermittelt in Pennsylvania an der Seite des mürrischen US-Marshalls Arkeley. Der ist einer der letzten Experten, die sich auf die Jagd nach Vampiren spezialisiert haben – die Blutsauger gelten als nahezu ausgerottet. Doch dann geraten die Cops in einen Hinterhalt. Der übermächtige Vampir Converge fällt im Blutrausch über Lauras Team her. Laura kommt mit dem Leben davon, doch nun beginnt ein Albtraum, der geradewegs der Hölle entsprungen ist. Die Vampire sind zurück, und sie verfolgen einen finsteren Plan, der die Welt für immer verändern wird. Ein gnadenloser Krieg gegen die Menschen beginnt. Und Laura muss erkennen, dass inmitten des apokalyptischen Kampfes jeder seine eigenen Ziele verfolgt …

05/2218/02/L

David Wellington

Krieg der Vampire

Thriller. Aus dem Amerikanischen von Andreas Decker. 368 Seiten. Serie Piper

Nie wieder – das hat sich Detective Laura Caxton nach dem letzten Gefecht gegen die Vampire geschworen. Doch nun taucht ihr alter Partner Jameson Arkeley wieder auf und bittet sie um Hilfe. In Pennsylvania wurden neunundneunzig Vampirsärge gefunden. Caxton und Arkeley stellen fest, dass die Herzen der Vampire entfernt wurden. Doch dann kehrt der hundertste Vampir zurück, um eine Armee der Untoten zum Leben zu erwecken – und eine gnadenlose Jagd auf die Menschen zu eröffnen.

»Action pur vom neuen Horrorstar David Wellington.«
Publishers Weekly

05/2266/01/R